Béatrice Bottet

Katzenspuk

Das Zauberbuch mit dem Rubin

Teil 2

Béatrice Bottet

Katzenspuk

Aus dem Französischen von Corinna Tramm

Urachhaus

Die französische Originalausgabe erschien 2006 unter dem Titel
Le Grimoire au rubis, Livre 2: Le Sortilège du chat
bei Éditions Casterman, Brüssel.

ISBN 978-3-8251-7600-6

Erschienen 2008 im Verlag Urachhaus
www.urachhaus.com

Umschlagillustration: Joachim Knappe, Hamburg
Gesamtherstellung: Bercker Graphischer Betrieb, Kevelaer

Personen

Bertoul Beaurebec	Musikant, Handwerker an der Bauhütte von Notre Dame und Held dieser Geschichte
Baron Audouin de Fougeray	Adliger und Lehensherr
Raoul de Mauchalgrin	Erbe des Schlosses von Tournissan
Raoulet de Mauchalgrin	Knappe im Dienst Audouin de Fougerays
Griffon le Réchin	dessen Diener
Blanche de Vauluisant	Edelfräulein von Flamincourt
Gaubert, Gauderic, Gautier und Gaudefroi de Flamincourt	ihre Brüder
Josce de la Bordonne	ihr Verlobter
König Louis IX	Frankreichs König von 1226–1270
Blanche von Kastilien	seine Mutter
Prinzessin Isabelle	seine Schwester
Prinz Robert, Jean, Alphonse, Philippe-Dagobert und Charles	seine Brüder
Edelfrau Tiphaine von Fontegrive	Hofdame des Königs und Blanches Patin
Aubery de Sauvernac	Edelknappe am Hof des Königs

Félicité Perdriel	Bertouls Nachbarin
Pierre, Jehan und Marion	ihre Kinder
Manassé	alter Magier
Phelipote	rachsüchtige Magierin
Bathilde	eine etwas zwielichtige Hebamme
Liébault	Manassés Schüler, junger Erforscher der Magie
Autharic	verstorbener, um seine Seele beraubter Geomant
Hennequin	ehemaliger Soldat und stadtbekannter Dieb
Colinet	Gassenjunge
Nicolas	ein junger Student der Theologie

Ehrfürchtig legten zwei junge Hände ein riesiges Buch in eine eisenbeschlagene Holztruhe, bedeckten sie mit einer Decke aus orientalischem Stoff und schoben sie an die Wand eines Hauses in der *Straße der großen Gaunerei* in Paris.
Geschützt. In Sicherheit. Verborgen. Eingehüllt in einfaches ungebleichtes Leinen.
Das Buch war mit fremdartigen Zeichen und geheimnisvollen, golden gravierten Buchstaben verziert. In der Mitte prangte ein riesiger ovaler Rubin, kristallklar und von intensiver Farbe. Von Zeit zu Zeit erzitterte der Stein und sandte einen flüchtigen Schein und dunkle Flammen aus. Doch wer wusste schon davon?
Die Seiten des Buches waren aus Pergament, umhüllt von feinem Schafsleder, ausgiebig und sorgfältig geglättet. Wörter drängten sich in engen Zeilen, in einer manchmal fremdartigen Schrift. Zeichnungen, Figuren und Symbole zierten die Seitenränder.
Von Zeit zu Zeit änderten die Seiten auf geheimnisvolle Weise ihren Ort, die Wörter ihre Bedeutung, die Figuren ihre Umrisse. Doch wer wusste schon davon?
Das Buch ruhte von nun an im Dunkel einer verschlossenen Truhe.

Das Werk hatte schon so manchen Dienst geleistet. Ein Pariser Magier und eine alte Edelfrau aus einer entfernten Provinz hatten es benutzt, bevor ein junger Musiker es nach tausenderlei Missgeschicken in die Straße der großen Gaunerei brachte. Die Ecken hatten Eselsohren, der Einband war abgenutzt, das Metall angelaufen. Ein kostbares Buch, nicht nur, weil sein Einband mit goldenen Zeichen und einem enormen Rubin, so groß wie ein kleines Ei, verziert war, sondern auch wegen seines Inhalts.

Jede seiner Seiten enthielt ein Geheimnis, das als Vermittler für die Gesetze des allgemeinen Universums diente. Alles war möglich: unsichtbar zu werden, Unglück zu verbreiten, den Lauf der Zeit zu ändern, Liebe oder Hass in die Herzen zu senken, Krankheiten zu heilen, die Freundschaft der Mächtigen oder die Aufmerksamkeit einer schönen Frau zu gewinnen oder eine Waffe unbesiegbar zu machen.
Doch das Buch barg auch die Gefahr, bestimmte Wünsche und Sehnsüchte zu wecken. Wer um seine Existenz wusste, wurde von der Begierde übermannt, die darin enthaltenen Anweisungen für egoistische und persönliche Zwecke zu missbrauchen.
Es war also besser, es vor neugierigen Blicken verborgen zu halten.

In der Truhe erstrahlte der Rubin auf dem Zauberbuch in einem rötlichen Schein, der langsam erstarb ...

In jenem Frühling kam es zu merkwürdigen Erscheinungen in mehreren zweifelhaften oder geheimen Laboratorien in der guten alten Stadt Paris. Nichts wirklich Außergewöhnliches, bewahre, doch im Dämmerlicht vieler magischer Spiegel trat ein Funkeln auf, ein Kräuseln in den Schalen der Wahrsagerinnen, deren Wasser mit Tinte versetzt war, ein Aufbrodeln in manchen Kesseln ...
Diese Zeichen waren so fein, dass die Meisten sie gar nicht wahrnahmen. Doch es gab Menschen, die sich einer mehr oder weniger dunklen Zauberkunst widmeten und sie entschlüsseln konnten.
So machte in den Elendsvierteln von Paris ein hartnäckiges Gerücht die Runde:
Es ist wieder da ... das Zauberbuch ist wieder da ... das Buch, dessen Spur man fünfzig Jahre lang verloren hatte ... das Zauberbuch mit dem Rubin ist zurückgekehrt ...

1

Paris 1230,
Palais der Seine-Insel

Blanche de Vauluisant trat, von ihrer Patin kräftig in den Rücken gestoßen, einige Schritte vor und sank, die Hände zusammengelegt, mit hilfloser Miene auf die Knie. Ihr grünes Seidenkleid fiel wie ein Blütenkelch um sie. Sie vernahm ein unverständliches Gemurmel und spürte, wie sie bis zu den Haarwurzeln errötete.

»Oh«, sagte sie zu sich selbst und verlor völlig die Fassung, »ich muss scharlachrot sein. Was werden sie alle von mir denken? Ich mache mich lächerlich. Stumm und lächerlich.«

»Dein Gesuch, Blanche!«, murmelte ihre Patin so diskret wie möglich, doch ungeduldig hinter ihr, »dein Gesuch an den König, nun mach schon …«

›Der König. Mein Gott. Er ist es, der genau vor mir steht. Und ich bin so verlegen, so unbeholfen. Der König!‹

»Sire!«, schaltete sich schließlich ihre Patin ein, deren Stimme Blanche wie durch einen Nebel vernahm, »dies ist mein liebes Patenkind Blanche de Vauluisant, die erst vor drei Wochen von ihrem Gut kommend hier eingetroffen ist. Sie möchte Euch ihrer Treue versichern und Euch eine Bitte unterbreiten.«

»Ich freue mich, Euch bei uns am Hof zu sehen, Fräulein von Vauluisant«, sagte eine klare und jugendliche Stimme über ihr, »und ebenso ist es mir ein Vergnügen, Eure Bitte anzuhören.«

Den Kopf weiterhin gesenkt, wagte Blanche es nun, unter ihren langen schwarzen Wimpern den Blick ein wenig zu heben. Auf einem von Teppichen bedeckten Podest saß ein junger Mann, der kaum älter war als sie – er musste ungefähr sechzehn Jahre alt sein – auf dem schönsten Thronsessel, den sie jemals erblickt hatte, mit feinen und kunstvollen Schnitzereien verziert und über und über mit Gold und Edelsteinen versehen. Der königliche Thron. Neben ihm saß

auf einem fast identischen Thronsessel, unerschütterlich und stolz, eine dunkelhaarige Frau um die Fünfzig, die sie auffallend freundlich anlächelte.
»Unser König Louis«, sagte sich das junge Mädchen, während es sich wieder fing. »Und die Königin Blanche …«
»Los, Blanche«, flüsterte ihre Patin erregt hinter ihr.
Sie schluckte und begann.
»Sire! Habt besten Dank für Eure Güte. Wie Euch meine teure Patin, Tiphaine de Fontegrive, schon sagte, bin ich Blanche de Vauluisant und komme von meinem Gut, um Euch meine Aufwartung zu machen, Euch meiner Treue als Vasallin zu versichern und … und um Euch eine Bitte zu unterbreiten.«
Der König wie auch die Königin Mutter lächelten ihr ermutigend zu. Blanche de Vauluisant war ein Edelfräulein von fünfzehn Jahren, hübsch anzusehen, mit schwarzen Haaren, schimmernden Augen und einem entschlossenem Profil. Obwohl sie ein wenig verloren wirkte, hatte sie etwas Bezauberndes.
»Ich werde sie Euch vorbehaltlos erfüllen, wenn Eure Bitte nicht den göttlichen Geboten oder der Größe des Reiches entgegensteht.«
»O Sire, natürlich nicht!«, rief Blanche aus.
Sie wurde schon etwas sicherer in ihrem Auftreten, und es schien ihr fast natürlich, mit diesem Mann zu plaudern, der etwa so alt war wie sie selbst.
Doch das war gar nicht so einfach. Wo sollte sie anfangen? Bei ihrem Verlobten? Bei ihren Brüdern? Bei ihrer Flucht?
Sie hieß Blanche de Vauluisant und trug nicht denselben Familiennamen wie ihre vier nichtsnutzigen Brüder, besser gesagt, Halbbrüder: Gaubert, Gauderic, Gautier und Gaudefroi de Flamincourt. Sie seufzte, als sie an sie dachte. Lustige Burschen, aber immer knapp bei Kasse, Verschwender, Spieler, Streithähne. Den vier Brüdern Flamincourt war, um ihre leeren Kassen zu füllen, nichts Besseres eingefallen, als sie einem gewissen Josce de la Bordonne zur Braut zu versprechen. Der war 27 Jahre älter als sie, schon dreimal verwitwet, hatte sechs Kinder – von denen zwei älter als sie selbst waren –, eine

beginnende Kahlköpfigkeit, einen recht stattlichen Schmerbauch und litt an Rheumatismus, der seine Knie steif werden ließ.
So einen Mann heiraten? Sich ihm für immer unterwerfen? Ihm ihr Gut Vauluisant überlassen, das ihr von ihrer Mutter her zustand und über das ihre Brüder in gar keiner Weise verfügen konnten?
O nein! Allein schon der Gedanke daran war unerträglich.
So unerträglich, dass die junge Blanche, anstatt darauf zu warten, wie einfach so über ihr Schicksal entschieden wurde, all ihr Hab und Gut in einen großen Leinensack gepackt hatte: ihren Schmuck, einige Kleidungsstücke und ihre kostbaren Heilpflanzen. Sie hatte sich als Bauernmädchen verkleidet und war am Tag ihrer Verlobung heimlich durch einen vergessenen unterirdischen Gang aus dem heimatlichen Herrenhaus geflohen.
Blanche lächelte, als sie an diese Heldentat zurückdachte. Sie hatte nicht einen Moment lang gezögert. Sie wollte diesen Ehemann nicht und war der Hochzeit entronnen, um sich auf den Weg nach Paris zu machen, auf der Suche nach ihrer Patin, Tiphaine de Fontegrive, die im königlichen Palais auf der Seine-Insel lebte, und nach dem König, der kraft seiner Autorität diese abscheuliche Vermählung verhindern konnte.
Blanche fing sich und unterbreitete dem König in wenigen Worten ihre Bitte: das Eheversprechen, dass ihre Brüder Josce de la Bordonne in ihrem Namen gegeben hatten, aufzuheben. So wäre sie nicht gezwungen, sich zu verheiraten. Sie konnte folglich später als völlig unabhängige Lehensherrin ihr Gut Vauluisant übernehmen und, wer weiß, dereinst heiraten, wen sie wollte.
»Ich möchte also«, endete Blanche, »Euch gegenüber in meinem eigenen Namen den Lehenseid für mein Gut Vauluisant erneuern.«
Der König nahm dies an und fügte hinzu: »Außerdem befreie ich Euch von der Vormundschaft durch Eure Brüder. Niemand wird Euch je zu einer Heirat zwingen können, außer mir, Eurem Lehensherrn und Herrscher.«
»Das ist ein weises Wort!«, stimmte Königin Blanche halblaut zu.
Blanche stieß einen Seufzer der Erleichterung aus, der die Mauern

des Palastes hätte erzittern lassen können und bei den Anwesenden eine Welle der Heiterkeit auslöste. Dann senkte sie beruhigt den Blick, ergriff mit beiden Händen ihr grünes Kleid und machte einen tiefen Kniefall.

Sie hatte Lust, vor Freude zu tanzen. Es war ihr gelungen! Gelungen, Paris zu erreichen, den König zu sehen, sich aus dem Hochzeitsversprechen und darüber hinaus von ihren Brüdern zu befreien und ihr Lehen, Gut Vauluisant, zu erhalten! Nichts konnte das strahlende Lächeln, das sich auf ihrem Gesicht abzeichnete, auslöschen. Ihr Herz kam ihr wie ein Vogel vor, der im Käfig ihrer Brust keck zwitscherte.

»Ich habe es geschafft!«

Der König war jedoch noch nicht fertig und machte ihr einen Vorschlag, der sie mit Glück erfüllte: Er bot ihr an, sich dem Gefolge seiner Schwester Isabelle anschließen, die zu diesem Zeitpunkt erst fünf Jahre alt war.

»In Würdigung Eures Vornamens, der derselbe wie der der Königin ist«, sagte er mit lauter und feierlicher Stimme, sodass alle Anwesenden es vernahmen, »beschließe ich hiermit, Euch in die Dienste der Prinzessin Isabelle zu berufen.«

»Es wird Euch ein Entgelt für Eure Ausgaben zugesprochen werden«, ergänzte die Königin Mutter. »Ihr werdet am Leben der Prinzessin teilnehmen, an den Zeremonien des Hofes sowie an allen Reisen und Ortswechseln des Hofstaats.«

Ein Schreiber notierte alles, und der König wandte sich dem nächsten Bittsteller zu.

Blanche war völlig sprachlos angesichts dieser Flut von guten Neuigkeiten, sie drehte sich zu ihrer Patin um, die ihr einen gerührten Blick zuwarf und sie liebevoll küsste und umarmte.

»So hat sich nun alles zum Guten gefügt. Dein Mut hat Früchte getragen, wie du siehst.«

»Mein Mut?«

»Aber ja. Du bist aus dem Schloss deiner Brüder geflohen, und das war eine gute Entscheidung. Es ist dir gelungen, trotz aller Gefahren, die dir unterwegs begegnet sind, nach Paris zu kommen. Du hast es geschafft, mich zu überzeugen, dass ich dir helfen muss. Und schließlich hast du dich beim gnädigen Herrn, unserem König, und der gnädigen Frau, der Königin Mutter, sehr vorteilhaft präsentiert.«

»Ihr wart so gut zu mir! Ihr seid die Einzige, die mir von meiner Familie geblieben ist – jedenfalls die Einzige, die es gut mit mir meint.«

Wer hätte sich auch sonst ihres Schicksals annehmen sollen, seit Frau Hermelinde von Tournissan in der abgelegenen Provinz verstorben war?

Wer? Ja, natürlich, es gab da noch jemanden ... Bertoul Beaurebec, den Musiker. Doch in den drei Wochen, seit Blanche im königlichen Palais lebte, hatte er nicht ein einziges Mal versucht, bei ihr vorzusprechen. Ungeachtet dessen hatte sie die Wache beauftragt, ihr Bescheid zu geben, falls er vorstellig würde. Aber er war nie gekommen.

Hatte er sie vergessen?

»Blanche, mein Kind, du siehst so traurig und nachdenklich aus!«

»Ich träume, liebe Patin, ich träume nur. Nun bin ich also hier am Hof, bin mit einem Amt betraut, beziehe ein Gehalt und bin meine Brüder los. Ich würde so gerne dem Musiker danken, der mir geholfen hat, nach Paris zu gelangen.«

»Pah ...«, sagte Tiphaine de Fontegrive. »Ein fahrender Musiker, ein Vagabund. Ich habe veranlasst, dass die Wache diesen Habenichts nicht hereinlässt, falls er dich sprechen will.«

»Wie?«, rief Blanche aus.

»Als du zu mir kamst, sah es so aus, als ob er auf dich wartete. Ich ließ ihm ausrichten, du würdest ihm danken und es sei zwecklos, wiederzukommen.«

Darum also hatte sie nie mehr ein Lebenszeichen von Bertoul erhalten.

›Meine liebe Patin‹, dachte Blanche. ›Ihr wart so gut zu mir, aber das hättet Ihr nicht tun dürfen. Mein Bertoul hätte Besseres verdient. *Mein Bertoul?* Aber was denke ich da nur!‹

Verwirrt hielt sie sich die Hand an die Lippen. Der Siegelring von Vauluisant, ein wenig zu groß für sie, glänzte an ihrem Finger.
Bertoul, mein Reisegefährte, korrigierte sie sich, hätte Besseres verdient.
Sie wagte es nicht, die gute Frau vor den Kopf zu stoßen, die alles getan hatte, was in ihrer Macht stand, um ihr das Leben im Palais auf der Seine-Insel zu erleichtern. Natürlich konnte eine Edelfrau, die seit langem am Hof lebte, nicht verstehen, was Blanche, die so vieles an Hunger, Durst, Erschöpfung und Abenteuern durchgestanden hatte, um bis nach Paris zu gelangen, Bertoul Beaurebec schuldig war.
Der Thronsaal war voller Menschen, die der Audienz des Königs beiwohnten, sich begrüßten, miteinander unterhielten, kamen und gingen. Tiphaine, in ihrem prächtigen scharlachroten Kleid, plauderte nun vertraulich mit drei Freundinnen.
Blanche zog sich zurück und begab sich zur Unterkunft der Palastwache, wo sie darum bat, den Hauptmann sprechen zu dürfen.
»Nun, gnädiges Fräulein?«, fragte der Mann, als sie vor ihm stand.
»Ich bin Blanche de Vauluisant«, sagte sie zu ihm. »Sollte eines Tages ein Musiker namens Bertoul Beaurebec hier erscheinen und mich sprechen wollen, würdet Ihr ihn dann bitte einlassen und mich so rasch wie möglich verständigen?«
»Jawohl, gnädiges Fräulein!«, erwiderte der Wachmann, keineswegs erstaunt.
Die Zahl der Menschen, die nicht zum Hof gehörten, doch das Palais betreten durften, war groß, ob sie nun von Adel waren oder Handwerker, Ritter oder Kuriere, Edeldamen oder Lieferanten. Unter Aufsicht des Hauptmanns notierte ein Schreiber in ein großes Buch: »Bertoul Beaurebec für das Edelfräulein Blanche de Vauluisant«. Dann trocknete er die Tinte mit Löschsand.
»Wenn er vorstellig wird, werden wir ihn zu Euch schicken«, versicherte der Hauptmann.
»Danke«, sagte Blanche, dann begab sie sich zurück in den Thronsaal.

Schon am nächsten Tag erschien ein junger Mann bei der Palastwache der Seine-Insel. Er trug ein strahlend weißes Hemd und ein blaues Obergewand, seine dunkelroten Beinkleider schauten ein wenig über den Ledergamaschen hervor. Am Gürtel trug er einen Geldbeutel und in der Hand hielt er demonstrativ eine Fidel und einen Bogen.
Er verkündete: »Ich bin Bertoul Beaurebec, Musiker im persönlichen Dienst des Edelfräuleins Blanche de Vauluisant.«
Der Hauptmann der Wache musterte ihn von oben bis unten und dann noch einmal von unten bis oben.
»Tretet ein. Das Fräulein erwartet Euch schon. Sie hat Befehl erteilt, man solle Euch sogleich zu ihr führen.«

Die Magie ist das Studium und
die praktische Anwendung des Umganges
mit den geheimen Kräften der Natur.

2

Zwei Jahre später,
Frühling 1232.

In einem anrüchigen und ungesunden Viertel im Norden der Stadt, außerhalb der Stadtmauer, die noch vom alten König Philippe Auguste errichtet worden war, befand sich ein finsteres Laboratorium, so weit wie möglich von den geweihten Glocken der Kirchen und Klöster von Paris entfernt.

In dieser Werkstatt, deren Läden sorgfältig verschlossen waren, wetteiferten Bücher und Pergamentbögen mit beschädigten Gefäßen, wackligen Dreifüßen und dubiosen Kolben, die mit einer dicken Staubschicht bedeckt waren, um Raum auf den Regalen. Vier Menschen waren um ein kleines Feuer versammelt, das ihre Gesichter nur spärlich erhellte. Da war ein junger Mann, mit weichen und schlaffen Gesichtszügen, die an Brotteig vor dem Backen erinnerten; eine magere alte Frau, die eine Katze mit gelben Augen streichelte; dann eine stattliche, blonde, pausbäckige Frau mit kräftigen Armen, die sie vor der Brust verschränkte; und schließlich ein weißhaariger Alter, der in einen weiten unförmigen Mantel gehüllt war. Letzterer ergriff das Wort:

»Liebe Freunde, ich bin durch die Anwendung eines neuen magischen Verfahrens zu der Gewissheit gelangt, dass wir dem Ziel, das wir anstreben, sehr nahe sind. Ja, sehr nahe ... Nichtsdestoweniger gelingt es mir nicht, die Schattenzone zu durchdringen. Wir müssen gemeinsam überlegen, wie wir das Zauberbuch mit dem Rubin wiederfinden.«

»Fchchchch«, fauchte die Katze.

Sie spuckte und krallte sich in die Schenkel der alten Frau, worauf diese ihr einen kräftigen Schlag versetzte. Das Tier legte die Ohren an und blickte wütend drein. Aber es parierte und rollte sich wieder auf ihrem Schoß zusammen.

»Obwohl wir, streng genommen, keine Bruderschaft sind«, fuhr der Alte gelassen fort, »ist es nun also gut zwei Jahre her, seit die, diejenigen … äh … die sich unserer … äh … Kunst verschrieben haben, entdeckt haben, dass sich das Zauberbuch mit dem Rubin in Paris befindet. Ausgerechnet hier in Paris, wo doch niemand in den letzten gut fünfzig Jahren seine Anwesenheit wahrgenommen hatte.«

Der Alte ließ einen Moment lang eine vielsagende Stille eintreten. Er bildete sich einiges darauf ein, ein Magier zu sein, und studierte seit mehreren Jahrzehnten das, was er seine »Kunst« nannte: die Kunst der Magie. Es handelte sich dabei allerdings eher um eine verschwommene Art von Hexerei, gemischt mit Geisterbeschwörungen und Anrufungen geheimer Mächte. Dieser Mann, Manassé mit Namen, hoffte inbrünstig, dass die Lektüre des Zauberbuches es ihm ermöglichen würde, sein Ziel, als kundiger und anerkannter Magier zu gelten, zu erreichen. Unterdessen bemühte er sich, mit seinem weiten Mantel, seinem langen Bart, seinen gemessenen Worten und seinem durchdringenden Blick zumindest den Anschein eines solchen zu erwecken.

»Ihr habt sicher schon einmal davon gehört«, fuhr er fort, »allerdings wohl eher in Form einer Legende – abgesehen natürlich von Euch, Frau Phelipote.«

»Was?«, kreischte die Alte. »Wollt Ihr mir damit etwa unterstellen, dass ich schon so alt bin, Meister Manassé?«

Frau Phelipote hatte eine krächzende und verbitterte Stimme und ließ sich nichts vormachen. Sie gab sich alle Mühe, wie eine ehrenwerte Großmutter auszusehen in ihren dunklen Kleidern, doch war sie nichts Besseres als eine gefährliche Alte, die sich Künsten hingab, die in gewisser Weise viel schlimmer waren, als die, die Manassé praktizierte. Oft hörte man in Verbindung mit ihr das Wort »Hexerei«, doch nur ganz, ganz leise, so sehr umgab sie ein Hauch von Magie und schwarzer Kunst.

»Keineswegs, keineswegs«, beeilte Manassé sich zu antworten. »Aber schließlich habt nur Ihr, Frau Phelipote, und ich das Objekt jemals mit eigenen Augen erblickt. Erinnert Ihr Euch?«

»Allerdings«, entgegnete sie säuerlich. »So groß, so dick, mit Hunderten von Anweisungen, Sprüchen, Zeichen und Symbolen, unzähligen Geheimnissen und diesem Einband mit den goldenen Ornamenten und vor allem: mit einem wunderschönen ovalen, eingefassten Rubin. Nicht einmal der König hat so einen in seiner Schatzkammer, noch die Königin Mutter, diese … diese …«
Anstatt ihren Satz zu Ende zu führen, spuckte sie verächtlich auf den Lehmboden. Die Katze zog die Nase kraus und stellte ihre Barthaare auf.
Es war schon eine gute Weile her, seit Frau Phelipote ein Hühnchen mit Königin Blanche von Kastilien zu rupfen gehabt hatte. Nicht nur, dass diese beschlossen hatte, einen erbarmungslosen Kampf gegen Hexen und andere Heilkundige zu führen, sondern sie hatte persönlich Phelipote eine Begnadigung verweigert, sodass diese wegen magischer Praktiken einige Wochen im Gefängnis verbringen musste.
»Es gelingt uns nicht, herauszubekommen, wo sich das Buch befindet«, fuhr der Alte fort, »trotz all unserer Anstrengungen und der Anrufung des Dämons Anael. Dennoch deuten alle Zeichen klar darauf hin, dass das Zauberbuch mit dem Rubin genau zu dem Zeitpunkt wieder aufgetaucht ist, als sein Verfasser, der Magier Magnus Gurhaval, starb.«
»Woran ist er eigentlich gestorben?«, fragte die blonde Frau, Bathilde.
Bathilde hatte vor einiger Zeit den Entschluss gefasst, zu Geld kommen zu wollen. Und was gab es da Besseres, als Drogen und Elixiere an die zu verkaufen, die sie am nötigsten brauchten: die Frauen. Bathildes Kundschaft hatte sich auf ganz natürliche Weise gebildet, denn diese robuste Natur war von Beruf Hebamme. Aber ihr ernsthaftes Auftreten, ihre reinliche Kleidung, ihre Jugendlichkeit und selbst ihre blonden Haare trogen: Frau Bathilde war keine Hebamme wie die anderen. Sie half nicht nur bei den Geburten, sondern sie wusste ihren Kunden Zaubertränke zu verschaffen, mit denen sie die Männer betören oder sich an Nebenbuhlerinnen rächen konnten, indem sie diese hässlich machten.

»Er war einfach alt«, antwortete ihr der junge blasse Mann.
»Wie auch immer! Die Frage, die uns alle heute Abend hier umtreibt«, sagte die Alte mit ihrer krächzenden Stimme, »lautet: Wie können wir ein für allemal das Zauberbuch mit dem Rubin in unsere Hände bekommen?«
»Lasst uns unsere Kräfte und unser Wissen vereinen, damit es uns gelingt!«, rief Bathilde begeistert aus.
»Und um es mit Muße studieren zu können«, fügte der unscheinbare junge Mann hinzu.
Der letzte der vier, der junge Mann namens Liébault, war ein ehemaliger Schüler Manassés. Er war stolz darauf, ein richtiger Erforscher des Okkulten zu sein. Wahrsagerei, Alchemie, Astrologie, das waren die Gebiete, um die es ihm bei seiner Arbeit ging. Er lächelte nie, doch er legte gern die Stirn in Falten, was ihm ein nachdenkliches Aussehen verlieh. Seit er von dem Buch gehört hatte, war er davon überzeugt, dass der Edelstein in der Mitte des Einbandes mehr sein musste als ein Rubin, wahrscheinlich ein Drachenei. Sein größter Wunsch war es, diesen »Rubin« in seinen Besitz zu bringen, allerdings ohne den Verdacht der anderen zu wecken.
»Freut euch nicht zu früh«, fing Manassé wieder an. »Denn das Problem bleibt bestehen: Wie finden wir das Zauberbuch?«
Beschämt, weil keiner von ihnen eine Idee hatte, wie dies zu bewerkstelligen sei, senkten Meister Manassé, die alte Phelipote, die blonde Bathilde und Liébault die Köpfe und taten so, als konzentrierten sie sich auf eine Eingebung, die auf wundersame Weise zwischen ihnen entstehen könnte. Eine Spinne ließ sich von der Decke herab und der Lichtschein des Feuers vergrößerte ihren Schatten um ein Vielfaches. Liébault tötete sie mit einem Tritt seines Schuhs. Ein leichtes Knacken war zu vernehmen und die Katze öffnete eines ihrer trägen Augen.
»Wer hat eigentlich Gurhavals Besitz geerbt?«, fragte Liébault.
»Redest du von der Werkstatt des öffentlichen Schreibers in der Straße der großen Gaunerei, die ihm als Tarnung diente?«, fragte Phelipote. »Es scheint, einer seiner Neffen oder Verwandten. Ein

junger Mann, ohne weitere Bedeutung. Er hat nicht lange gezögert und fast alle Bücher und das Schreibmaterial des Meisters verkauft. Ich selber habe einige Werke erstanden ...«

»Und ...«, grübelte Manassé, »und ... wenn dieser junge Mann nun das Zauberbuch für sich behalten hätte?«

»Lächerlich!«, fiel ihm die Alte in die Rede. »Dieser Junge ist kein Magier. Warum hätte er das Buch behalten sollen?«

Nichtsdestoweniger begann sich der Gedanke in ihnen festzusetzen, dass sich das Zauberbuch vielleicht tatsächlich noch im ehemaligen Haus des Meisters Magnus Gurhaval befinden könnte, der seine gesamte Habe einem gewissen jungen Musiker mit Namen Bertoul Beaurebec vermacht hatte.

»Man müsste ...«, sagte Manassé nachdenklich, »ja, man müsste ...«

»... sich dorthin begeben und das Haus durchsuchen«, vervollständigte Liébault stolz.

»Seid nicht töricht, junger Mann. Kennt Ihr Euch aus in der Kunst, unbefugt in eine Bleibe einzudringen? Habt Ihr eine Ahnung, wie man einbricht?«

Phelipote mischte sich ein: »Nein, wir müssen einen Fachmann beauftragen!«

Der Blick, den sie mit Manassé wechselte, bestätigte ihr, dass beide dieselbe Idee gehabt hatten.

Die zwei anderen schauten verblüfft auf.

»Einen Fachmann? Ich verstehe nicht ...«, sagte Bathilde.

»Es ist schon vorgekommen«, erklärte Manassé belehrend, »dass ich die Dienste eines Mannes in Anspruch genommen habe, der sich zwar in der Magie überhaupt nicht auskennt, dafür aber über Fähigkeiten anderer Art verfügt.«

»Welcher Art?«, fragte Liébault.

»Unehrenhafter Art«, erwiderte Phelipote. »Zum Beispiel, in Häuser einzudringen, einen Passanten anzugreifen oder Dinge zu stehlen, die wir für unser Unternehmen benötigen, oder Widerspenstige zum Reden zu bringen, wenn unsere Magie nicht ausreicht, das erhoffte Ergebnis zu liefern.«

»Ein Gauner«, flüsterte Bathilde, »nein … ich will es nicht glauben. So jemanden kennt Ihr also, Meister Manassé? Ihr?«
Manassé räusperte sich bescheiden, als ob es sich um eine besondere Leistung handelte.
»Na ja, ich weiß, wo man einen solchen Mann finden kann. Ich werde einen Straßenjungen schicken und ihn kommen lassen, und schon heute Abend werden wir ihm die Angelegenheit erklären. Er hat mir schon einige Dienste geleistet. Für einen solchen gewissenlosen Lohndienst scheint er mir genau der Richtige.«
»Und er heißt …?«
»Sein Name ist Hennequin«, verkündete Manassé triumphierend. »Wir werden Hennequin herbestellen.«

Wenn du die Magie in der Hoffnung suchst,
deine Wünsche oder dein Begehren
nach Reichtümern zu befriedigen,
wirst du von diesen Wunschgedanken
beherrscht und niemals
wahre Weisheit erlangen.

3

Der Mann saß vor einem kleinen Feuer. Die Flammen, die seinen eisblauen Blick mit einem sonderbaren Schein erhellten, spielten in seinen schwarzen Haaren und ließen den funkelnden Dolch an seinem Gürtel beängstigend aufblitzen. Es hatte nicht lange gedauert, und der Gauner, den Manassé herbeigerufen hatte, ein ehemaliger Soldat, war erschienen.

»Also, wofür braucht Ihr diesmal meine Dienste?«, wandte sich der Mann an Manassé.

»Nichts besonders Schwieriges für Euch, Meister Hennequin. Es geht darum, dass Ihr Euch in ein Haus in der Straße der großen Gaunerei begebt, in die Werkstatt eines öffentlichen Schreibers. Wir suchen ein Buch, das sich höchstwahrscheinlich dort befindet. Und Ihr sollt es finden! Solltet Ihr es nicht finden, habt Ihr den jungen Mann, der dort lebt, dazu zu bringen, es herauszugeben oder Euch davon zu überzeugen, dass er nichts weiß. Wir brauchen dieses Zauberbuch unbedingt.«

»Ein Zauberbuch?!«, wiederholte Hennequin aufhorchend.

Sieh einer an, ein seltenes magisches Werk … Er würde den Preis für seine Dienste anheben.

»Ja, ein Zauberbuch, das unser Wissen vergrößern wird«, sagte Manassé. »Dies ist das Zauberbuch aller Zauberbücher, es hat nie etwas Vergleichbares gegeben …«

»Mit ihm hätte ich endlich das Mittel in der Hand, das ich brauche, um die Person zu Tode zu hexen, die …«, ließ sich Phelipote entschlüpfen.

»Aha, eine persönliche Rache also!«, bemerkte Hennequin.

»Was mischst du dich da ein, junger Mann! Pass auf, dass wir dich nicht beim obersten Richter von Paris anzeigen.«

»Dann wird Aussage gegen Aussage stehen. Ich scheue mich nicht, mit euch so umzugehen wie ihr mit mir. Merkt euch das, ihr Geisterbeschwörer! Das Gericht wäre entzückt über einen so schönen Fang. Ich weiß mit Sicherheit, dass der König Magie missbilligt.«
»Genauso, wie er Gaunereien missbilligt!«
Manassé ergriff wieder das Wort und fuhr fort: »Ihr werdet das Buch leicht erkennen. Es ist groß, dick, mit zahlreichen Symbolen und Figuren, mit goldenen Zeichen auf dem Einband, ein dickes Stück rotes Glas in der Mitte.«
Er würde Hennequin, diesem Gauner, auf keinen Fall enthüllen, dass es sich um einen echten Rubin handelte.
»Wann könnt Ihr den Auftrag ausführen?«
Der Mann überlegte einen Moment lang.
»Heute Nacht nicht«, sagte er, »da habe ich zu tun. Aber mit Sicherheit in der kommenden. Ich werde nicht ohne das wiederkommen, wonach Ihr sucht: Mit einem Zauberbuch oder einer Antwort. Denkt über den Preis nach, den Ihr zu zahlen bereit seid. Es ist wirklich ein wertvolles Stück, nicht wahr? Also würde es zweifellos auch andere interessieren ...« Hennequin stieß ein kurzes Lachen aus.
Der Gauner verschwand mit zielstrebigen Schritten in den dunklen Straßen. Im Vorbeigehen nahm er einem Bürger, der sich verlaufen hatte, den Geldbeutel ab und erleichterte ihn um acht Taler. Gut, sein Abend war nicht ganz und gar erfolglos gewesen.

Eine drückende Stille war nach Hennequins Abschied eingetreten.
»Ich frage mich, ob es wirklich gut war, diesem Kerl so viel von der Sache zu erzählen«, sagte Bathilde schließlich halblaut.
Diese Überlegung löste weitere Bedenken aus.
»Und außerdem wird es uns einiges kosten«, bemerkte Phelipote. »Er hat nicht damit hinter dem Berg gehalten, dass er für seine Dienste viel Geld von uns verlangen wird, sehr viel ...«
»Sonst wird er das Zauberbauch an andere verkaufen, jetzt, wo er weiß, dass es ein besonders wertvolles Buch für unsere Bruderschaft ist. Er wird den Preis in die Höhe treiben.«

Manessé zwirbelte seine Bartspitzen und forschte in den Windungen seines Gehirns, ob es wohl möglich wäre, dem Lauf der Dinge eine positive Wendung zu geben.
Erst morgen, hatte der Gauner verkündet.
»Es bleibt uns also noch diese Nacht. Man kann in einer Nacht viel erreichen, wenn man bestimmte magische Verfahren zu Hilfe nimmt.«
»Wollt Ihr damit sagen, dass wir selbst hingehen und nachsehen sollten?«, schlug Bathilde vor.
»Hmm …«, wiederholte Manassé, ohne eindeutig Stellung zu beziehen.
»Wenn wir ein wenig Glück haben, hat der junge Mann vielleicht sogar vergessen, seine Tür abzuschließen«, setzte Liébault hinzu.
Die vier Magier schauten einander der Reihe nach an und nickten langsam mit den Köpfen. In stillem Einvernehmen hatten sie soeben eine Entscheidung getroffen. Jetzt ging es nur noch darum, sie auszuführen.
Rasch sammelten sie einige Utensilien und begaben sich im Gänsemarsch zum ehemaligen Haus des Meisters Magnus Gurhaval in der Straße der großen Gaunerei. Raben kreisten weit entfernt am dunklen Himmel.
Hinter einem Mauervorsprung beobachtete ein Augenpaar das gefährliche Quartett.
»Sieh mal einer an …«, sagte der Beobachter amüsiert, als er sah, wie die Vier das Schloss aufbrachen.

Wer glaubt, es genüge,
einen **Zauberstab** zu besitzen,
um in der **Magie** Erfolg zu haben,
gleicht den **Dummköpfen**, die meinen,
der Besitz einer schönen Flöte reiche aus,
um auf ihr spielen zu können.

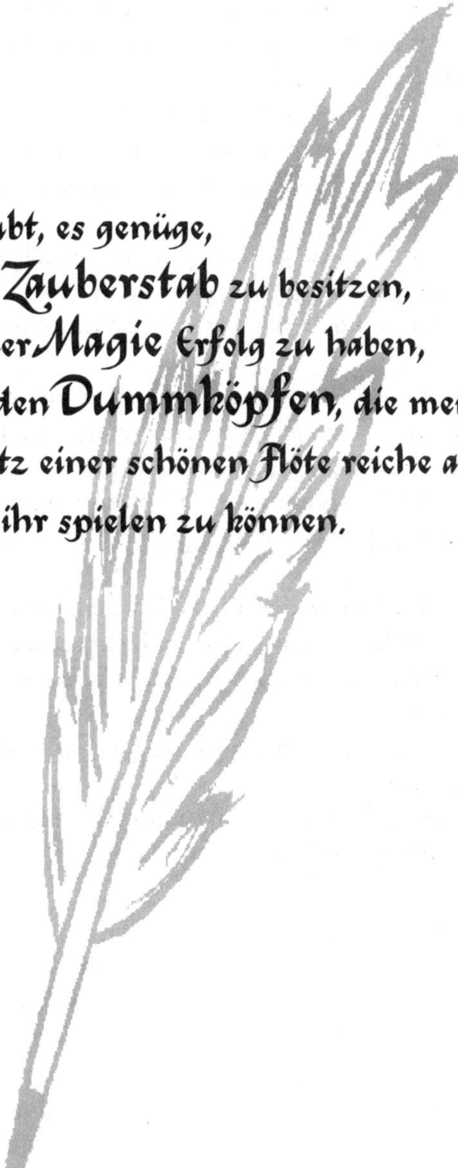

4

Mit großen Schritten, doch ohne Eile erreichte Bertoul Beaurebec mit seinem Instrument in der Hand tief in der Nacht seine Unterkunft. Die Dunkelheit störte ihn nicht und er hatte keine Angst. Gauner in der Straße der großen Gaunerei? Er hatte noch keine gesehen – es gab also entweder keine, oder irgendetwas schützte ihn vor ihnen. Natürlich wusste er nur zu gut, dass es von üblen Burschen hier nur so wimmelte. Doch hatte seit dem Tag seines Einzugs in das Haus von Meister Gurhaval niemand Streit mit ihm gesucht, wahrscheinlich aus Respekt vor dem alten Mann, der mit allen in diesem Viertel auf gutem Fuße stand.

So eilte Bertoul durch die finsteren Gassen, während ihm viele Gedanken durch den Kopf zogen, die sich alle um Blanche de Vauluisant drehten. Er seufzte. Allein der Gedanke an sie ließ ihn jedes Mal seufzen. Er hatte sich schon daran gewöhnt, um nicht zu sagen, resigniert.

Aber immerhin war er in Paris. Er hatte alles ausgeführt, worum ihn die alte Frau Hermelinde de Tournissan und der öffentliche Schreiber Magnus Gurhaval vor zwei Jahren gebeten hatten. Was die anderen Dinge anging, da konnte er sich Zeit lassen, darüber nachzudenken.

Das Haus, das er geerbt hatte, gehörte zu den besser ausgestatteten im Viertel des Friedhofs der Unschuldigen zwischen der großen Straße Saint-Denis und dem Croix-du-Trahoir. Die Fachwerkfassade hatte zwei Fenster mit echten, in Blei gefassten Glasscheiben – ein seltener Luxus –, geschützt von zwei herunterklappbaren Läden, die Meister Gurhaval als Stand- und Arbeitsfläche gedient hatten, wenn er Aug in Auge mit seinen Kunden kopierte und schrieb. Außerdem besaß das Haus eine massive, eisenbeschlagene Tür, deren Pfosten mit geschnitzten Eulen verziert waren. Der zur Straße gelegene Raum war das Arbeitszimmer des Meisters gewesen und führte in einen anderen, der sowohl als Schlafzimmer wie auch als persönliche Bibliothek diente. Hier hatte Bertoul die vertraulichen Anweisungen und das Erbe des alten Mannes entgegengenommen und war Zeuge seines letzten Atemzugs gewesen. In diesem Raum hatte er bald darauf eine eisenbeschlagene Holztruhe an die Wand gestellt, die mit Ketten und noch schwereren Schlössern als die an der Eingangstür versehen war.

Und in dieser Kiste ruhte das letzte Geschenk von Frau Hermelinde und Meister Gurhaval: das Zauberbuch mit dem Rubin.

Das zweite Zimmer öffnete sich zu einem Garten, in dem Meister Gurhaval Pflanzen gezüchtet hatte, die er für seine Zwecke brauchte. Heilpflanzen mit so besonderen Namen wie Johanniskraut, Engelwurz, Eisenkraut, Frauenmantel und noch viele andere. Darunter waren auch zweifelhafte Pflanzen, die Bertoul noch immer mit Argwohn betrachtete und die er nicht einmal zu berühren wagte: Eisenhut, Tollkirsche, Fingerhut, Schierling …

In dieser Nacht mischten sich die Düfte der Blumen in den Gärten mit den Gerüchen der Abfälle, die die Straßen füllten und die in der Hitze des Tages zu verwesen begonnen hatten. Sie drangen ihm in die Nase. Ratten huschten schnell an den Mauern entlang. Es war besser, nicht auf den Boden zu schauen.

Während er sich seinem Haus näherte, erblickte er zwischen den Dächern Vögel, die über ihm kreisten. Er zog verwundert die Augenbrauen hoch. Wider Erwarten handelte es sich nicht um Eulen, für die er Achtung und Dankbarkeit empfand, sondern um Raben.

An sich waren Raben hier keine Seltenheit. Aber warum hielten sie sich auf dem Dach auf und stießen solche durchdringenden Schreie aus, mitten in der Nacht?

Es schien, als ob sie ihn mit boshafter Neugier beobachteten. Bertoul zog einen großen, kunstvoll gearbeiteten Schlüssel aus seinem Geldbeutel und schob ihn in das Schloss. Der Riegel bewegte sich geräuschvoll und erschütterte die Stille.

Wie oft war er schon nachts allein heimgekehrt! Doch an diesem Abend schien es ihm, als sei irgendetwas anders als sonst, irgendetwas Bedrohliches lag in der Luft.
Ein warmer Windhauch ließ das Aushängeschild des öffentlichen Schreibers über der Eingangstür in seiner eisernen Fassung quietschen. Er hob den Kopf. Ein Rabe, der auf dem Schild gesessen hatte, flog mit raschem Flügelschlag davon.
Was hatte das alles zu bedeuten?
Er trat vorsichtig ein und legte den Schlüssel auf einen Tisch, der mit Pergamentbögen bedeckt war, ebenso seine Fidel und den Bogen, die er in der Hand trug. Durch die verschlossenen Läden war es im Haus noch finsterer als draußen, pechschwarze Dunkelheit zog sich bis in die hintersten Winkel.
»Also. Was ist hier los?«, stieß er zwischen den Zähnen hervor.
Im Innern des Hauses schwebte ein schwacher, kaum wahrnehmbarer Kerzenduft.
Verblüfft bückte sich Bertoul, um etwas Leichtes, grau-beige Geflecktes vom Boden aufzuheben. Eine Feder. Eine Eulenfeder. Er runzelte die Stirn und hob eine weitere von einem zu Boden gefallenen Wandteppich auf und unterdrückte mit Mühe einen Aufschrei der Bestürzung.
Jetzt schaute er vom Boden auf: Das Durcheinander, das sich ihm bot, war unbeschreiblich. Alle Bücher waren aus den Regalen geworfen worden, die Möbel waren umgestürzt, Gegenstände aller Art bedeckten den Boden: Tintenhörner, zerbrochene Töpfe, Gänsefedern, Asche, zertretene Früchte …
Die Stille, die über der Zerstörung schwebte, ließ nichts Gutes ahnen.
Während er die beiden Eulenfedern in der Hand hielt, ließ Bertoul seinen Blick aufmerksam und vorsichtig durch die Werkstatt schweifen, in die offensichtlich gerade eingebrochen worden war. Dann begab er sich in das Nebenzimmer.
Es blieb ihm kaum Zeit, den Anblick, der sich ihm bot, zu verstehen: Vier Personen – zwei Männer und zwei Frauen – zwängten sich mit

weit aufgerissenen Augen innerhalb eines Kreises zusammen, der mit Holzkohle auf den Boden gezeichnet worden war. In den Kreis war mit einer ununterbrochenen Linie ein Fünfstern gezogen; jede seiner Spitzen war von geheimnisvollen Worten und Symbolen umgeben.
Ein Pentagramm! Ein Zeichen, das dazu diente, vor Unheil zu schützen.
Bertoul hatte keine Zeit, sich weitere Fragen zu stellen. Als er gerade den Mund öffnen wollte, um zu rufen: »Was tut ihr in meinem Haus?«, sprang eine struppige Katze von der Schulter der älteren der beiden Frauen und stürzte sich auf sein Gesicht.
Trotz des undurchdringlichen Dunkels im Zimmer erkannte er ihre Bewegung rechtzeitig und warf sich zur Seite. Die Krallen der Katze streiften nur leicht sein Gesicht, aber sie erwischten seine Schulter. Durch sein Wams hindurch spürte Bertoul ein feines Rinnsal von Blutstropfen, wie es eine feine Klinge hervorruft.
Während sich das Biest zurückzog, drückte er mit seiner Hand auf die Stelle. Als es wieder auf der Schulter seiner Herrin saß, setzte es zu einem weiteren Angriff auf Bertouls Gesicht an.
»Haltet diese Katze zurück!«, schrie er. Aber vergeblich! Die zweite Attacke des Tieres bewirkte, dass er den Halt verlor und dadurch in Reichweite der vier Personen geriet, die sich bemühten, den aufgemalten Kreis nicht zu verlassen.
Taumelnd vernahm Bertoul einzelne Ausrufe der Befriedigung. Er spürte einen Schlag gegen sein Bein, einen weiteren gegen seine Rippen, ausgeführt mit schweren Stöcken. Der Schmerz schnürte ihm die Kehle zu.
»He!«, keuchte er, »was soll das?«
Die Katze setzte ihren wilden Tanz mit ausgefahrenen Krallen fort. Zahlreiche unerbittliche Knüppelschläge prasselten nun von allen Seiten auf Bertoul ein.
»Was wollt ihr von mir?«, schrie er, während die Stockschläge aufs Geratewohl auf ihn niedergingen.
Dazwischen vernahm er auch Ausrufe wie: »Au, passt doch auf, wo ihr hinschlagt!«

Ein höllischer Schmerz durchzog Bertouls gesamten Körper. Die vier Angreifer wagten sich jetzt langsam aus dem Pentagramm heraus, während sie unablässig Schutzformeln vor sich hinmurmelten. Vorsichtshalber rollte er sich zusammen und schützte sein Gesicht.
»Was wollt ihr denn von mir? Was soll das Pentagramm? Was hab ich euch denn getan?«
Mutig fing er an, um Hilfe zu rufen.
»Schrei nur, mein Freund!«, sagte eine zischende Stimme. »Niemand wird dich hören. Wir haben einen Stillebann über dieses Haus gelegt!«
Die Schläge schienen für einen Augenblick, der sich wie eine Ewigkeit anfühlte, zu verdoppeln. Irgendwann spürte Bertoul überhaupt nichts mehr. Die Knüppel trafen rhythmisch neben seinem Kopf auf den Boden, doch zielten sie nicht mehr auf ihn. Er spürte, wie er aus mehreren Wunden blutete.
Ein altes, von einem langen Bart umrahmtes Gesicht beugte sich über ihn, und eine Hand zwang ihn, sich umzudrehen und sein Gesicht zu zeigen.
»Wie kommt es, dass du uns in dieser Dunkelheit sehen kannst?«, fragte ihn der Alte.
»Wir sind nicht gekommen, um ihm solche Fragen zu stellen!«, kreischte eine andere Stimme. »Wir sind hier, um ihn zu fragen, wo das Zauberbuch mit dem Rubin ist.«
»Fchchchch«, fauchte die Katze, als sie diese Worte hörte.
Das Zauberbuch, das war es also, was diese Leute suchten! Aber wie hatten sie von seiner Existenz erfahren? Nur Blanche wusste davon, und sie hätte niemals mit irgendjemandem darüber gesprochen.
Eine Kerze wurde entzündet und verbreitete einen matten gelblichen Schein. Die alte Frau näherte sich Bertoul und bemühte sich, ihrem Gesicht einen liebenswerten Ausdruck zu verleihen, aber ihr Lächeln wurde dadurch nur noch furchterregender.
»Wir wollen nur eine kleine Auskunft, mein Junge«, sagte sie und schob sich in Bertouls Blickfeld.
Er versuchte sie anzusehen, aber die Lider fielen ihm zu.

»Öffne ihm die Augen, Bathilde!«, befahl die Alte.
Die stattliche blonde Frau öffnete mit zwei Fingern die geschwollenen Augenlider des jungen Mannes.
»Siehst du mich? Gut. Denk gut über das nach, was ich dich jetzt fragen werde, mein Junge: Wo ist das berühmte Zauberbuch des Meisters Gurhaval, mit dem Rubin?«
Wieder dieses schreckliche Lächeln.
»Ich habe nie von etwas Derartigem reden hören«, brachte Bertoul mühsam heraus.
»Und Meister Gurhaval? Hast du von dem gehört?«
»Wer seid Ihr?«, fragte Bertoul mit schwacher Stimme.
»Wir sind diejenigen, die hier die Fragen stellen!«, mischte sich ein blässlicher Mann ein, wobei er bedrohlich den Stock kreisen ließ, den er in der Hand hielt.
»Los, wir durchsuchen ihn!«
Die Eindringlinge untersuchten nun seine Geldbörse und brachten die Schlüssel zum Klirren, die sich darin befanden.
»Da! Ein Schlüsselbund! Lasst uns einmal nachsehen, was sich mit diesen Schlüsseln so alles öffnen lässt!«, rief Liébault.
Doch als er daran zog, gab der Bund nicht nach.
»Er hat ihn mit einer Kette um seine Hüfte gebunden! Das ist ein gutes Zeichen. Die Schlüssel müssen also ziemlich wichtig sein.«
Sie ließen ihr Opfer und den Schlüsselbund los, um im Haus nach passenden Schlössern zu suchen. Danach würden sie immer noch genügend Zeit haben, ihm die Kette mit den Schlüsseln abzunehmen. Drei von ihnen, die miteinander verbunden waren und von denen Bertoul sich niemals trennte, waren für die Truhe, in der das Zauberbuch ruhte.
Nur der alte Mann blieb in seiner Nähe und redete ihm zu:
»Du tätest besser daran, mein lieber Junge, uns gleich zu sagen, wo du das Zauberbuch von Meister Gurhaval verborgen hast!«
Doch selbst wenn Bertoul gewollt hätte, wäre es ihm inzwischen vor Schmerzen nicht möglich gewesen, auch nur ein klares Wort herauszubringen.

Die alte Frau, die Blonde und der blasse junge Mann schnüffelten im rußigen Schein einer einzigen Kerze da und dort herum. Im Halbschatten, der kaum von dem schwachen, gelblichen Licht durchdrungen wurde, hatte offenbar noch keiner von den Vieren die Truhe entdeckt, obwohl diese gut sichtbar an einer Wand stand, mit einer Kette gesichert, aber von einem großen Stück Orientstoff bedeckt, sodass man sie für einen Sessel halten konnte.
Trotz seines Zustands konnte Bertoul daran erkennen, dass es sich bei den Vieren nur um armselige Einbrecher handelte. Dies tröstete ihn allerdings nur wenig, denn früher oder später würden sogar sie das Versteck finden. Nicht einmal die Gaben, mit denen ihn Frau Hermelinde ausgestattet hatte, hatten ihm geholfen, sich gegen diese vier nicht gerade ehrbaren Gestalten zu verteidigen. Er hatte kein Vorgefühl gehabt, dass ihm ihre Anwesenheit verriet, er hatte nichts davon kommen gesehen.
Aber wozu auch ein gesteigerte Wachsamkeit? Bislang war sie nicht notwendig gewesen.
»Zur Zeit Meister Gurhavals bin ich hier empfangen worden ...«, sagte die Alte.
»Ich erkenne die Möbel wieder, die Bücher ...«, setzte der blasse Mann hinzu.
»Dieses Buch hier mit Arzneien hat er mir vor einigen Jahren selbst gezeigt ...«, ergänzte die Blonde.
Wer könnte mir nur helfen? fragte sich Bertoul. Er wusste es genau. Es gab eine Person, die er jetzt gern an seiner Seite gehabt hätte, damit sie ihn aus dieser Lage befreite, seine Schmerzen mit einigen Salben linderte, ihm ein paar liebe Worte sagte und vielleicht sogar zuwendungsvoll seine Hand hielt. Mit diesem Menschen hatte er sich vor zwei Jahren verbündet und er besuchte ihn ab und zu; er lebte nicht weit entfernt im Palais des Königs.
Ein Name entschlüpfte seinem Mund.
»Blanche ...«, sagte er inbrünstig.
Die vier Eindringlinge hielten regungslos und alarmiert inne. Der Bärtige, der ihn mit aufmerksamem Blick bewachte, die Alte, die in

den Gläsern schnüffelte, der junge Mann, der alle Bücher öffnete, bevor er sie zu Boden fallen ließ, die Blonde, die eine grünliche Creme auf ihren Handrücken verteilte – alle standen sie wie erstarrt, als sie dieses eine Wort vernahmen. Langsam und mit einem seltsamen Ausdruck in ihren Gesichtern drehten sie sich zu ihm um.
Wäre Bertoul etwas wacher gewesen, hätte er vielleicht wahrgenommen, dass seine Gegner ziemlich beunruhigt wirkten. Aber er dachte an etwas anderes, oder vielmehr an jemand anderen, und er wiederholte noch zweimal:
»Blanche … Blanche …«
Daraufhin legten die vier die Gegenstände, die sie gerade in den Händen hielten, vorsichtig zurück.
»Dreimal«, hauchte der alte Magier. »Dreimal hat er ihren Namen genannt!«
Sie waren einen Moment lang sprachlos, wobei sie Bertoul mit sichtbarem Unbehagen verstohlen musterten.
Dann beeilten sie sich, zur Tür zu gelangen, als würde ihnen die Situation wieder bewusst, drängten sich hastig aneinander vorbei und stießen gehässige Worte hervor.
»Wir werden wiederkommen«, drohte Liébault. »Und zwar bald!«
»Oder wir schicken jemanden«, bekräftigte Bathilde. »Jemanden, der sich auskennt!«
»Blanche, wie die Königin!«, sagte die alte Phelipote mit zitternder Stimme und fuhr wütend fort: »Für sie und ihren verdammten Sprössling Louis habe ich ein tödliches Gift vorgesehen, ein Gift, in dessen Geheimnisse ich dank des Zauberbuches so schnell wie möglich eindringen werde! Ja, sie werden sterben.«
Nun, wo sie das Zimmer verlassen hatten, drehten sie sich um und suchten so rasch wie möglich das Weite, gefolgt von der Katze mit den gelben Augen.
Ihre dahinhuschenden Schatten – Mitternacht war schon seit zwei oder drei Stunden vorüber – verloren sich in der Straße der Großen Gaunerei, bevor sie in noch verrufenere Gassen einbogen. Man sah ganze Schwärme krächzender Raben von den Dächern der verschla-

fenen Häuser auffliegen, schwer, unstet, bedrohlich. Sie verschwanden, als hätte die Dunkelheit sie verschluckt.
Auf dem Vordach von Bertouls Haus erschienen vier Eulen. Sie wirkten ein wenig mitgenommen. Offenbar hatten sie im Kampf Federn lassen müssen …

Die wesentliche Qualität
eines jeden Menschen,
der danach strebt,
die himmlischen Kräfte
zu gebrauchen,
ist **der Mut**.

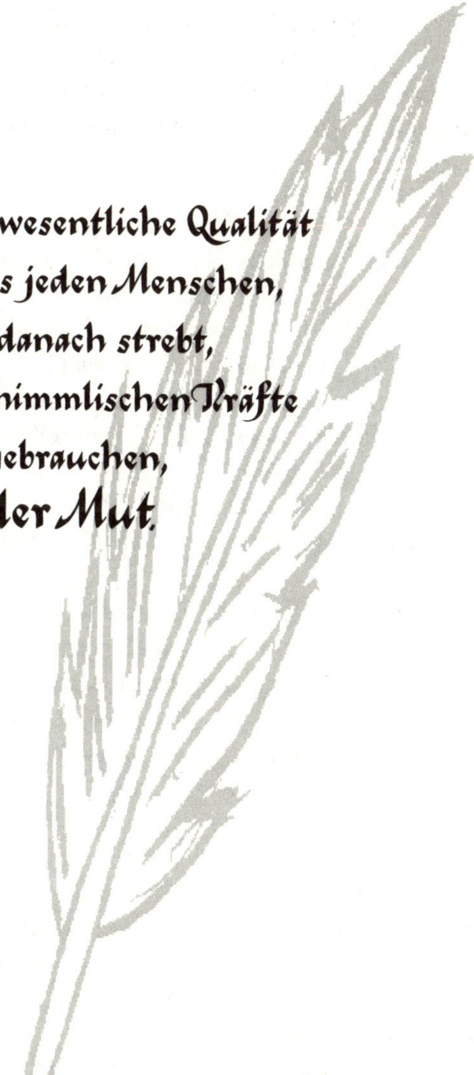

5

Blanche legte ihre Hände auf den Fenstersims und beugte sich wie alle anderen Edelfräulein, die zum Gefolge der kleinen Prinzessin Isabelle gehörten, weit hinaus. Braune und blonde Köpfe, geschmückt mit Schleifen, Goldfedern, hauchdünnen Schleiern und bunten Kleidern, bildeten ein reizvolles Ornament entlang der Fenster der Privatgemächer. Die jungen Frauen lachten und kommentierten die Ankunft jedes neuen Adligen mit seinem Gefolge im Hof des Palais.

»Kommt, Isabelle, kommt und schaut doch auch!«, rief Blanche.

Sie nahm das kleine Mädchen zwischen die Arme und hob es auf den Steinsims.

»Seid vorsichtig und bewegt Euch nicht zu lebhaft, doch macht Eure Augen auf und schaut diese schönen Herren an, die kommen, um Eurem Bruder, unserem Sire, die Ehre zu erweisen.«

Sie hielt sie gut fest. Isabelle war ein Kind von sieben Jahren, sanft und folgsam, hübsch und fröhlich. Es gab keinen Grund zur Sorge, dass sie in den Hof fallen würde, wo eine große Zahl von Reitern und Fußvolk eingetroffen war.

Herren aus allen Teilen des Königreiches, von vielen kleinen oder großen Lehen präsentierten sich mit Frauen, Kindern, Knappen, Rittern, Vasallen und Verbündeten, Dienern und Kammerherren. Sie waren in Gästehäusern in den angrenzenden Straßen von Paris untergekommen und trafen gut ausgeruht im Laufe des Morgens ein, um bei Hof vorstellig zu werden.

»Wer sind diese Herren?«, fragte die Prinzessin. »Von welchen Gütern kommen sie?«

Die Edelfräulein ihres Gefolges wussten nicht, was sie ihr antworten sollten. Es waren so viele, alle mit ihren Farben, Wappen und Ban-

nern ausgestattet. Wenn der König in Paris war, kamen jeden Tag andere Barone und edle Herren, um ihrem Herrscher erneut ihre Lehenstreue zu bezeugen.
»Ich weiß es nicht, Isabelle.«
»Sind das dort Vasallen?«
»Wahrscheinlich«, antwortete Blanche, »sonst wären sie nicht hier. Schaut, wie stolz dieser Ritter aussieht mit seiner Fahne, auf der man einen goldenen Turm mit Silbersternen sieht. Und dieser da, ein schöner Knappe, meine Güte, auch wenn er nach meinem Geschmack etwas zu rote Haare hat. Und schaut doch, die Dame in Blau, zweifellos die Ehefrau des Seigneurs, sofern es nicht seine Tochter ist ...«
Die Neuankömmlinge vernahmen das Lachen und schauten neugierig zu den hübschen Edelfräulein hinauf, die bunten Engeln glichen. Die kühnsten der jungen Knappen wagten ein paar verstohlene Seitenblicke oder verschwörerische Handzeichen, und das Gefolge der Prinzessin lachte umso mehr.
»Aber meine Damen!«, sagte ein Diener, der in das Zimmer eingetreten war. Die jungen Frauen zogen sich von den Fenstern zurück und setzten ihr Geplauder fort.
»Meine Damen!«, verkündete der Diener, »die Königin verlangt, dass Ihr die Prinzessin ankleidet und in Eurem schönsten Staat herunterkommt. Sie möchte gern, dass die Schwester und die Brüder des Königs heute an der Huldigung teilnehmen. In zwei Stunden, meine Damen!«
»Wohlan, wir werden also heute Vormittag diese jungen Leute aus nächster Nähe sehen«, sagte Marguerite de Corbon. »Sie sahen aus, als ob sie es eilig hätten, uns kennenzulernen.«
Die anderen fingen an zu lachen, während sie prachtvolle Kleider und wertvollen Schmuck aus den Truhen holten, ebenso Kämme und Spiegel, um sich die Haare aufwändig zu frisieren.
Eine Dienerin glättete Isabelles Haar, dann hielt Blanche ihr ein prunkvolles, dunkelblaues Seidenkleid hin, das mit winzig kleinen Perlen in Kleeblattform auf einem Netz aus Goldfäden bestickt war.

König Louis IX. war ein junger Mann von achtzehn Jahren, der Schlichtheit sehr schätzte, aber darauf bestand, dass sich der Hof in seiner ganzen Pracht zeigte, wenn es sein musste. Wenn die Herren kamen, um ihm die Ehre zu erweisen, war es ihm wichtig, die königliche Macht in ihrer ganzen Pracht zur Schau zu stellen.
Isabelles Haare bildeten kurze blonde und gleichmäßige Wellen, die nur von einem zarten Goldreif gehalten wurden und wie ein Schleier auf Schultern und Rücken drapiert waren.
In mehreren Gemächern des Palais machten sich die jungen Prinzen und ihr Gefolge ebenso bereit. Prinz Robert war vierzehn Jahre alt, Jean dreizehn, Alphonse elf, Philippe-Dagobert zehn und der kleine Charles noch nicht einmal sechs. Sie alle wurden in Seide und bestickten Samt gekleidet und mit Prunkwaffen in ihrer Größe versehen.
Die gesamte Familie würde in voller Pracht um den Ältesten und Madame Blanche, ihre Mutter, versammelt sein, um selbst vor den Augen der entferntesten Gutsherren zu bezeugen, dass die Dynastie stark und sicher sei.
So forderte es der König von Zeit zu Zeit.
Isabelle und ihr Gefolge zogen die Treppe herunter, und nachdem sie vor dem König und der Königin zur Begrüßung einen Kniefall vollführt hatten, gruppierten sie sich um den Thron herum.
Dann ließ man die Herren mit ihrem Gefolge eintreten.
Die Vasallen, die ihr Lehen und Erbteil vom König erhielten, ließen sich der Reihe nach auf die Knie fallen, legten ihre zusammengelegten Hände in die des jungen Königs und versicherten ihn ihrer bedingungslosen Treue.
Die Zeremonie war deshalb von Bedeutung, weil einige Herren es seit dem Tod des vorigen Herrschers vorgezogen hatten, ihren Schwur zu brechen und ihr einmal gegebenes Wort zu verhöhnen, wie Pierre Mauclerc, der Graf der Bretagne, und der Herr von Lusignan es getan hatten. Graf Thibault de Champagne verhielt sich schwankend, der König von England ereiferte sich und weigerte sich, für seine Ländereien in Frankreich Huldigung zu erweisen. Die Situation war angespannt – oder verwirrt, was auch nicht besser war.

Nicht zuletzt deshalb ordnete Louis von Zeit zu Zeit an, dass der persönliche Treueeid mit allem dazugehörigen Prunk erneuert werden musste.

Ein Trupp kam an diesem Tag aus einer entfernten Region, und Blanche zitterte vor Ungeduld und Erregung, da sie bei einigen der Namen, die sie hörte, Lehen aus ihrer Heimatgegend wiedererkannte. Dort befand sich ihr eigenes Gut Vauluisant und das der Familie Flamincourt, wo sie den größten Teil ihrer Kindheit verbracht hatte. Vielleicht kannten ja einige von ihnen ihre Brüder, hatten ihren Vater gekannt, ihre Mutter … Würde sie den einen oder anderen von ihnen sprechen können? Würde sie Erkundigungen einholen können, ohne sich zu verraten? Wie auch immer, sie sah weder ihre Brüder noch Josque de la Bordonne unter denen, die heute an der Huldigung der Lehensleute teilnahmen.

Blanche hatte die Hände brav in die weiten Ärmel ihres Gewandes geschoben, hielt den Kopf gesenkt und dachte unwillkürlich an ihre Kindheit, die nun schon so weit zurücklag. Sie führte ein angenehmes Leben am Hof, wenn auch nicht in der unmittelbaren Umgebung des Königs und seiner Mutter, so doch zumindest in der der jungen Prinzessin. Es blieb ihr dennoch viel Zeit zur freien Gestaltung und sie konnte empfangen, wen sie wollte. Die jungen Höflinge hielten sich unablässig in der Nähe der Edelfräulein auf, und Gedichte, Huldigungen und Einladungen zu Rendezvous waren sehr beliebt.

Im Palais wohnte sie luxuriös, sie speiste köstlich und erhielt ein kleines Gehalt, das es ihr erlaubte, sich so zu kleiden, wie es am Hofe üblich war. Sie konnte auf die Zuneigung ihrer guten Patin bauen, ohne dass diese sie zu sehr überwachte und dadurch einengte: Schließlich war ihre Patentochter sechzehn Jahre alt und sehr wohl in der Lage, ihr Leben selbst zu führen, ohne sich auf irgendeinen Erwachsenen stützen zu müssen.

Alles wäre perfekt gewesen, hätte Blanche in ihrem Herzen nicht immer eine gewisse Sehnsucht und einen unbestimmten Schmerz verspürt, undeutlich und schwer fassbar, die sie manchmal über-

mannten und ihr Tränen in die Augen steigen ließen. Es war nicht Verzweiflung, die sie weinen ließ, nein, es war etwas anderes.
Sie bedauerte, dass sie keinen klaren Bach mehr hatte, in den sie ihre Füße tauchen konnte, wie damals in Flamincourt, und dass sie nicht einfach Minze, Honigklee und Löwenzahn auf den Wiesen sammeln konnte. Vielleicht fehlte ihr auch nur der Blick auf sanfte Hügel, dichte Wälder, Feldblumen und Sonnenuntergänge über der Landschaft. Hier war die Stadt allgegenwärtig, auch wenn das Palais einen Garten besaß. Außerhalb der Mauern befand sich die Stadt mit ihren dunklen und dicht aneinandergedrängten Häusern, von der man sagte, dass es in ihr von Dieben und Betrügern nur so wimmle. Die modrigen Gassen mit ihren übelriechenden Abflussrinnen, den schlecht verlegten Pflastersteinen, an denen man sich die Knöchel verstauchte, den Glocken der Kirchen und Klöster, die einen mit ihrem unaufhörlichen Läuten fast taub machten, die Schreie, der Lärm – all das schenkte ihr wenig Vertrauen.
Manchmal hätte Blanche viel darum gegeben, wieder in Flamincourt zu sein, allerdings unter der Bedingung, dass ihr dort weder ihre Brüder noch ihr Bräutigam begegneten. Oder in Vauluisant, dem Gut, auf das ihre Brüder nicht das geringste Anrecht hatten. Sie würde sich hoch auf den Turm begeben und die urwüchsige Landschaft mit ihrem Blick umfassen. Sie würde hinuntersteigen, um barfuß über die Wiese zu laufen, die Bauern beim Melken der Kühe grüßen und ihren großen Leinensack mit wohlriechenden Kräutern füllen.
»Ich weiß nicht einmal mehr, wann Johanni gefeiert wird«, sagte sie zu sich, »die beste Zeit zum Sammeln meiner guten Kräuter. In zwei oder drei Wochen, glaube ich … wie schade …«
Weswegen eigentlich? Sie wusste es selbst nicht genau. Sie seufzte einmal, zweimal, und fühlte, wie ihr fast die Tränen, die sie so lange zurückgehalten hatte, in die Augen stiegen.
Eine kleine kühle und trockene Hand schob sich in ihren Ärmel und suchte die ihre.
»Weinst du, Blanche? Warum denn? Du hast mir selber gesagt, dass Traurigkeit eine Sünde ist.«

Die Prinzessin hatte leise gesprochen, um die Zeremonie nicht zu stören, und Blanche antwortete ihr genauso gedämpft:
»Ja, Isabelle, es stimmt. Danke, dass Ihr mich daran erinnert. Aber ich dachte an meine Heimat … Sie ist so weit weg, manchmal fehlt sie mir …«
»Du musst dorthin zurückkehren.«
»Ich kann nicht.«
»Hat mein Bruder es dir verboten?«
»Nein, aber ich kann trotzdem nicht.«
»Dann schau dir diesen schönen Aufzug an. Vielleicht bringt er dich auf andere Gedanken … Dieser schöne und edle alte Ritter, seine Knappen, so stolz und so gut gekleidet. Schau, was hältst du von dem da?«
Blanche nahm sich zusammen und schluckte ihre Tränen hinunter. Isabelle und ihre Jungfern spielten manchmal das nette Spiel, sich gegenseitig Ritter und Edelknappen zu beschreiben.
»Elegant!«, antwortete Blanche.
»Ja. Und dieser da, der in Blau? Ich würde sagen: stolz!«
»Oder sogar: hochnäsig«, ergänzte Blanche. »Und der dort, mit den blauen Gamaschen und dem roten Bliaut?«
»Hmm … mürrisch«, schlug Isabelle vor.
»Selbstgefällig«, mischte sich Aude de Poutrieux in das Spiel ein.
»Und der Hellgrüne da?«
»Mutig! Zuverlässig!«, rief Isabelle begeistert aus.
Blanche verbannte ihr Heimweh in einen entlegenen Winkel ihres Herzens und tat so, als würde sie der Zeremonie folgen, aber ihre Gedanken schweiften wieder ab. Dieses Mal zu dem Menschen, den sie als ihren einzigen Freund betrachtete, der sie seit zwei Jahren jeden Monat mehrmals aufsuchte, mit seiner Fidel in der Hand, Lieder und Gedichte auf den Lippen, doch immer leicht zurückhaltend, wie in Abwehr.
Bertoul! Zum Glück gab es ihn. Ohne ihn hätte sie sich zu Tode gelangweilt. Ungeduldig erwartete sie die Abende, an denen er sich im Palais ankündigte.

Sie plauderten miteinander, sprachen aber nur selten über die lange Reise, die sie vor zwei Jahren von Flamincourt nach Paris zusammen zurückgelegt hatten – sie, um ihre Patin um Hilfe zu bitten, und er, um ein gewisses kostbares Zauberbuch zurückzubringen. Sie unterhielten sich, doch Bertoul vermied auf subtile Weise alle weitergehenden Vertraulichkeiten. Sie war eine Adlige, er dagegen nur ein bescheidener Musiker, der ab und zu kam, um ein Edelfräulein aus seiner Heimat, mit dem er bekannt war, mit seinen Liedern zu zerstreuen. Die Edelfräulein aus dem Umkreis von Prinzessin Isabelle scharten sich gern um ihn, und Isabelle selbst empfing und schätzte ihn.

Alle fielen sie im Chor in die Lieder ein, die er ihnen beibrachte. Und manchmal war Blanche enttäuscht, dass es ihr nicht gelang, mehr Vertrautheit zwischen ihnen zu erzeugen.

»Bertoul, wann wirst du einmal netter zu mir sein?«, fragte sie ihn von Zeit zu Zeit.

»Habe ich mit irgendetwas Euer Missfallen geweckt, Fräulein Blanche? Sind meine Lieder nicht nach Eurem Geschmack?«

Blanche schüttelte betrübt den Kopf.

»Ach, du verstehst mich nicht. Ich möchte, dass du … ungezwungener bist. Wie damals, als wir –«

»Bitte, Fräulein, sprecht nicht weiter davon.«

»Ich werde es dennoch aussprechen: Als wir auf dem Weg nach Paris waren und einen Bund miteinander geschlossen haben, gemeinsam mit unserem Pferd Wolke zu reisen und –«

»Sprecht nicht weiter, Fräulein Blanche, ich flehe Euch an! Wenn Euch hier jemand hört, wenn eines dieser Edelfräulein unsere Unterredung belauschte, würde Euer Ruf darunter leiden.«

»Bitte, Bertoul, sag ›du‹ zu mir, wenigstens ab und zu.«

Aber er weigerte sich fast immer.

Obwohl …, dachte Blanche, während sie Isabelle, Aude und den anderen zuhörte, die ihr Spiel fortsetzten. Sie erinnerte sich an den gestrigen Abend. Als Bertoul ziemlich spät das Palais verlassen hatte, hatte er ihr etwas ins Ohr geflüstert.

»Ich wäre gern noch länger an deiner Seite geblieben, um zu singen und zu plaudern, aber es ist wohl vernünftiger, wenn ich mich jetzt auf den Heimweg mache, glaubst du nicht?«
Nach den Tränen von vorhin musste sie jetzt lächeln. Ja, es war lange her, seit Bertoul zuletzt so vertraulich zu ihr gewesen war und sie spüren ließ, dass er gern in ihrer Nähe war.
Sie hatte ihre Hand auf seine gelegt und geflüstert:
»Hab Dank für diese lieben Worte, mein Freund. Komm bald wieder…«
»Wie immer«, hatte er leise gemurmelt, mit seinem leichten Lächeln, das so schwer zu deuten war. »In etwa zwei Wochen.«
›Ich würde ihn so gern öfter sehen …‹, dachte Blanche, während um sie herum der Redeschwall der jungen Mädchen sprudelte und in ihre Ohren drang.
»Herzallerliebst!«
»Tapfer!«
»Liebenswert!«
»Griesgrämig!«
»Mutig!«
»Schüchtern!«
Ihre Ausrufe übertönten ein wenig die Namen der Barone, Ritter und Edelknappen, die nacheinander angekündigt wurden.
»Jehan de Hautevigne.«
»Pierre des Adelans.«
»Girard de Drée und Frau Yolaine, seine Gattin.«
Bei einem dieser Namen horchte Blanche plötzlich auf und machte große Augen. Ungeduldig erwartete sie das Ende der Zeremonie, um dann achtungsvoll darum zu bitten, sich ihren eigenen Angelegenheiten widmen zu können.
Sobald es möglich war, zog sie sich zurück. Sie musste dringend mit Bertoul sprechen!

So wie das Kind, dem man
einen hölzernen Säbel gibt,
davon träumt, General zu werden,
ohne Soldat gewesen zu sein,
so träumt der Unwissende,
der sich der Magie widmen will, davon,
mit auswendig gelernten Formeln
Macht über die Bewegungen der Flüsse
und den Lauf der Sonne auszuüben,
um in den Augen der Gesellschaft
zu glänzen.

6

Bertoul kroch mit Mühe zwischen den zerbrochenen Schalen, den aufgeschlagenen Büchern und den Pergamentrollen hindurch, um zu dem Strohsack und den Decken zu gelangen, die neben seinem Bett auf die Erde geworfen worden waren. Kissen und Kleidungsstücke bedeckten den Fußboden. Von dem mit Kohle darauf gemalten Pentagramm war nicht mehr übrig geblieben als ein Wirrwarr schwärzlicher Spuren, schraffierter Linien und unlesbarer Buchstaben.
»Bin ich ein Pechvogel!«, murmelte der junge Mann. »Bis jetzt bin ich in diesem verrufenen Viertel noch nie angegriffen oder von irgendwelchen Strolchen beraubt worden; und dann lasse ich mich in meinem eigenen Haus überraschen wie im Wald. Au, mein Kopf! All meine Knochen scheinen gebrochen ... Mein Gott!«
In seinem halb bewusstlosem Zustand hörte er die entfernte Glocke eines Klosters, die die Mönche zum Morgengebet rief.
War es Gott, der auf sein Flehen antwortete und ihm ein Zeichen der Ermutigung sandte? Am liebsten wäre Bertoul zur Kiste gekrochen, hätte die schwere Decke heruntergezogen, die Kette gelöst, die Schlösser geöffnet und das Zauberbuch herausgeholt, um darin nach unfehlbaren Heilmitteln gegen Schläge und Wunden zu suchen. Aber all das ging jetzt weit über seine Kräfte.
»Los, vielleicht kann ich ja meine Arme bewegen? Nein. Und die Beine? Ah, mein Kopf! Und ich bin ganz mit Blut überströmt. Das muss die Katze gewesen sein, ihre Krallen waren ziemlich scharf. Ich habe Glück gehabt, dass die vier verschwunden sind. Ich weiß nicht einmal, warum sie eigentlich so plötzlich das Weite gesucht haben. Ich schaffe es nicht, Hilfe zu holen. Oder wenigstens zum Bett zu gelangen. Oder auch nur ein Kissen zu erwischen, auf das ich meinen Kopf legen kann ... Sie wollten das Zauberbuch. Aber

was waren das für Leute? Sicher irgendwelche Hexer, Magier vom untersten Niveau, vor denen mich Meister Gurhaval schon gewarnt hat. Habe ich recht gehört, dass sie einen Anschlag auf die Königin vorbereiteten? Gegen unseren jungen König? Ich möchte nur noch schlafen – aber es muss unbedingt etwas geschehen. Man muss den König warnen! Ich weiß nicht mehr weiter. Ich fühle mich so ohnmächtig ... Blanche! Wer hilft mir? Blanche, Blanche!«

Das Blut auf Bertouls Wunden war getrocknet, sein Hemd war damit durchtränkt, die Kratzer brannten unaufhörlich. Das war kein normaler Schmerz.

Von Zeit zu Zeit gelang es ihm, ein Auge zu öffnen. Er lag inmitten eines unbeschreiblichen Durcheinanders auf dem Fußboden aus gebrannten Tonziegeln und stöhnte. Jemand bewegte ihn, drehte ihn um. Er stöhnte wieder. Dann fand er sich in seinem Bett wieder, auf einem straffgezogenen weißen Laken. Jemand gab ihm eine heiße Flüssigkeit zu trinken. Und dann wieder – Leere. Er fühlte sich miserabel. Man musste jemandem Bescheid geben. Warum? Ein tödlicher Fluch. Aber gegen wen? Er wusste es nicht mehr. Er versank wieder in einen Zustand aus Schmerz und Bewusstlosigkeit, nur fähig, ab und zu zu stammeln: »Blanche, Blanche ...«

Und irgendwann antwortete ihm eine klare, melodische Stimme, nah bei seinem Ohr: »Aber ich bin doch da!«

Nach ihrer Ankunft in der Hauptstadt vor zwei Jahren hätte es gut sein können, dass Blanche de Vauluisant und Bertoul Beaurebec einander nie mehr begegnet wären. Sie, das junge adlige Mädchen, das aus dem Schloss ihrer Brüder geflohen war, um sich einer erzwungenen Eheschließung zu entziehen, und er, der aus dem Schloss seiner Schutzherrin, Frau Hermelinde de Tournissan, verjagte Musiker, der dennoch von ihr dazu ausersehen worden war, das kostbare Zauberbuch seinem rechtmäßigen Eigentümer, Meister Magnus Gurhaval, zurückzubringen. Seitdem verband das Edelfräulein und den Musiker etwas, das alle Regeln der Standesgrenzen hinter sich ließ.

»Wir wollen Verbündete sein, Bertoul Beaurebec!«, hatte ihm Blanche auf der langen Reise nach Paris vorgeschlagen.
Verbündete! Es war Bertoul, als hätte er nie schönere und edlere Worte vernommen, Worte, die sie in Treue miteinander verbanden. Worte der Ermutigung, wenn es so aussah, als hätte sich alles gegen ihn verschworen, um ihn mit seinem Auftrag scheitern zu lassen.
»Wir ... wollen ... Verbündete ... sein«, brachte er mühsam mit fast unhörbarer Stimme über die geschwollenen Lippen. Er lag auf schönen, frischen Laken, in seinem Haus in der Straße der großen Gaunerei.
»Natürlich. Es ist noch gar nicht lange her«, antwortete eine ihm wohlvertraute Stimme.
Er glaubte immer noch, dass er fantasierte. Es war ihm, als habe er die Stimme des Edelfräuleins Blanche de Vauluisant gehört.
Seine Lippen formten Blanches Namen, aber er brachte keinen Ton heraus.
»Ich bin da«, wiederholte sie trotzdem.
Dann sagte eine andere weibliche Stimme:
»Er nimmt nichts wahr. Es steht wirklich schlecht um ihn.«
Blanches Stimme fuhr fort:
»Wir werden das schon in den Griff bekommen, noch ein wenig Geduld.«
Er spürte Umschläge, Pflaster, Verbände auf seinem Körper.
Man gab ihm abwechselnd bittere und wohlriechende Flüssigkeiten zu trinken. Ein medizinischer Geruch nach getrockneten Kräutern, Tee und kräftigen Salben hing in der Luft. Er klapperte mit den Zähnen. Dann schlief er wieder und man wechselte von Neuem die Verbände.
Jedes Mal, wenn er ›Blanche‹ sagte, antwortete die ihm so vertraute Stimme:
»Ich bin hier!«
Schon einmal hatte er sie so gerufen, und sie hatte geantwortet: »Ich bin hier!«
Und sie hatte ihn gepflegt. An jenem Tag war er gestürzt und hatte

das Bewusstsein verloren, damals, auf ihrer abenteuerlichen Reise, als er das Zauberbuch bei sich hatte.
Das Zauberbuch! Befand es sich noch in seiner Truhe?
»Das Zauberbuch ...«, sagte er schwach.
»Reg dich nicht auf«, sagte Blanches sanfte Stimme.

Seit zwei Jahren ging er mehrmals im Monat in das königliche Palais. Er hatte es abgelehnt, öfter zu kommen, weil er sich nicht als besoldeter Spielmann in Blanches Diensten wiederfinden wollte. Er kam, um aus Freundschaft für sie zu singen, wenn der Hof anwesend war und sich nicht in Poissy, in Fontaine-Belle-Eau oder in anderen, weiter entfernten Städten befand, wohin der König den Hofstaat bei jeder Gelegenheit mitnahm.
Und wenn sie darauf bestand, dass er kam, unter dem Vorwand, er müsse die Prinzessin Isabelle und die kleinen Prinzen, die fünf jüngeren Brüder des Königs, unterhalten, erwiderte er: »Nein, Fräulein, seid mir nicht böse, aber man erwartet mich in der Bauhütte.«
Bertoul hatte sich in der Bauhütte der Kathedrale Notre Dame verpflichtet, wo gerade ein neuer Bauabschnitt begonnen wurde. Auf diese Weise wollte er Gott für die guten Gaben danken, die er durch die Erbschaft Meister Gurhavals erhalten hatte, wie auch dafür, dass er in Blanches Nähe sein konnte. Es wurden dort immer junge, kräftige Hände gebraucht.

Dieses Viertel! Allein der Name dieser Straße! Blanche hatte nicht erwartet, dass sie sich so verloren fühlen würde, als sie das Palais auf der geschützten Seine-Insel verließ. Sie kannte zwar einige Straßen in Paris, aber die der ›großen Gaunerei‹? Nachdem sie einmal am Pont aux Changeurs, der Brücke der Geldwechsler, die Seine überquert hatte, war sie am Châtelet vorbeigekommen, wo der Stadtvogt residierte und die Verbrecher eingesperrt wurden. Dann musste sie in ein Gewirr mehr oder weniger schmutziger, enger Gassen eindringen, wo die vorspringenden Giebel der Häuser das Licht zurückhielten. Die Passanten blickten dem prächtig gekleideten Mädchen neugierig nach, das einen großen Leinensack im Arm trug und sich eilig, mit vor Angst geweiteten Augen, vorwärtsbewegte und erregt nach dem Weg fragte. Doch sie hatte keine andere Wahl. Sie musste Bertoul so rasch wie möglich sehen.

Was war es, das sie so mit Angst erfüllte? War es nur wegen des Straßennamens? Ja, das musste es wohl sein. Er hatte ihr immer wieder versichert, dass der Ort, an dem er wohnte, keinerlei Gefahren barg. Häuser und Geschäfte, Pferdeställe und Kirchen, Werkstätten und Lagerschuppen wechselten sich ab – das war alles. Paris war eine Stadt, in der es von Menschen nur so wimmelte, und Bertoul war überzeugt davon, noch nie einen einzigen Gauner mit eigenen Augen erblickt zu haben, wenngleich ihm einige Nachbarn eher zweifelhaft erschienen, da sie rätselhaften Geschäften nachgingen. Aber all das konnte Blanche nicht beruhigen, als sie an jenem Tag eine Straße nach der anderen durchquerte. Und dann hatte sie das Aushängeschild des öffentlichen Schreibers entdeckt und äußerst erleichtert vor der Tür mit den Eulen angehalten, die halb offenstand. Sie war eingetreten.

Noch nie zuvor war sie hier gewesen. Bertoul hatte es abgelehnt, ihr sein Haus zu zeigen, ihr, die jetzt im königlichen Palais wohnte und mit den Prinzen und Prinzessinnen verkehrte.

Dennoch hatte sie sich aus einem dringenden Grund auf den Weg zu Bertoul gemacht, in einem Moment, da er sie besonders brauchte …

Jemand legte ihm einen frischen Verband auf die Stirn.

»Er hat immer noch Fieber«, sagte eine Stimme.

»Aber es geht ihm schon besser«, fuhr eine andere fort. »Er wird bald aus seinem Dämmerschlaf erwachen.«

»Dank Eurer Pflege, edles Fräulein.«

Bertoul wurde sich bewusst, dass er aus seiner Benommenheit auftauchte, da er diese Stimme wiedererkannte. Es war die seiner Nachbarin, Frau Félicité, einer noch jungen Witwe und Mutter von drei Kindern. Diese Frau hatte ihm vom ersten Tag an, seitdem er in diesem Haus wohnte, immer wieder ihre Söhne herübergeschickt, damit sie sich um den kleinen Garten kümmerten.

»Sie haben es immer schon für Meister Gurhaval getan und werden es weiter tun«, sagte sie. Außerdem kam regelmäßig ihre noch ganz kleine Tochter mit einem Proviantkorb.
»Ich habe immer für Meister Gurhaval gekocht, und meine Tochter hat ihm sein Essen gebracht.«
Die andere Stimme war die von Blanche, das war ihm immer klar gewesen, selbst im heftigsten Fieber und in seiner Ohnmacht.
Er öffnete die Augen und versuchte sich aufzurichten. Wie durch einen Nebel nahm er wahr, dass in dem Zimmer nicht mehr das geringste Zeichen von Unordnung herrschte.
»Danke, Frau Félicité«, sagte er, während er versuchte, den Blick auf sie zu richten. Er sah sie nur verschwommen, und ihr Bild wankte. Sie war groß und schlank, mit hellen Augen, einer besorgten Miene, und sie trug eine weiße Haube über ihren gelockten Haaren.
»Meister Bertoul, es scheint Euch besser zu gehen. Dann kann ich also gehen.«
Sie deutete mit den Fingerspitzen einen Abschiedsgruß an und verschwand.
»Danke, Blanche«, sagte Bertoul dann inniger und versuchte ihre Hand zu nehmen, die er aus den Augenwinkeln auf dem Laken liegen sah.
Blanche betrachtete ihn fürsorglich. Er drehte den Kopf zu ihr hinüber.
»Du bist gekommen … woher hast du gewusst …?«
»Sprich nicht, Bertoul, du bist noch zu schwach.«
»Ich werde aufstehen. Ich bin sicher, dass es mir besser geht. Wer hat dir Bescheid gesagt?«
Blanche zwang ihn, sich auf die Kissen zu stützen, die sie zuvor aufgeschüttelt hatte. Dann ergriff sie wieder seine Hand.
»Niemand hat mir Bescheid gesagt. Ich bin aus einem anderen Grund gekommen und habe dich in deinem Bett vorgefunden, von Schlägen gelähmt und mit Schnittwunden übersät, deine Nachbarin an deiner Seite. Ich weiß nicht, warum – ich hatte eine Vorahnung: Ich wollte zu dir gehen, und auf dem Weg hierher bin ich noch einmal

umgedreht, um meinen Sack mit den Kräutern zu holen. Sie waren mir sehr nützlich. Die Schnittwunden hatten sich schon gefährlich entzündet.«
»Die Katze!«, flüsterte er.
»Ja, Kratzwunden von einer Katze. In welchem Dreck sie sich herumgetrieben hat, möchte ich lieber nicht wissen. Weißt du, dass du daran hättest sterben können? Oder man hätte dir den rechten Arm abnehmen müssen. Zum Glück hatte ich alles Notwendige dabei, um deine Entzündungen zu heilen. Aber du hattest ein abscheuliches Fieber.«
Bertoul betrachtete seinen Arm. Diese drei langen, roten, parallel zueinander verlaufenden Streifen, die noch ein wenig geschwollen und heiß waren, hätten ihn töten können?
»Du hast Glück gehabt.«
»Das habe ich dir zu verdanken, Blanche. Nur dir allein. Seit wann wachst du bei mir? Wie lange bin ich bewusstlos gewesen?«
»Drei Tage«, antwortete Blanche. »Tagsüber war ich bei dir, dann kehrte ich in das Palais zurück, um dort die Nacht zu verbringen. Frau Félicité hat jede Nacht bei dir gewacht.«
»Sie ist eine sehr liebe Frau«, sagte er anerkennend. »Aber anders als du.«
Blanche musste lachen.
»Versuch nicht, mir zu schmeicheln! Trotz der Schläge, die du abbekommen hast, ist nichts gebrochen. Ich habe dich natürlich mit meinen Salben behandelt. – Aber das ist gar nicht das Schlimmste. Nein, schlaf bitte nicht wieder ein! Bertoul, du musst noch wach bleiben!«
Er fühlte sich sehr schwach. Und er hatte etwas Wichtiges auf dem Herzen, Blanche musste ihm helfen. Sie musste es unbedingt erfahren. Sie würde alles Notwendige veranlassen. Aber was war es eigentlich gewesen? Irgendeine Gefahr. Aber er hatte es vergessen …
»Das Zauberbuch …«, murmelte er.
»Ich weiß nicht, wo du es verborgen hast.«
»Da, in der Kiste, drüben an der Wand.«

Sie warf nur einen kurzen Blick darauf. Was sie sah, würde ihn schwer treffen, ganz zu schweigen von dem, was sie ihm noch mitzuteilen hatte …

»Die Kiste steht offen, Bertoul. Sie ist leer.«

»Nein! Es ist ihnen also doch gelungen, es zu stehlen!«

»Wen meinst du?«

»Die vier, die mich angegriffen haben! Blanche, ich muss es wiederfinden!«

»Reg dich nicht auf, Bertoul. Du musst dich noch ein oder zwei Tage ausruhen.«

Sie hielt ihm eine Tonschale hin, in der eine gelbgrüne, eigenartig duftende Flüssigkeit abkühlte.

»Trink das. Es ist eine meiner Kräuterteemischungen.«

Er trank die Schale in einem Zug leer, ohne abzusetzen: Nichts von dem, was Blanche ihm anbot, sollte warten.

»Blanche, sind wir immer noch Verbündete?«

»Natürlich! Bin ich nicht deswegen hier?«

»Deswegen? Ich verstehe nicht.«

»Ich bin hier, um dich zu warnen. Ich mache mir Sorgen.«

»Wegen des Zauberbuchs!«, sagte er verzweifelt und ließ sich in die Kissen fallen.

»Das mit dem Zauberbuch wusste ich nicht. Aber vielleicht gibt es da einen Zusammenhang. Wie auch immer, du musst es unbedingt wissen: Raoulet ist in Paris!«

»Raoulet?«, rief Bertoul aus und setzte sich auf, wobei er das Gesicht verzog und einen kleinen Schmerzensschrei ausstieß.

»Ja, Raoulet. Der junge Mauchalgrin. Er ist hier.«

Bevor du die wirksamen Kräfte
in einem Weizenkorn beherrschst,
lerne die zu beherrschen,
die **in dir selbst** wirksam sind.

7

»Ich muss aufstehen!«, schrie Bertoul gehetzt.
Er machte einen Versuch, sich zu erheben, aber er war noch so schwach, dass er wieder in seine Kissen zurückfiel.
»Du bist zu schwach, Bertoul«, sagte Blanche. »Man hat dich windelweich geschlagen, du hast gerade eine schwere Infektion und hohes Fieber hinter dir. Seit drei Tagen hast du nur Brühe und Kräutertee zu dir genommen, und mir scheint, als hättest du drei Tage lang keinen klaren Gedanken fassen können.«
»Was willst du damit sagen?«, fragte Bertoul argwöhnisch.
»Nun ja, ich will damit sagen: Es ist unnütz, so schnell zu handeln, bevor du gut nachgedacht und alle Möglichkeiten gegeneinander abgewogen hast.«
»Aber das Zauberbuch ist verschwunden, der König und seine Mutter sind in Gefahr – und jetzt erscheint auch noch Raoulet wieder auf der Bildfläche!«
Genau das war es, was er vergessen hatte! Ohne darüber nachzudenken, ganz unwillkürlich kam ihm wieder in den Sinn, was er Blanche so Wichtiges hatte mitteilen wollen.
»Der König und Madame Blanche bedroht?« Die Stimme versagte ihr. »Wie hast du das erfahren? Worum geht es?«
Er nahm den Kopf in beide Hände. Die Gedanken überschlugen sich in seinem schmerzenden Kopf und er wusste nicht, wie er sie zur Ruhe bringen oder wenigstens ordnen sollte.
»Was willst du sagen?«, drängte Blanche besorgt. »Du fantasierst noch, nicht wahr? Schwöre mir, dass du fantasierst ...«
Er schüttelte energisch den Kopf, so weit er überhaupt dazu in der Lage war. Und er wiederholte: »Ich muss aufstehen. Ich muss das Zauberbuch wiederfinden! Es geht um das Leben des Königs!«

Er warf Leintücher und Bettdecke zurück und versuchte, einen Fuß auf den Boden zu setzen. Aber seine Beine gehorchten ihm nicht und er musste sich mit seinem ganzen Gewicht auf das Mädchen stützen, um nicht umzufallen. Er hätte heulen können vor Wut.
Blanche half ihm wieder ins Bett und deckte ihn zu.
»Warte noch ein wenig, ich werde dir etwas Nahrhafteres zu essen holen, damit du wieder zu Kräften kommst.«
Und sie machte sich davon wie eine kleine grüne Fee, einem tanzenden Staubwölkchen gleich, das in einem Sonnenstrahl verschwindet und dem man kaum mit den Augen zu folgen vermag. Blanche trug fast ausschließlich grüne Kleider, Grün hatte sie zu ihrer Lieblingsfarbe erkoren. Der gesamte Adel zog Farben vor, die als aristokratisch angesehen wurden – vorzugsweise Rot, Blau, Schwarz, Purpur, Violett oder Rosa. Dieses Grün verlieh ihr einen originellen Anstrich, und mit einem Lachen antwortete sie denen, die ihr zuriefen: »Das ist die Narrenfarbe!«, oder »die Farbe der Deutschen«, oder »die der Bauern«. Und sie kleidete sich weiter in Frühlingsgrün, hell und leuchtend zugleich, eine Farbe, die gut zu ihrer veränderlichen Augenfarbe und ihren langen schwarzen Haaren passte.

Bertouls Gedanken wanderten noch eine Weile hin und her. Es wollte ihm einfach nicht gelingen sie zu ordnen, sein gesamter Kopf dröhnte.
Raoulet de Mauchalgrin war in der Nähe! Der Großneffe von Hermelinde de Tournissan mochte zwar ein Adliger, ein zukünftiger Ritter sein – nichtsdestoweniger war er eine Person zweifelhaften Rufs, der nur von einer einzigen Sache träumte: wie er das Zauberbuch mit dem Rubin in seinen Besitz bekommen konnte, in der Hoffnung, Profit aus den magischen Inhalten zu schlagen. Bertoul war es nicht leicht gefallen, seiner Gehässigkeit und seiner Habgier zu entfliehen. Dennoch war es ihm gelungen, ihn damals, im dichten Nebel im Sumpf beim Turm von Anzat abzuschütteln,, als er mit Blanche unterwegs war. Seitdem hatte er nie wieder etwas von ihm gehört. Ehrlich gesagt hatte er völlig vergessen, dass er existierte, überzeugt

davon, dass Raoulet de Mauchalgrin nach zwei Jahren seine Spur verloren hätte und für ihn keinerlei Gefahr mehr darstellte.
Wie auch immer, jetzt war der junge Mauchalgrin in Paris.
Ob die vier Übeltäter das Zauberbuch für ihn gestohlen hatten? Nein, das war unwahrscheinlich.
Raoulet konnte nicht wissen, dass Bertoul in der großen Stadt lebte.
Was das Zauberbuch anging, so konnte es dank der Eulen von niemandem geöffnet werden. Diese treuen und seltsamen Beschützer des Buches! Verhinderten sie nicht hartnäckig jeden unberechtigten Zugriff? Auch wenn der kostbare Band verschwunden war, war die Lage vielleicht doch nicht ganz so katastrophal …
Daraufhin begannen die Gedanken und Bilder in Bertouls Kopf wieder schmerzhaft zu kreisen. Er sah die Katze mit den gelben Augen, die das Zauberbuch an Raoulet verkaufte, die Königin Mutter, die den Rubin auf ein Diadem steckte, das sie dem blassen Mann aufsetzte, die Eulen, die sich einen Kampf mit den Raben lieferten, die korpulente Blonde, die ein Pentagramm auf den Boden zeichnete, in das sie ihn, Bertoul, hineinstellte, bevor sie aus einem Knüppel einen bewaffneten Dämon erscheinen ließ, der ihm auf den Kopf schlug. – Und wiederum Raoulet, der höhnisch lachte, der Alte, der eine hochtrabende Rede hielt, das Zauberbuch, das sich ganz von selbst auf einer Seite öffnete mit der »Anweisung, einen König oder eine Königin zu töten« …
»Was hast du? Was ist los?«, fragte Blanche, die grüne Fee, die an sein Lager zurückgekehrt war und mit beiden Händen eine Schale hielt, die mit einer zweiten abgedeckt war.
Bertoul stöhnte und warf den Kopf hin und her.
»Ich … ich glaube, ich bin wieder eingeschlafen. Ich hatte einen Albtraum.«
»Mein armer Freund …«
Sie legte ihre Hand auf seine Stirn, und allein für diese Berührung und diese Worte hätte er sich gern dreimal in der Woche durchprügeln lassen. Er war in Schweiß gebadet, und sie trocknete ihm die Stirn mit einem Leintuch.

»Schau, das habe ich bei deiner Nachbarin erbettelt. Iss, du wirst wieder zu Kräften kommen; außerdem sieht es köstlich aus.«
Sie hob den Deckel an, und ein Stück Hühnerbrust mit Lauch in Mandelmilch und Muskat wurde sichtbar. Er spürte, wie ihm das Wasser im Munde zusammenlief. Er hatte gar nicht bemerkt, wie schwach er vor Hunger war. Blanche holte ihm einen Löffel und er aß alles mit gesundem Appetit auf.
Danach schlief er sofort ein. Eine Stunde später erwachte er wieder. Es war mitten am Nachmittag. Alles schien sich wieder zu normalisieren. Er fühlte sich erfrischt und wohlauf.
»Geschafft«, verkündete er triumphierend. »Ich bin gesund! Blanche, sind wir immer noch Verbündete?«
»Mehr denn je«, antwortete sie mit Eifer.
Er stand auf, wusch sich und kleidete sich rasch an, wobei er ihr seine unangenehmen Erlebnisse erzählte. Keiner von ihnen fand eine Erklärung: Wer waren die vier Eindringlinge, wohin mussten sie sich wenden, um herauszufinden, was geschehen war, und vor allem: In wessen Hände war das Zauberbuch gefallen?

»Monseigneur Audouin, benötigt Ihr mich noch?«
Audouin de Fougeray fuhr sich mit der Hand über seinen kurzen weißen Bart, nahm sich einen Moment Zeit, um nachzudenken, und sagte dann zerstreut: »Nein, nein, du kannst über deine Zeit verfügen. Was wirst du jetzt tun?«
Die Faust an der Seite, auf dem Griff seines Dolches, verbeugte Raoulet de Mauchalgrin sich ausgesprochen tief vor seinem Herrn.
»Wenn es Monseigneur gefällt, so werde ich die Straßen von Paris besichtigen. Es kommt nicht jeden Tag vor, dass ein Knappe Gelegenheit hat, in unserer Hauptstadt umherzugehen. Ich bin sehr neugierig.«
»Neugierig? Du?«, wunderte sich Audouin de Fougeray.
Sein Knappe schien ihm der Letzte zu sein, der von irgendeiner Neugierde umgetrieben wurde.
»Aber … warum nicht, Monseigneur?«, entgegnete Raoulet.

»In der Tat. Warum eigentlich nicht? Nun, verbringe eine gute Zeit und kehre vor Einbruch der Dunkelheit zu deinem Abenddienst zurück.«

»Wie es Monseigneur gefällt«, sagte Raoulet süßlich und verbeugte sich noch einmal.

Dann drehte er sich auf dem Absatz um und verließ das Zimmer im Hôtel de Trécy, in dem sein Herr Quartier bezogen hatte. Es lag in der Mitte einer Folge von Gemächern, die sich durch verfeinerten Luxus auszeichneten. Es ließ sich in nichts mit der soliden, rustikalen Wohnlichkeit der Schlösser in der Provinz vergleichen, die eher der Verteidigung als der Lustbarkeit dienten.

Zwei Jahre lang hatte Raoulet sich allem unterworfen, was man von ihm verlangte. Er war nicht mehr der auffahrende und arrogante Jugendliche, der nur nach seinen Wünschen, Stimmungen und schlechten Launen handelte. Schließlich hatte er gelernt, seine Ausbrüche zu bezwingen und hinter einer Fassade der Höflichkeit zu verbergen, die sich, wie ihm bewusst wurde, als sehr viel wirkungsvoller erwies als seine Wutausbrüche oder sein mürrisches Gebrumme, wenn es darum ging, seinen Frieden und seine Bewegungsfreiheit zu bekommen. Auch galt er als ein junger Mann von fast vollendetem Auftreten, und Audouin de Fougeray konnte zufrieden sein, dass er diesen ungehobelten Junkerssohn schließlich zu einem Knappen geformt hatte, der fast vorzeigbar war. Doch Audouin ließ sich keineswegs zum Narren halten, und oft beobachtete er seinen Knappen mit skeptischem Blick, wenngleich nicht ohne Wohlwollen.

Raoulet de Mauchalgrin hatte etwas ganz Bestimmtes im Sinn. Zunächst wollte er seinem Vater die Herrschaft über Gut und Lehen entreißen, um so leben zu können, dass er niemandem gegenüber Rechenschaft abzulegen brauchte. Er hätte sich auch gern an diesem Vater gerächt, der ihn mit so viel Verachtung und Hochmut behandelte, doch das war keine einfache Unternehmung. Er wollte sie erst in der Zukunft angehen, wenn er den Schlag bis ins Kleinste vorbereitet hätte. Raoul der Ältere würde für eine Vielzahl von Demütigungen bezahlen, als deren Opfer sich sein Sohn fortwährend empfand. Danach wollte er zu Reichtum kommen. Die Mauchalgrins waren kleine Herren mit beschränktem Wohlstand. Er dagegen, Raoulet, wollte außerordentlich reich werden. Reichtum öffnete einem alle Möglichkeiten: Macht, Luxus, Ansehen, eine gute Heirat und möglicherweise Liebe, wenngleich das Letzte dem jungen Mann am wenigsten bedeutete.

Vor nicht allzu langer Zeit hatte sich ihm, sozusagen zum Greifen nahe, eine wunderbare Gelegenheit geboten, all seine Wünsche ohne große Mühe zu verwirklichen: das Zauberbuch seiner Großtante Hermelinde de Tournissan. Magische Anweisungen, um sich die Welt gefügig zu machen. Um sich Rache zu verschaffen. Um Gold zu erlangen. Von dem wunderschönen ovalen Rubin, der den Einband zierte, ganz zu schweigen. Sein Wert allein hätte es ihm erlaubt, fünf Herrensitze oder vielleicht auch zehn zu erwerben. Oder sogar zwölf ...

Doch die Spur des Zauberbuchs hatte sich verloren. Dieser verdammte Bertoul Beaurebec, dieser Dieb, der sich in betrügerischer Weise dieses kostbaren Buches bemächtigt hatte, hatte sich mitten in einem Sumpfgebiet in Luft aufgelöst, wie auch das junge Mädchen in seiner Begleitung. Und nie wieder hatte Raoulet etwas von den beiden vernommen.

Vielleicht lebte er ja noch! Raoulet hatte alles versucht, was in seinen Möglichkeiten lag – in der freien Zeit, die Audouin de Fougeray ihm ließ –, um das Zauberbuch wie auch dessen Dieb wiederzufinden, bis jetzt allerdings ohne den geringsten Erfolg.

Alle Mittel der Vernunft, Einschüchterungsversuche, Belohnungsversprechungen, Verhöre hatten zu nichts geführt. Das Zauberbuch mit dem Rubin blieb unauffindbar.

Und dann gab es ja auch noch magische Mittel, um die geheimsten Dinge zu erfahren.

Aber alle Anstrengungen Raoulets, sich der Dienste eines Magiers oder Hexers zu versichern, waren ebenso gescheitert.

Da er sich nun schon in Paris befand, hatte der junge Knappe die Absicht, aus diesem Glücksfall so viel wie möglich zu machen: Magier, Wahrsager, Geisterbeschwörer und Leute, die die Geheimnisse der Zukunft und der Vergangenheit in einer Wasserschale oder einer Glaskugel zu lesen vermochten – in Paris wimmelte es nur so von ihnen. Eine derartige Gelegenheit würde er nicht ungenutzt vorbeiziehen lassen. Solche Magier würden ihn zweifellos wieder auf die Spur von Bertoul und dem Zauberbuch bringen.

Entschlossen, Paris systematisch und so lange zu durchstreifen, bis er sein Ziel erreicht hätte, tauchte Raoulet, nachdem er das Hôtel de Trécy verlassen hatte, in die engen Straßen von Paris ein, die mit der Zeit immer dunkler, verwinkelter, stinkender und anrüchiger wurden, voller Hoffnung auf einen jener Zufälle, die ihn auf einen Magier oder eine Hexe stoßen lassen würden.

Mit etwas Glück würde er vielleicht an einem Gehängten vorbeikommen, unter dessen Galgen sich zweifellos Hexer tummelten. Denn man sagte, dass die Gehängten für die Anhänger der magischen Künste viele wertvolle Eigenschaften besaßen.

So hielt Raoulet an jenem Morgen seine Augen und Ohren weit aufgesperrt, in der Hoffnung auf einen günstigen Zufall.

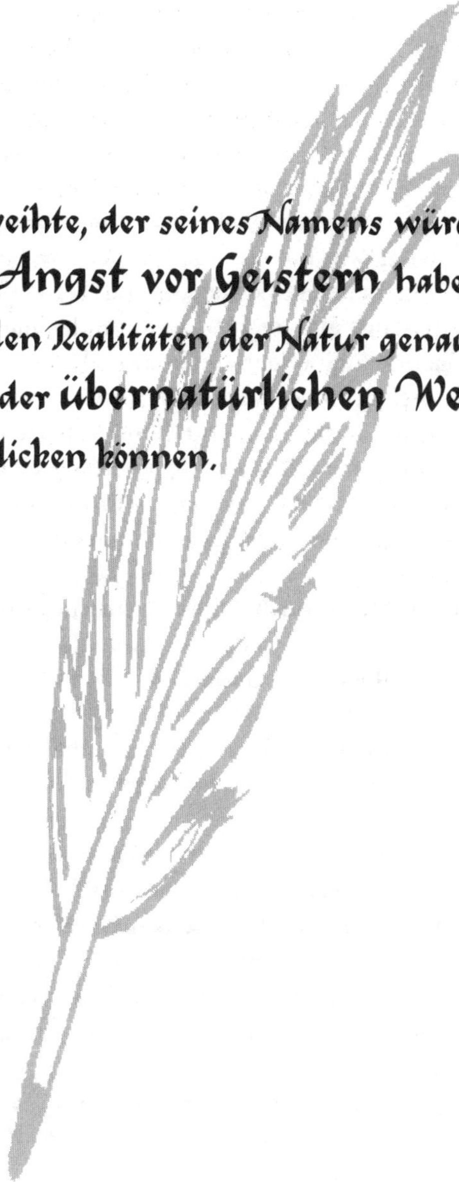

Der Eingeweihte, der seines Namens würdig ist, darf keine **Angst vor Geistern** haben. Er muss allen Realitäten der Natur genauso wie denen der **übernatürlichen Welt** ins Auge blicken können.

8

Meister Manassé ließ die Ärmel seines weiten grauen Mantels über der Asche flattern, was ihn nur noch grauer machte, und sprach dabei einige unverständliche Worte einer Zauberformel.

»Pfff, das nützt doch alles nichts«, wetterte die alte Phelipote.

»Ich bitte Euch zu schweigen, während ich in Aktion bin«, rügte Manassé sie. »Ich erinnere Euch daran, dass wir alles ausprobieren wollten, was Erfolg verspricht; und diese Prozedur gehört dazu.«

»Mir scheint, dass man Absinth-Puder hätte dazugeben müssen«, warf Bathilde vorwurfsvoll ein. »Das würde helfen, die dreimalige Anrufung dieses Jungen, der über Kräfte der weißen Magie verfügt, nichtig zu machen.«

»Nun, dann macht es doch selber, wenn ihr euch so gut damit auskennt!«, entgegnete Manassé und wandte sich wütend ab. Mit bockigem, verschlossenem Gesicht verschränkte er die Arme und rührte sich nicht mehr.

»Aber schließlich hat er sehr deutlich dreimal das Wort ›Blanche‹ ausgesprochen!«, rief Bathilde aus. »Das ist ein sehr mächtiger Gegenzauber!«

»Ich weiß, was ich tue«, erwiderte Manassé beleidigt und voller Widerwillen. »Ihr braucht mir weder Ratschläge noch Verhaltensmaßregeln zu erteilen. Ich habe seinen Gegenzauber durchaus berücksichtigt, das könnt Ihr mir glauben!«

»Na gut. Ich gebe zu, dass ich nicht Euer Wissen habe«, gab die große Blonde in einem Ton zu, der zeigte, dass sie es ernst meinte. »Ich hätte nicht all diese Feinheiten berücksichtigt.«

»Also, Meister Manassé, wir flehen Euch an, die Prozedur wieder aufzunehmen«, bettelte Liébault. »Es wird garantiert etwas Gutes dabei herauskommen.«

Manassé zuckte mit den Schultern und sah aus, als würde er sich gern noch etwas länger bitten lassen.

»Ja, Ihr kennt Euch wie kein Zweiter damit aus, wie man das Zauberbuch mit dem Rubin am besten wieder zurückgewinnen kann«, fügte Bathilde schmeichelnd hinzu.

»Hmm …«, murmelte Phelipote, wobei sie ihrer Katze einen Klaps gab, die ihre Krallen auf ihrem Schoß ausfuhr.

Langsam drehte sich Manassé zum fast erloschenen Feuer um und nahm eine Prise Asche zwischen seine Finger, über der er wieder beschwörende Worte zu flüstern begann. Genau in diesem Augenblick wurde die Tür aufgerissen und Hennequin erschien.

»Bah, was für eine Hitze hier! Und was für ein Gestank! Man fragt sich, was ihr da wohl verbrannt habt.«

»Ihr stört eine geheime Zeremonie!«, rief Manassé aus, allmählich äußerst verärgert über die ständigen Unterbrechungen.

»Zeremonie? Ach wirklich?«, lachte Hennequin. »Um das Zauberbuch wiederzufinden? Glaubt mir: So werdet Ihr es nicht in die Hände bekommen!«, verkündete der ehemalige Soldat.

»Wollt Ihr mir nicht sagen, wie Ihr zu dieser Behauptung kommt?«, murrte Phelipote.

Der Gauner maß die jämmerliche Versammlung der ungeschickten, verbitterten und zeternden Magier mit einem kurzen Blick und lachte laut auf. Die Alte hätte ihm beinahe ihre Katze ins Gesicht geworfen. Aber außerhalb des magischen Kreises und ohne solche Wörter wie »Zauberbuch« und »Rubin«, die es erregten, war das Tier meistens in dumpfes Dösen versunken.

»Also?«, fragte Liébault.

»Ihr werdet das Zauberbuch nicht finden«, antwortete Hennequin stolz. »Und wisst Ihr auch warum? Weil ich es habe!«

»Was?!«

»Das Zauberbuch …«

»Nicht möglich!«

»Doch. Ich habe das Zauberbuch mit dem Rubin gestohlen …«

»Pschhhht!« fauchte die Katze.

»… und ich sage Euch sogar, dass es alles andere als schwer war.«
Manassé warf ihm einen gekränkten Blick zu, finster vor Hass.
Diese Worte lösten große Aufregung bei den vier Verschwörern aus. Die Katze wurde ebenfalls davon ergriffen. Sie sprang vom Schoß ihrer Herrin und begann zwischen den Beinen der Anwesenden herumzulaufen, sodass diese beinahe über sie stolperten, was die Aufregung noch verstärkte. Phelipote gab ihr schließlich einen gehörigen Fußtritt, der sie zur Ruhe brachte. Sie verbrachte den Rest des Abends fast ausschließlich beim Feuer, zwischen der noch warmen Asche, die nach den Zutaten der Zauberprozedur stank.
»Was wollt Ihr damit sagen?«, ergriff Meister Manassé wieder das Wort und wandte sich an den Gauner.
Dieser vollführte statt einer Antwort nur eine vielsagende Geste mit dem Daumen, den er gegen Zeige- und Mittelfinger rieb, was in der stummen Gaunersprache so viel bedeutete wie: Ihr müsst dafür bezahlen!
Die vier Magier bildeten einen Kreis, die Köpfe gegeneinander gelegt, um mit erregten Stimmen über eine Summe zu diskutieren, die für beide Seiten annehmbar war.
»Vierzig Taler!«, verkündete Manassé stolz nach der Beratung.
»Was? Ich benötige nur zwei Nächte, in denen ich einige Passanten plündere, um genauso viel einzunehmen! Ist Euch das Zauberbuch wirklich nicht mehr wert? Sehr schade. Jedenfalls nicht genug für mich, tut mir leid!«, sagte Hennequin und wandte sich zur Tür.
»Nein, wartet!«
Doch Hennequin war bereits auf der Straße.
»Wartet, Meister Hennequin!«, insistierte die Blonde mit schmeichelnder Stimme. »Man kann sich immer irgendwie einigen.«
Hennequin drehte sich ruckartig um.
»Wir werden ja sehen.«
Er ließ sich bewegen, ins Haus zurückzukehren und sich zu den vier seltsamen Gestalten zu setzen, um mit ihnen zu *diskutieren,* wie sie es nannten. Ein Reisigbündel wurde ins Feuer geworfen, damit man etwas sehen konnte.

»Zunächst«, begann Manassé, dem als Ältestem die Rolle des Verhandlungsführers zukam, »zunächst einmal haben wir nicht die geringste Sicherheit, dass Ihr das Zauberbuch mit dem Rubin wirklich gefunden habt.

»Ich sagte es Euch doch«, versicherte Hennequin.

»Wir wollen es sehen«, forderte Manassé.

»Kommt überhaupt nicht in Frage. Aber ich kann Euch berichten, was sich ereignete, als ich versuchte, es halb zu öffnen.«

»Etwas Geheimnisvolles?«, fragte Bathilde.

»Eine Eule hat versucht, sich durch eine Öffnung an ... an dem Ort, wo ich wohne, Zutritt zu verschaffen«, sagte der Gauner. »Und das Buch hat sich wieder geschlossen. Ich konnte gerade mal die Schrift, Symbole und kleine Zeichnungen erkennen.«

»Es ist wirklich wahr«, murmelte Manassé. »Es ist wirklich das Zauberbuch, ganz offensichtlich.«

»Und wo hast du dieses Buch gefunden, junger Mann?«, fragte Phelipote und streichelte dabei mit spitzen Fingern den Bauch ihrer Katze.

»Oh, habe ich euch das nicht erzählt? Na, in dem Haus, aus dem ihr gerade geflüchtet seid, nachdem ihr den unglücklichen Besitzer so windelweich geschlagen habt.«

»Wie, das Zauberbuch war in diesem Haus?«

»Aber ja, in dem Haus eines gewissen öffentlichen Schreibers in der Straße der großen Gaunerei.«

Die vier Hexer schauten einander verblüfft und entgeistert an.

»Ihr wart dort? Ihr seid uns gefolgt!«

»Ich habe meine Nachforschungen angestellt«, stellte der Soldat richtig. »Ich war in der Straße und sah euch kommen, mit euren verschwörerischen Mienen.«

Manassé kniff wütend die Lippen zusammen. Hennequin, dieser Halunke, hatte versucht sie zu foppen, als er vorgab, erst am nächsten Tag zu handeln, um sie dann auch noch sofort zu ertappen. Und selbst, wenn er nach ihnen dorthin gelangt war, hatte es ihn nicht daran gehindert, fündig zu werden.

Hennequin warf ihnen einen scharfen Blick zu und fuhr fort.
»Eure berühmten Zauberbeschwörungen haben euch nicht geholfen, die Truhe zu entdecken, die unter einem Stück Orientstoff versteckt war. Der unglückliche Bursche war fast zu Tode verletzt – aber immerhin trug er die Schlüssel bei sich. Ich benötigte nur einige Sekunden, um mir euer berühmtes Zauberbuch zu greifen.
»Wir waren also so nahe dran … «, flüsterte Manassé. »Es fehlte nur so wenig …«
»Ich kann nichts dafür, wenn ihr nicht schlauer seid«, bemerkte Hennequin.
»Aber er hat einen Bann ausgesprochen!«, protestierte Phelipote, »einen mächtigen Zauber. Wir konnten nicht anders, als den Ort zu verlassen.«
»So nah am Ziel«, bedauerte Liébault. »Und jetzt müssen wir dafür bezahlen.«
»Genau«, sagte Hennequin. »Reden wir lieber darüber. Das Zauberbuch gehört dem Meistbietenden.«
»Ihr verkauft es einem anderen? Ihr wagt es, so etwas zu tun?«
»Darum bin ich gekommen, um mit euch darüber zu reden …«, sagte Hennequin und streckte seine Beine so weit aus, dass seine Stiefel in die Feuerstelle ragten.
Die vier Verschwörer warfen sich beunruhigte und erstaunte Blicke zu: Nur der Teufel war dafür bekannt, dass er seine Stiefel direkt ins Feuer hielt.
»Also«, sagte Hennequin, »wer will das Zauberbuch mit dem Rubin?«
»Pschhhht …«, protestierte die Katze wieder, aber die Alte war zu verstört, um sie zurechtzuweisen.
»Es gibt zahlreiche Interessenten …«, fügte Hennequin hinzu. Und er gab ein langes, volltönendes Lachen von sich, das den vieren insgeheim überaus teuflisch vorkam.

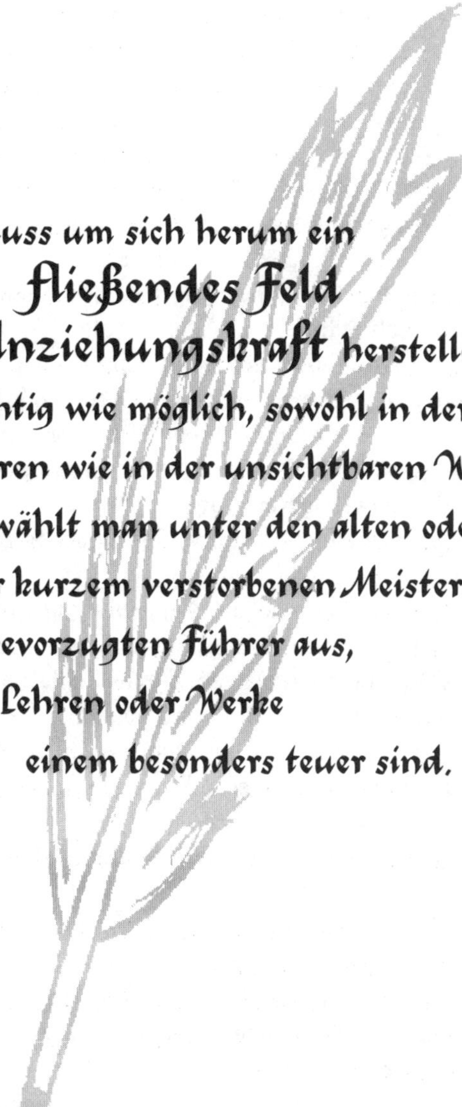

Man muss um sich herum ein
fließendes Feld
der Anziehungskraft herstellen,
so mächtig wie möglich, sowohl in der
sichtbaren wie in der unsichtbaren Welt.
Dafür wählt man unter den alten oder
erst vor kurzem verstorbenen Meistern
einen bevorzugten Führer aus,
dessen Lehren oder Werke
einem besonders teuer sind.

9

Bertoul schloss betrübt den Deckel der leeren Truhe. Es war nicht mehr nötig, sie abzuschließen oder mit einer Kette zu versehen und sie mit dem großen Stück Orientstoff zu bedecken. Jede Bewegung bereitete ihm noch Schmerzen. Aber vor allem ärgerte er sich darüber, dass er zur Untätigkeit verurteilt war.

Er hatte geglaubt, den schwierigsten Auftrag seines Lebens erfüllt zu haben, als er das Zauberbuch nach Paris brachte, um es Meister Magnus zurückzugeben. Und nun wurde ihm bewusst, dass er vor einer noch viel schwierigeren Aufgabe stand.

»Setz dich neben mich, statt immer hin und her zu laufen«, schlug Blanche vor.

›Laufen‹ war etwas übertrieben, Bertoul stand mit hängenden Armen da, immer noch benommen. Blanche hatte sich auf eine Holzbank in dem Raum niedergelassen, der als Schlafzimmer diente, und beobachtete Bertoul ohnmächtig und betrübt.

»Ich kann nicht«, antwortete er. »Ich weiß nicht mehr, woran ich bin, wohin ich mich wenden soll. Dennoch muss ich etwas tun. Ich mache mir Sorgen.«

»Komm, setz dich trotzdem«, sagte Blanche. »Wir können uns gemeinsam Gedanken darüber machen, meinst du nicht?«

»Du hast recht«, gab er zu.

Er ging zur Bank und setzte sich neben sie.

»Bertoul, sag mir: Hast du in dem Zauberbuch gelesen?«, fragte Blanche und nahm seine Hand.

Bertoul warf ihr einen verwirrten Blick zu. Wenn er sich nicht solche Sorgen über den weiteren Lauf der Dinge gemacht hätte, wäre ihm dieser Moment sicher wie der herrlichste seines Lebens vorgekommen: Er saß ganz nahe bei Blanche, eine Hand in ihren Händen, der

Blick des jungen Mädchens war aufmerksam in den seinen versenkt, in diesem netten Haus in Paris, das ihm gehörte. Ja, es hätte wirklich wunderschön sein können.
»Ob ich in dem Zauberbuch gelesen habe?«, erwiderte er. »Ja, natürlich. Jeden Abend, wenn ich von der Bauhütte bei der Kathedrale nach Hause kam, habe ich mich hier eingeschlossen und weder Öllampen noch Kerzen angezündet. Ich habe in aller Heimlichkeit das Buch hervorgeholt und angefangen, darin zu lesen. Es ist sehr schwierig, voller Formeln und in Sprachen, die mir unbekannt sind. Auf einigen Seiten werden Geheimalphabete verwendet, und manche mysteriöse Anweisung muss man mit viel Geduld entschlüsseln. Jeden Abend habe ich mich dazu gezwungen, eines davon zu entziffern und darüber nachzudenken.
»Dann hast du dir ein großes Wissen erworben!«, rief Blanche aus. »Und ich wusste nichts davon, du hast mir niemals davon erzählt.«
Er lächelte ein wenig.
»Blanche, im Grunde weißt du nur wenig über mich.«
»Ich weiß, dass du ein anständiger Mensch bist«, sagte sie begeistert. »Der Einzige, den ich kenne, der eine Ritterseele hat. Außer dem König natürlich.«
»Eine Ritterseele? Wirklich?«
»Bertoul, du kannst dich noch so sehr bemühen, Distanz zu mir zu bewahren, aber ich vergesse nicht, was wir zusammen erlebt haben.«
»Ich will mich nicht daran erinnern. All das liegt zu weit zurück.«
»Aber das stimmt nicht, Bertoul. Jene Tage, die wir gemeinsam auf den Straßen, zwischen Feldern und Wäldern verbracht haben, die Dörfer und Schlösser meidend, haben dich für immer zu meinem Verbündeten gemacht und mich zu deinem. Unser Bund gilt immer noch, Bertoul. Heute mehr denn je. Und jetzt erzähl mir noch mehr vom Zauberbuch«, flehte Blanche ihn an.
»Jeden Abend lese ich darin, aber ich habe nie versucht, die Anweisungen auszuführen. Es sind komplizierte Verfahren, von denen ich nichts verstehe. Dennoch habe ich enorm viel gelernt über die Plane-

ten, die Steine, die Metalle, die Pflanzen und darüber, wie das alles ineinanderspielt und einen vollkommenen Kosmos ergibt. Es schien mir beim Lesen der Seiten, die von der Harmonie und der Vollkommenheit der Welt sprechen, als würde ich mit diesen Geheimnissen immer stärker vertraut. Ich nehme die Weisheit von Meister Gurhaval in mich auf.«

Er dachte einen Moment lang nach; Blanche, die an seinen Lippen hing, unterbrach ihn nicht.

»Diese Weisheit«, fuhr Bertoul fort, »besteht keineswegs aus kleinen, überholten Küchenrezepten, von denen einige eklig oder erschreckend sind. Blanche, wenn du wüsstest – es ist viel großartiger als das ... es ist ... magisch! Ja, es gibt kein besseres Wort dafür. Dieses Buch enthält die Magie der Wunder des Universums. Wenn all das Wissen auf mich übergegangen ist, werden die Anweisungen leicht auszuführen sein. Sie werden nicht mehr so wichtig sein. Ein bestimmtes Wort kann die Welt ins Wanken bringen, sehr viel wirkungsvoller als die Pranke eines Wolfs, der an einem Freitag bei Vollmond getötet wurde, oder der Sud des Eisenkrauts, das an einem Johannismorgen, nach der Sonnenwende, gepflückt wurde.«

»Ich verstehe nicht alles von dem, was du da sagst, Bertoul«, musste Blanche gestehen.

»Ich versuche dir den Sinn des Zauberbuchs zu erklären. Erinnerst du dich daran, dass Frau Hermelinde an mir die Gabe der besonderen Sehkraft ausprobiert hat? – Sie hat mir dieses wunderbare Geschenk gemacht, dass ich im Dunkeln und durch den Nebel hindurch sehen kann, das Allerkleinste wie das ganz weit Entfernte. Als sie mir diese Gabe verlieh, brauchte sie dafür keine Kräuter oder irgendwelche schwierigen Zutaten. Sie benötigte nur das richtige Wort im rechten Augenblick, weiter nichts.«

»Ich verstehe«, sagte Blanche. »Es handelt sich um eine besondere Wirkung, die keine materielle Grundlage braucht. Die Weisheit der Welt selbst, die sich unabhängig vom Einfluss oder den Wünschen der Menschen entfaltet und die sich ständig aus sich selbst heraus

erneuert, selbst dann, wenn diese Welt – wie soll man es ausdrücken – Schaden nimmt oder gefährdet ist.«
»Genau so ist es«, bekräftigte Bertoul. »Und ich versuche, diese Weisheit in mich aufzunehmen. Deshalb wurde mir das Zauberbuch von Frau Hermelinde und Magnus Gurhaval gegeben, daran zweifle ich nicht.«
›Er hat sich sehr verändert‹, dachte Blanche. Nie hatte sie in den letzten zwei Jahren daran gedacht, dass er Studien betreiben könnte und dabei – sogar nach ihrem Tod – von seiner Beschützerin und dem alten Zauberer unterstützt würde, den er nur zwölf Stunden gekannt hatte. Ihr wurde bewusst, dass seine Stimme viel tiefer und fester geworden war.
Sie hatte ihm kaum einmal Fragen über sein Leben oder über das Buch gestellt, um das er sich während ihrer gemeinsamen Reise so gesorgt hatte. Ja, es stimmte: Sie wusste wenig über ihn. Sie wusste lediglich, dass sie sein Talent als fahrender Musiker über die Maßen liebte, seine Lieder, seine Gedichte – seine Gegenwart.
In der Zeit, während er nicht bei ihr war, hatte er ein ziemlich ausgefülltes Leben: eines, in dem er weiße Steine schleppte, nicht weit vom königlichen Palais entfernt, und ein anderes, in dem er im Dunkeln fleißig ein fast unverständliches Werk studierte, auch dann, wenn ihn Erschöpfung und Schlaf zu überwältigen drohten. Ein Anflug von Bewunderung überkam sie.
Und sie? Sie hatte in der ganzen Zeit noch nicht einmal Lesen gelernt! Sie, die Bertoul aus ihren Launen heraus aufforderte, noch häufiger zu kommen, um sich später vielleicht als besoldeter Spielmann ihrer Gefolgschaft anzuschließen. Ihr wurde klar, wie egoistisch sie gehandelt hatte.
Da sie nicht wusste, was sie sonst tun konnte, würde sie ihm mit all ihren Kräften helfen; doch sie fürchtete, dass ihm das nicht viel nützte.
»Sag mir«, fragte sie, »kannst du die Weisheit des Zauberbuchs nicht dafür benutzen, es wiederzufinden? Durch irgendeine Magie?«
Bertoul schüttelte den Kopf.

»Nein, so einfach ist das nicht. Es stimmt, dass ein erfahrener Magier das vermag, aber so einer bin ich nicht; ganz und gar nicht.«
Meister Gurhaval wäre fähig gewesen, es wiederzufinden, oder er hätte das Buch so mit einem Bann versiegeln können, dass niemand es öffnen könnte. Oder er hätte die Worte darin verändert, sogar aus der Entfernung. Doch Bertoul hatte nicht die geringste Ahnung, wie man vorzugehen hatte, um das Zauberbuch unschädlich zu machen, auch wenn er sich leidenschaftlich in seine sorgfältig und kunstvoll geschriebenen Seiten vertieft hatte.
»Bist du sicher, dass das Zauberbuch Anweisungen enthält, wie man den König töten kann?«
»Es birgt Anweisungen für alles Mögliche. Viele schöne Dinge, aber auch viele Gräuel finden sich auf den Seiten, die ich gelesen habe. Leute mit schlechten Absichten können ohne Probleme äußerst gefährliche Dinge damit anstellen. Ich erinnere mich an alle möglichen Überschriften:
Anweisungen, eine ranghohe Person unschädlich zu machen; Anweisung, aus der Entfernung jemanden töten zu können; Anweisung, jemandem tödliche Krankheiten zuzufügen … Ich nehme an, dass man diese Anweisungen wiederum miteinander mischen kann. Magier könnten so etwas tun.«
»Ich hätte nie vermutet, dass Meister Gurhaval so etwas geschrieben hat«, stellte Blanche fest.
»Alle Formeln der Welt sind darin enthalten«, erklärte Bertoul niedergeschlagen. »Selbst wenn wir uns jeden Tag bemühten, das Paradies zu erlangen, die Welt als solche kennt weder Gutes noch Schlechtes. Für sie ist alles gleich. Das Zauberbuch spricht auch davon: von den Schönheiten und den Gräueln, den Heilmitteln und den Giften, dem Wohltätigen wie auch dem Unheilbringenden. Meister Magnus wäre ein Heuchler gewesen, hätte er nur die guten Anweisungen in sein Buch aufgenommen. Dann wäre es kein Zauberbuch, sondern nur ein einfaches Buch mit Anweisungen geworden, die dem Guten dienen. Aber ein wirkliches Zauberbuch muss alles enthalten, was die Welt ausmacht.«

»Ich verstehe«, sagte Blanche. »Wenn das Buch also in schlechte Hände gefallen ist, könnte jemand damit beginnen, die geheimen Anweisungen zu verwenden, um den König zu töten.«
»Zweifellos. Und nichts könnte ihn aufhalten, fürchte ich.«
»Ein Gegenmittel!«, schlug Blanche vor.
»Du denkst an Pflanzen? Ja, vielleicht wäre das möglich. Aber ich habe Sorge, dass sie nicht mächtig genug wären.«
So saßen sie da, Seite an Seite, doch keinerlei Lösung schoss ihnen durch den Kopf. Außer dem Gedanken, den König und die Königin Mutter davon zu unterrichten, dass eine Gefahr über ihren Köpfen schwebte. Aber wenn man weder wusste, um welche Gefahr es sich handelte, noch wann sie eintrat, wäre eine solche Enthüllung so gut wie nutzlos.
»Kannst du nicht selbst einen Schutzbann erfinden, wenn du die Grundgesetze der Welt kennst?«, beharrte Blanche.
»Ich sag es dir noch einmal: Ich habe damit überhaupt keine Erfahrung. Man kann nicht einfach irgendetwas tun.«
»Heute Abend«, sagte Blanche, »werde ich ins königliche Palais zurückkehren und um eine Audienz bei der Königin Mutter bitten. Ich werde mit ihr sprechen und ihr sagen, ich hätte zufällig auf der Straße eine Unterhaltung mitgehört, doch als ich mich umsah, konnte ich nicht mehr ausmachen, um wen es sich handelte. Ich weiß nur, dass es um ihren Tod und den des Königs ging.«
»Sehr gut«, sagte Bertoul, »das ist eine gute Idee.«
»Was kann ich sonst tun, Bertoul?«
Sie war ganz ungeduldig, ihr Bündnis zu erneuern und von ihm einen Auftrag zu erhalten. So hatte sie die Möglichkeit, ihm zu beweisen, dass sie nicht so oberflächlich und egoistisch war, wie sie in ihrem Leben am Hof wirkte. Sie wollte ihm ebenbürtig sein.
»Ich möchte dir gern helfen«, fuhr sie fort.
»Du hast mir schon geholfen. Du hast bei mir gewacht und meine Entzündung kuriert, du hast mich gepflegt, und du hast mich vor Raoulet de Mauchalgrin gewarnt. Deshalb kamst du hierher.«
Sie errötete.

»Das ist nicht genug«, protestierte sie. »Es war keine große Sache, dich zu pflegen; einige wenige Umschläge, eine Handvoll Pflanzen in heißem Wasser für einen Kräuteraufguss – weiter nichts.«

»Nein, Blanche, ich bin immer noch hilfsbedürftig, mehr als du! Ich habe das Zauberbuch nicht mehr, ich fühle mich immer noch schwach und wie gelähmt, und ich weiß nicht, wo ich die Leute finde, die mich angegriffen und beraubt haben. Allerdings könntest du«, schlug er ihr vor, »abgesehen davon, dass du der Königin Bescheid sagst ...«

Sie hörte gespannt zu und konnte es kaum erwarten, seine Anweisungen zu befolgen.

»... mir von allem berichten, was dir im Palais als ungewöhnlich auffällt. Was können wir sonst tun? Du kennst jetzt den Weg hierher. Du kannst mir eine Nachricht zukommen lassen.«

»Ich kann immer noch nicht schreiben«, sagte sie leicht beschämt.

»Das macht nichts. Es gibt Kinder, durch die du eine mündliche Botschaft überbringen lassen kannst. Denn solange Raoulet am Hof ist, werde ich mich dort nicht blicken lassen. Das scheint mir das Klügste zu sein. Wann wird er abreisen?«

»Ich weiß es nicht«, antwortete Blanche. »Er gehört zur Gefolgschaft von Audouin de Fougeray, der mit seiner ganzen Familie hier ist und im Hotel de Trécy logiert. Ich habe den Eindruck, dass er nicht so bald abreisen wird. Raoulet ist einer seiner Knappen, ich glaube nicht, dass er die Rittersporen erhalten hat. Es sah so aus, als hätte er seinen eigenen Diener bei sich, diesen groben Kerl, einen von der Sorte, die die Zähne nicht auseinander bekommt.«

»Ich verstehe«, sagte Bertoul und rief sich Aussehen und Gestalt von Griffon le Réchin ins Gedächtnis, dem er beim Turm von Anzat begegnet war.

»Gut, machen wir es so: Ich komme so bald nicht wieder ins königliche Palais, und du informierst mich über alles, was ...«

In diesem Augenblick öffnete sich die Tür, die zur Straße hinausging, und jemand betrat mit großen, selbstsicheren Schritten und in schweren Stiefeln das Vorderzimmer.

»He da!«, rief eine Stimme, die die Wände erzittern ließ. »Ist hier jemand, in dieser Höhle? Bist du da, junger Mann? Oder bist du inzwischen in deinem Bett gestorben?«
»Was ist denn das?«, flüsterte Bertoul und warf Blanche, die ebenso wenig verstand wie er, einen fragenden Blick zu.
In der Türöffnung erschien die hohe, vierschrötige Gestalt Hennequins.

Die Prüfung in der *Magie*
besteht darin, den unheilvollen Kräften
standzuhalten, und es sind
diese Prüfungen, die es ermöglichen,
einen erfolgreichen Zugang
zu den höheren Kräften
zu erlangen.

10

Der Mann betrat das Haus, als wolle er es mit einem Handstreich in Besitz nehmen. Er bemerkte, dass das Zimmer sorgfältig aufgeräumt worden war und ließ seinen Blick schnell zu der jetzt leeren Truhe schweifen. Alles kam ihm sehr bekannt vor. Was seinen Besitzer anging, so machte dieser nicht mehr den Eindruck, als läge er im Sterben, wie damals, als er ihm die Schlüssel entriss, die an einer Kette an seiner Hüfte hingen. Dennoch war er noch nicht ganz auf der Höhe. Nun, er würde sehen, wer es verdiente, das Zauberbuch zu bekommen: die vier unfähigen Magier oder dieser junge Mann. Natürlich gegen gute Bezahlung. Er musste das Geschäft geschickt einfädeln.

»Nun, mein armer Junge«, polterte er, »mit den schwarzen Rändern unter deinen Augen und der gelblichen Gesichtsfarbe siehst du noch nicht gerade gesund aus!«

Bertoul stand mit einem Ruck auf, doch er hatte seine Kräfte etwas überschätzt und musste sich anstrengen, das Schwindelgefühl zu verbergen und Haltung zu bewahren.

»Wer beschimpft mich in meinem eigenen Haus?«, protestierte er mit ebenso fester Stimme – zumindest hoffte er, dass sie so klang.

»Ich habe gehört, dass dir vor einigen Tagen übel mitgespielt wurde. Du wurdest offenbar geschlagen.«

»Und wenn es so wäre?«

»Und nicht nur geschlagen ...«

Bertoul runzelte die Stirn, und Blanche versuchte, möglichst ruhig weiterzuatmen. Der Mann sah wie ein brutaler Kerl aus, aber sie wollte ihre Beunruhigung nicht zeigen.

»Was genau willst du?«, fragte Bertoul. »Du betrittst einfach lärmend und trampelnd in deinen schweren Stiefeln mein Haus, versetzt meine Besucherin in Schrecken –«

»Sie scheint nicht wirklich erschrocken zu sein.«
»Wie auch immer – sag, was dich herführt, und dann geh wieder.«
»Man hat dich angegriffen. Hier, im Viertel der großen Gaunerei. Hier passiert alles Mögliche. Man wird angegriffen, durchgeprügelt, beraubt …«
Das letzte Wort blieb ein wenig zu lange in der Luft hängen.
»Was soll das heißen?«, stieß Bertoul zwischen den Zähnen hervor.
Blanche nahm sich zusammen und brachte bedächtig, aber dennoch mit klopfenden Herzen, eine kluge Bemerkung heraus.
»Messire ist selbst eine Art Gauner und scheint dir einen erpresserischen Vorschlag machen zu wollen, um dich nicht ebenfalls angreifen zu müssen.«
»Was!«, rief Bertoul aus. »Niemals!«
»Dieses kleine Fräulein ist so fein wie eine Libelle«, sagte Hennequin anerkennend und verneigte sich ritterlich vor Blanche. »Du hast ein ziemliches Glück, das sie vorausschauender ist als du und dadurch gewisse Dinge erklären kann. Sie hätte recht haben können … Doch trotz ihrer Scharfsinnigkeit hat sie sich diesmal geirrt, mit Verlaub, mein Fräulein.«
»Also, worum geht es genau?«, fragte Bertoul. »Was hast du mir vorzuschlagen?«
Hennequin lachte und zeigte dabei seine weißen Zähne, die für einen ehemaligen Soldaten in einem sehr guten Zustand waren.
»Ich kann jedes kostbare Objekt wiederfinden, das gestohlen wurde«, fuhr Hennequin fort.
»Du weißt nichts über das, was ich verloren habe«, schrie Bertoul.
»Und du hast mir immer noch nicht gesagt, wer du bist.«
»Man nennt mich Hennequin«, sagte der Mann. »Sieben Jahre lang war ich Soldat in der königlichen Armee, aber mit vierundzwanzig Jahren fand ich mich ein wenig zu alt für dieses Spiel. Also habe ich den Dienst quittiert, bevor mir meine Glieder zertrümmert, ein Auge ausgestochen, die Zähne zerschlagen und die Haut vom Öl verbrannt wurden. Also, seit drei oder vier Jahren beteilige ich mich nicht mehr am Krieg. Ich bin ein ehrenhafter ehemaliger Soldat.«

Wie er ihn so betrachtete, glaubte Bertoul ihm kein einziges Wort, aber dennoch beeindruckte in dieser Mann irgendwie, der in aufschneiderischem Ton und mit kräftiger Stimme sprach, mit seinem breiten und muskulösen Körper, den er so stolz zur Schau stellte und über dem sich ein schöner Kopf mit eisblauen Augen, einer leicht gebogenen Nase und schwarzen, hinter die Ohren geschobenen Locken erhob.
»Und was treibst du jetzt?«
»Ich komme ganz gut zurecht, ich … kenne gewisse Leute. Ich weiß, wo man gestohlene Dinge wiederfindet. Ich kann jeden kostbaren Besitz wiederbeschaffen. Für eine Summe, die … sagen wir, *angemessen* ist.«
»Danke«, sagte Bertoul, »aber ich glaube nicht, dass ich deine Dienste benötige.
»Bist du dir sicher?«
»Ganz sicher«, wiederholte Bertoul. »Trotzdem vielen Dank.«
»Falls du deine Meinung ändern solltest, frage nach mir in der ›Taverne zu den drei Enten‹ in der Tire-Boudin-Straße, auf der anderen Seite der Stadtmauer. Drei- oder viermal am Tag komme ich dort vorbei. Es ist ein verrufener Ort, aber der Wirt ist verlässlich. Du riskierst nichts. Einverstanden?«
»Ja«, sagte Bertoul müde und überdrüssig zugleich. »Ich habe mir die ›Taverne zu den drei Enten‹ gemerkt. Geh jetzt.«
Hennequin ergriff eine Schale und trank den Rest des Kräutertees, den Blanche zubereitet hatte. Er schluckte ihn mit Widerwillen hinunter.
»Puh! Hast du keinen Wein im Haus?«
»Geh!«, wiederholte Bertoul.
»Ich hätte dir etwas Schönes zu verkaufen gehabt. Ich bin sicher, dass du daran interessiert gewesen wärest.«
Aber Bertoul zuckte mit den Schultern. Er hatte nur eines im Sinn: zu hören, wie seine Schritte in der Straße verhallten und ihn dann zu vergessen.
»Für zweihundert Taler.«

»Ich habe keine zweihundert Taler.«
»Das Fräulein ist reich, das sieht man. Sie hätte sie bestimmt und würde dir das Geld sicher vorschießen.«
»Verschwinde! Verschwinde für immer. Und setz nie wieder einen Fuß hier herein.«
Hennequin war schon bei der Türschwelle und fast auf der Straße, auf die die Sonne große, orangefarbene Lichtflächen malte, als er sich noch einmal umdrehte.
»Es ist so groß, so breit und so dick«, rief er mit seiner volltönenden Stimme, als sänge er ein Liedchen. Dann ging er die Straße hinunter, der Sonne entgegen. »Es ist schwer. Es enthält Buchstaben und ist vergoldet, und es hat ein Stück Glas, so rot wie Blut.«
In der Zeit, die Bertoul brauchte, um so schnell wie der Teufel aufzuspringen und mit Mühe zur Tür zu laufen, war der Mann bereits verschwunden. Es war, als wäre er vom Erdboden verschluckt worden oder hätte sich im modrigen und trägen Wasser der Rinne aufgelöst, die sich in der Mitte der Gasse zwischen all dem Unrat einen Weg bahnte.
»Was bin ich nur für ein Dummkopf! So dumm, so dumm! Das ist mir ein Gauner! *Er* hat es mir gestohlen. Meine Güte, wie kann man nur so dumm sein! Er kam, um seinen Spott mit mir zu treiben. Er wollte nur, dass ich mein eigenes Zauberbuch zurückkaufe. Und jetzt ...«
»Mach dir keine Vorwürfe ...«, sagte Blanche leise. »Du konntest es nicht wissen. Er hat es geschickt angestellt.«
»Ein Schönredner, einer von der Sorte, die ich verabscheue. Seine großspurige Art ... seine Stimme, die die Wände zum Wackeln bringt! Ich muss zu dieser Taverne gehen.«
»Nicht jetzt, Bertoul. Die Stadttore werden bald geschlossen. Hast du verstanden? Und die Taverne liegt auf der anderen Seite. Du musst bis morgen warten.«
»Warten? Wie kann ich da warten? Er kann es irgendjemandem verkaufen.«
»Vielleicht hat er aber auch gelogen. Wer weiß, ob er nicht zu denen gehört, die dich angegriffen haben.«

»Nein. Aber er könnte mit ihnen unter einer Decke stecken. Wie soll man das wissen? Blanche, wie konnte ich nur so dumm sein ... Blanche ...«
Er spürte, wie seine Kräfte ihn wieder verließen und stützte sich auf den Türrahmen mit den geschnitzten Eulen. Er warf einen Blick in die Höhe.
»Helft mir!«, murmelte er.
Es war ihm, als erblickte er ein Stück von einem hellen Flügel, der das Haus gegenüber, zwischen den Dächern, die kaum das Tageslicht durchließen, streifte. Vielleicht würden die Eulen dem falschen Soldaten ja auflauern?
»Schau, sie sind wieder da; treu wie immer. Sie sind es, die Eulen ... sie werden ... es wiederfinden ...«
»Du fieberst, Bertoul. Du bist noch nicht gesund. Deine Augen sind ganz glänzend, du kannst dich nicht mehr auf den Beinen halten. Komm herein, mein Freund. Pass auf dich auf! Komm, bitte ...«
Es kostete sie Mühe, ihn zu stützen, und sein ausgemergeltes und fiebriges Gesicht erschreckte sie. Er war noch lange nicht wiederhergestellt. Und sie sollte vor dem Abend wieder im Palais sein!
»Frau Félicité!«, schrie sie aus Leibeskräften. »Kommt und helft mir. Schnell, Frau Félicité!«
Ein Junge von ungefähr zehn Jahren trat aus dem Nachbarhaus.
»Schnell, sag deiner Mutter Bescheid, Pierre«, flehte Blanche. »Es geht Bertoul nicht gut. Ich brauche Hilfe.«
Einen Augenblick später stürzte Félicité aus ihrem Haus und griff Bertoul unter die Arme, um Blanche zu helfen, ihn zurück zu seinem Bett zu bringen.
Zähneklappernd war Bertoul bereits in einen halb bewusstlosen Zustand gefallen. Die beiden Frauen bedeckten ihn fürsorglich mit Leintüchern und Decken.
»Er hat wieder Fieber«, sagte Blanche. »Man muss ihm zu trinken geben.«
»Ich weiß. Sorgt Euch nicht. Ich mache das schon.«
»Danke, Frau Félicité!«

»Ihr seid auch erschöpft. Geht und ruht Euch aus, meine Gute. Morgen ist ein neuer Tag. Ich werde mich gut um ihn kümmern.«
Der gute Engel in der Nachbarschaft, das war Frau Félicité Perdriel. Und ihre drei Kinder, der kleine Pierre, der kleine Jehan und die kleine Marion, bildeten seine Gefolgschaft.
»Gute Nacht, mein teurer Verbündeter!«, sagte Blanche ganz leise und beugte sich über den bewusstlosen Bertoul, um ihm einen Kuss auf die Stirn zu geben.

»Ein Bündnis, das mir teuer ist …«, sagte Blanche auf ihrem Weg ins Palais immer wieder vor sich hin. Bertoul bedeutete ihr mehr als er ahnte, dachte sie, ohne ihr Gefühl benennen zu können.
Die Beziehung, die sie verband, war so wundersam, nicht nur eine Freundschaft, mehr als das. So, dass man manchmal Herzklopfen bekam.
»Ein Bündnis, das mir teuer ist …«
Es war besser, nicht allzu sehr darüber nachzudenken.

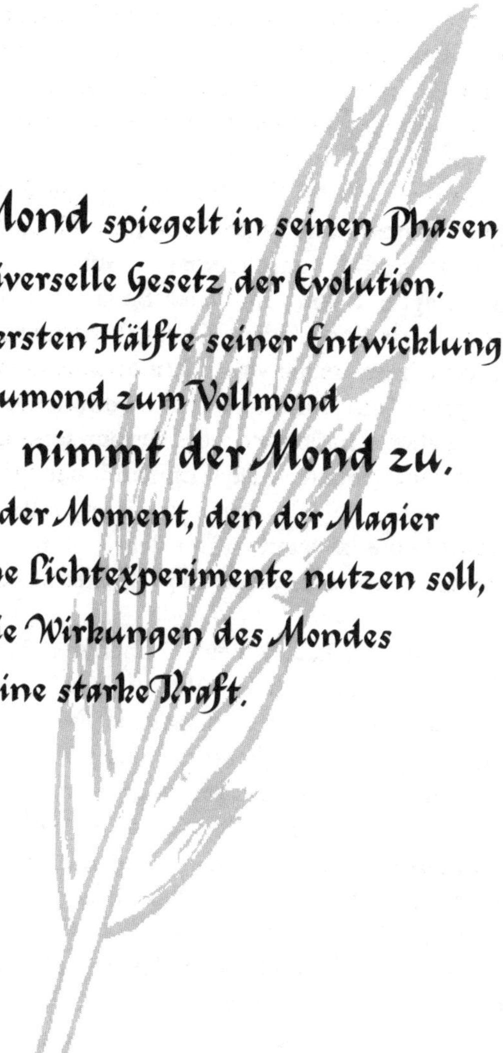

Der Mond spiegelt in seinen Phasen
das universelle Gesetz der Evolution.
In der ersten Hälfte seiner Entwicklung
vom Neumond zum Vollmond

nimmt der Mond zu.

Das ist der Moment, den der Magier
für seine Lichtexperimente nutzen soll,
denn die Wirkungen des Mondes
haben eine starke Kraft.

11

Der Magier Manassé und seine Komplizin Phelipote, die schwerfällige Bathilde und der unscheinbare Liébault hatten all ihr Geld zusammengelegt und von sämtlichen Bekannten Denar um Denar geliehen, wobei sie einem jeden Glück gegen klingende Münze oder aber üble Verwünschungen versprachen. Sie hatten schließlich viel mehr als vierzig Taler zusammen – die Summe, die sie Hennequin zunächst angeboten hatten. Zurecht vermuteten sie, dass dies nicht reichen und der ehemalige Soldat ohne mit der Wimper zu zucken den Preis erhöhen würde. Aber zunächst saßen sie, zufrieden mit ihrer Ausbeute, zusammen um den Kamin und Liébault war dabei, immer wieder aufs Neue auch die kleinsten Geldstücke zu zählen.

Bathilde seufzte: »Nie habe ich einen schöneren Anblick gesehen.«

Nun brauchten sie nur noch darauf zu warten, dass ihr Handlanger wieder erschien, was in der Finsternis der Nacht geschehen sollte. Wie immer öffnete Hennequin mit Schwung die Tür, die schauerlich in ihren Angeln quietschte und gegen die Lehmwand schlug.

»Nun, meine Freunde! Seid ihr bereit, mir das Zauberbuch mit dem Rubin abzukaufen? Ich habe bei meinen Käufern die Runde gemacht, und ihr scheint mir die Meistbietenden zu sein. Ich hoffe, ihr wisst diesen Glücksfall zu schätzen.«

Bathilde gluckste vor Vergnügen und Phelipote beruhigte ihre Katze, indem sie ihr ein Ohr verdrehte. Hennequins Blick verweilte auf der Bank, wo sich die Geldstücke häuften und im spärlichen Flammenschein des Kamins aufglänzten.

»Sieh an«, sagte er, »da ist ja das Geld. Nun geht es also nur noch darum, herauszufinden, ob es genug ist. Mein anderer Käufer hat mir hundertfünfzig Taler geboten. Für zweihundert gehört es euch.«

»Zweihundert!« Manassé lief rot an. »Ihr seid ein Dieb!«
»Erinnert Euch, Messire. Solange wir uns kennen, habt Ihr mich genau deswegen engagiert. Ich bin Euer ergebener Diener!«
Er ließ sein unausstehliches Lachen ertönen, worauf seine vier Partner ein verdrießliches Gesicht machten.
»Aber nun seid doch nicht so trübsinnig! In einer Stunde kann das Zauberbuch euch gehören. Es wäre besser, ihr würdet vor Freude trampeln, Sarabanden tanzen oder sonst etwas tun.«
Ehrlich gesagt war Hennequin ziemlich enttäuscht, dass er den jungen Bewohner des Schreiberhauses nicht in der Taverne ›Zu den drei Enten‹ angetroffen hatte, wohin er sich sogleich begeben hatte. Wie hieß er doch gleich? Er wusste es nicht.
Wie auch immer – er war nicht aufgetaucht, also würde er auch nichts bekommen. Hennequin war nicht bereit, es ihm ein zweites Mal anzubieten, selbst wenn der Junge ihm viel sympathischer war als diese vier Möchtegern-Magier, die ganz in ihren Hexenkram vertieft waren ...
»Wir haben hundertzweiundsiebzig Taler, sechs Sous und zehn Denare zusammengetragen«, sagte Liébault überheblich und zeigte mit dem Kinn auf den Geldhaufen.
»Nun, ich will nicht kleinlich sein und mich damit zufriedengeben. Füllt alles in einen Beutel, und ich komme wieder, um den Handel zu Ende zu bringen. Aber ich warne euch: Versucht keine Mätzchen! Ich kenne mich mit allen Währungen des Königreiches aus.«
Dann verschwand er ebenso, wie er gekommen war, geräuschvoll und mit viel Wirbel.
»Was für eine unangenehme Person! Und unehrlich dazu!«, klagte Phelipote. »Er verdient es nicht, dass wir seine Dienste noch länger in Anspruch nehmen.«
»Ich fürchte aber, so weit wird es noch kommen, meine Gute«, seufzte Manassé.
»Papperlapapp, sobald der König und seine Mutter, die alte Gans, tot sein werden, brauchen wir ihn nicht mehr. Den König töten, das ist jetzt das Wichtigste.«

»Ihr sprecht für Euch«, brummte Liébault. »Ich will das Zauberbuch aus anderen Gründen zu Rate ziehen. Es kann uns manches lehren.«

»Und übrigens«, mischte sich Bathilde ein, »warum braucht ihr das Zauberbuch, um Euch am König und der Königin Mutter zu rächen, Frau Phelipote? Ihr, die Ihr doch so gut im Verfertigen von Dagyden seid, die Unglück heraufbeschwören?«

»Dagyden? Diese satanischen Puppen aus Wachs können den meisten Sterblichen Unglück bringen, aber sie wirken nicht bei Königen. Seht, meine Liebe, der König wurde in Reims gekrönt, somit ist er gegen den Zauber gefeit, der mit diesen Wachspuppen verbunden ist. Für einen König gibt es einen anderen Zauber, der so geheim ist, dass ich ihn nicht kenne. Aber ich weiß, dass er in dem Zauberbuch mit dem Rubin steht.«

»Ich verstehe ...«, sagte Bathilde und die beiden Männer nickten stumm.

Eine Stunde später war Hennequin zurück und trug ein großes, gut verpacktes Paket im Arm.

»Ist es das?«, fragte ihn Manassé ängstlich.

»So viel ich weiß«, antwortete Hennequin. »Und das Geld?«

»Hier«, antwortete Liébault und hielt ihm wie gewünscht einen schweren Beutel hin.

Während Hennequin das Geld auf dem Boden ausbreitete, um es nachzuzählen, ergriff Manassé das eingewickelte Buch. Die drei anderen kamen näher, ungeduldig und fasziniert.

»Fünfzig Jahre lang haben wir darauf gewartet«, stammelte Phelipote, aufgeregter als beim Aussprechen ihres ersten Fluchs.

»Fünfzig Jahre ...«, stotterte ihr alter Komplize ebenfalls.

Außer dem Klirren der Münzen und dem Knistern des Feuers hörte man nur keuchendes Atmen, als Manassé den Stoff auseinanderfaltete. Die Katze verzog sich und suchte Schutz hinter einer klapprigen Kiste. Man sah nur noch ihre gelben, im schwachen Licht der Flammen misstrauisch glänzenden Augen.

»Oh! Ah! Seht doch!«

Die vier Magier gerieten in Verzückung beim Anblick des vor ihnen liegenden, enthüllten Buches.

Die goldenen alchemistischen Zeichen, die in den Einband geprägt waren, schienen sich im Feuerschein leicht zu bewegen, und der Rubin erglänzte von innen heraus in einem gedämpften Licht. Es sah aus, als bildete sich um ihn ein metallischer Wirbel, der im Begriff war, sich aufzulösen.

›Es ist genau, wie ich dachte‹, stellte Liébault insgeheim fest. ›Ich ahnte es. Sie wissen es nicht. Sie stürzen sich nur auf die Anweisungen. Aber ich will das Drachenei! Es wird mich zur höchsten aller Mächte führen.‹

Doch er ließ sich von all dem nichts anmerken. Er war immer sehr verschwiegen, wenn es darum ging, seine wirklichen Ziele preiszugeben.

»Zerrt nicht so daran«, protestierte Manassé. »Ihr werdet es noch zerreißen, und dann sind wir wieder so weit wie zuvor.«

Vorsichtig begann er, eine Seite nach der anderen umzublättern und vermied es dabei, die Titelseite, das Exlibris und das Schutzpentagramm aufzuschlagen.

»Wo ist die Anweisung, sich der Mächtigen dieser Welt zu entledigen?«, kreischte Phelipote und versuchte, ihm das Buch zu entreißen.

»Hört auf, Frau Phelipote«, befahl Manassé. »Wer hat diese Aktion eingefädelt? Ich! Vergesst nicht, dass ich hier das Sagen habe!«

Ein kurzes, volltönendes Lachen erklang von dorther, wo die Geldstücke lagen.

Manassé fuhr fort, die Seiten umzublättern, ohne innezuhalten.

Heftige Schläge ertönten von den Fenstern her, und die vier Magier erhoben ihre Köpfe.

»Eulen«, bemerkte Bathilde nüchtern.

»Offensichtlich ein Schutzbann«, fuhr Mannassé fort, »aber er ist nicht mehr stark genug. Ich nehme an, dass ihn seit Jahren niemand erneuert hat. Lasst uns das Werk unbesorgt zu Rate ziehen. Sie können uns nicht daran hindern.«

Mehrere Eulen drehten machtlos ihre Runden um das Haus und versuchten erfolglos, in die baufällige Hütte einzudringen.
»Los, an die Arbeit!«, rief Phelipote ungeduldig aus.
»Gibt es eine Anweisung zum Erlangen der ewigen Jugend?«, fragte Bathilde bekümmert. Man vernahm erneut ein Lachen, das aus der Richtung der silbern klirrenden Münzen kam.
»Ich bitte Euch! Es geht uns hier um die absolute Macht«, brummte Manassé, »nicht um solche kleinen Vergnügen. Lasst uns die Seite mit der Anrufung der Toten suchen. Auf diese Weise wird Magnus Gurhaval direkt auf unsere Fragen antworten, und wir kommen schneller voran.«
»Aber wenn wir auf die Seite stoßen, auf der das Verfahren für den König und diese … na, seine Mutter, steht, legen wir ein Lesezeichen hinein, um es schneller wiederzufinden.«
»Wir werden sehen, wir werden sehen.«
»Können wir nicht einen Augenblick lang den Rubin betrachten?«, fragte Liébault. »Denn schließlich wussten wir es bis jetzt nicht, nicht wahr?«
»Was wussten wir nicht?«, fragte Bathilde.
»Ob es ein normaler Rubin ist, oder ob er verborgene Eigenschaften hat.«
»Natürlich hat er verborgene Eigenschaften. Er schillert und glänzt aus sich selbst heraus, je nach der Sachlage.«
»Aber ist es auch wirklich ein Rubin?«
»Selbstverständlich. Was könnte es sonst sein?«
›Sehr gut!‹, sagte sich Liébault, ›sie ahnen also nichts von den anderen Möglichkeiten!‹
Und er tat so, als würde er sich ebenfalls für die unzähligen Anweisungen des Zauberbuches interessieren.
»Da! Da ist es!«, triumphierte Phelipote. Sie schielte ein wenig und schwenkte ihren Kopf auf dem mageren Hals hin und her, da sie Manassé gegenüber saß und darum die Texte verkehrt herum sah.
»Da: ›Geheime Anweisung, einen König oder eine Königin zu töten!‹«

Hennequin, der gerade mit dem Zählen des Geldes fertig war und es in seinen Beutel umfüllte, mischte sich ungefragt ein.
»Also, ihr wollt ihn wirklich töten?«
»Selbstverständlich! Wozu bräuchten wir sonst das Zauberbuch?«
»Aber … warum? Der König ist nicht schlechter als sein Vater oder sein Großvater.«
»Und ob er schlechter ist!«, kreischte Phelipote, die sich kerzengerade aufrichtete und fast rasend wurde. »Er hat beschlossen, die Leute, die unsere … Kunst praktizieren, zu beseitigen.«
»Die Hexer?«, vergewisserte sich Hennequin.
»Die Magier, die Wissenden, die Wahrsager, die Alchemisten«, verbesserte sie ihn. »Er hat uns auf tausenderlei Weisen unterdrückt, er will unser Ende. Unseren Tod. Aber wir lassen das nicht mit uns machen. Wir haben Mittel in der Hand. Und was seine Mutter angeht, diese Gans, so steht es noch viel schlimmer. Sie ist diejenige, die ihrem Dummkopf von Sohn die Entscheidungen diktiert. Was sie mir gesagt hat … was sie mir angetan hat … die Art und Weise, wie sie mich behandelt hat! Wenn es in meiner Macht stünde, würde ich sie die Schrecken und Martern der Hölle erleiden lassen.«
Alle Hexer von Paris hatten tausenderlei Gründe, den Tod der Königin herbeizuwünschen. Doch der persönliche Hass Phelipotes gegen Blanche von Kastilien hatte nicht seinesgleichen.
»König Louis ist kein Dummkopf«, widersprach Hennequin. »Zwar ist er jung, aber er schlägt sich dennoch wacker. Bei seiner Thronbesteigung war er erst zwölf Jahre alt, und in den letzten sechs Jahren hat er schon mehrere Feldzüge geschickt und siegreich durchgeführt.«
»Was gehen mich seine militärischen Feldzüge an?«, brauste Phelipote auf und zuckte mit den Schultern. »Ja natürlich, du bist Soldat und achtest nur auf so etwas. Aber König Louis steht seiner Mutter in nichts nach, wenn es darum geht, uns an der Ausübung unserer Kunst zu hindern.«
»Eurer Hexerei also.«
Hennequin war für heute Abend mit ihnen fertig.

»Liebe Magier, hoffen wir, dass ihr keinen groben Fehler begeht, indem ihr euch am König und der Königin Mutter vergreift«, warnte er und erhob sich. »Ich habe euch das Zauberbuch geliefert, aber wenn man Euch verurteilt, werde ich nicht als Zeuge zu euren Gunsten auftreten.«

»Wir auch nicht, wir auch nicht«, vergewisserte ihn die Alte säuerlich.

Eine komische Geschichte, dachte Hennequin bei sich, als er die Bruchbude Manassés verließ, um sich auf gut Glück zurück in sein Viertel bei der Tire-Boudin-Straße zu begeben.

Äußerst zufrieden mit sich und den hundertzweiundsiebzig Talern, die er als Gewinn erzielt hatte, machte er sich auf die Suche nach einer weiteren günstigen Gelegenheit, einen Bürger auszuplündern. Leider ein Raub zu viel, wie sich bald zeigen würde …

Um die

Wirkungen seines Willens

zu lenken, besitzt der Meister ein Instrument
aus Holz und magnetischem Eisen,
das man einen

Zauberstock oder -stab nennt.

Dieses Instrument hat kein anderes Ziel,
als die magischen Kräfte zusammenzuziehen
und auf einen festgelegten Punkt zu bündeln.
Es erleichtert die Verrichtungen sehr,
hat aber selbst **nicht die geringste**
verborgene Macht.

12

»Blanche verbringt ihre Zeit in der Stadt!«, sangen einige Frauen aus der Gefolgschaft der kleinen Prinzessin Isabelle halblaut vor sich hin. Eine Fidel begleitete ihre spöttischen Worte.
»... wo sie so manches Geheimnis hat.
Seit Tagen schleicht sie sich morgens raus,
und kommt erst am Abend wieder nach Haus!«
Die Fidel vollführte ein abschließendes Tremolo.
»Wer ist ihr Geliebter? Wer mag es wohl sein?
Und ist unsre Blanche wohl sittsam und rein?«
Blanche spürte, wie sie durch diesen improvisierten neckischen Chor bis zu den Haarwurzeln errötete.
»Ich ... versorge einen Kranken«, stotterte sie. »Wisst ihr, in meiner Jugend auf Gut Vauluisant und Flamincourt kannte ich mich gut mit Kräutern aus.«
»Aber ja, Blanche, das wissen wir«, antwortete Marguerite de Corbon. »Hast du nicht auch für uns schon Kräutertees gegen Bauchweh hergestellt und Umschläge für Isabelle, die sich die Haut aufgeschürft hatte?«
»Wer ist denn dieser Kranke?«, fragte Isabelle. »Ein alter Mann? Möchtest du, dass ich für ihn bete?«
»Nein, Isabelle, es ist kein alter Mann, aber Ihr könnt für ihn beten, gewiss, denn er ist Räubern zum Opfer gefallen und er ist in einer sehr schlechten Verfassung, von Schlägen gelähmt und durch ein Fieber, das ihn fantasieren lässt, ans Bett gebunden.
»Oh! Aber ja, ich werde für ihn beten«, rief Isabelle aus und stürzte zu ihrem Betschemel. »Und du wirst sehen: Morgen wird es ihm viel besser gehen!«
Auf diese Weise würde Bertoul von den königlichen Gebeten pro-

fitieren! Zweifellos würde es ihm besser gehen, wenn Blanche ihm das erzählte.
»Möge Gott Euch erhören, Isabelle!«, sagte Blanche.
Die junge Isabelle war das frömmste aller Kinder von Blanche von Kastilien, aber ihr Glaube war nicht übertrieben streng, und wie alle Mädchen ihre Alters verbrachte sie mehr Zeit mit Spielen und Lachen als mit der Hingabe an Gebete.
»Machst du dir Sorgen um deinen Kranken?«, fragte Marguerite.
»Ein wenig«, gab Blanche bekümmert zu. »Aber es geht ihm bereits besser. Morgen wird er gesund sein. Indes bin ich um andere Menschen hier in Sorge. Ich müsste die Königin sprechen.«
»Weil du besorgt bist? Geht es um dich? Willst du den Hof verlassen?«
»Nein«, antwortete Blanche erstaunt. »Warum sollte ich das tun?«
»Manchmal scheinst du zu bedauern, dass du hier unter uns bist...«
»Manchmal«, erwiderte Blanche, »sehne ich mich nach meiner Heimat.«
Sie tat einen tiefen Seufzer. Sie wusste nicht, was aus ihrem Gut Vauluisant geworden war, und ihr wurde bewusst, dass sie sich darüber kaum Gedanken gemacht hatte: Es gab dort weder einen Wächter, noch einen Verwalter – so weit sie wusste. Gewiss, ihr Gut gehörte nur ihr und war unveräußerlich. Ihre Brüder konnten es nicht zu Geld machen, selbst wenn sie sich vielleicht seine Einnahmen angeeignet hatten.
Das alles kam ihr plötzlich in den Sinn, vielleicht weil sie Raoulet de Mauchalgrin und die Gefolgschaft Audouins de Fougeray erblickt hatte, die ebenfalls aus der ihr so vertrauten Gegend kamen.
Mein Gott, plötzlich schien es nur noch Unannehmlichkeiten zu geben!
Raoulet war in Paris, Bertoul verletzt, der König und die Königin in Gefahr – das gestohlene Zauberbuch und den gefährlichen ehemaligen Soldaten noch gar nicht mitgezählt.
Sie fühlte sich so machtlos! Aber immerhin konnte sie die Königin warnen.

Blanche von Kastilien, immer von den Geschäften ihres Landes und ihres Sohnes, des Königs, ausgefüllt, würde nur wenig Zeit haben, um sie einem jungen Mädchen aus dem Gefolge der Prinzessin zu widmen. Doch Blanche musste es zumindest versuchen, um jeden Preis!

Als Blanche alle ihre abendlichen Pflichten erfüllt hatte, begab sie sich in den Flügel des Palais, in dem Tiphaine de Fontegrive lebte. Diese nahm gerade, in ein violettes Kleid mit rosa Überwurf gekleidet, mit Leib und Seele an einem fröhlichen Beisammensein teil. Ihre Haare waren kunstvoll geflochten und von einem goldenen Netz gehalten, das mit perlenbedeckten Nadeln festgesteckt war. Blanche kam sich ein wenig schlicht vor, mit ihrem bescheidenen Schmuck und ihren langen schwarzen Haaren, die ihr ganz natürlich über den Rücken fielen.

»Guten Tag, gute Patin«, begrüßte sie sie und machte einen tiefen Knicks. »Darf ich Euch eine kleine Bitte unterbreiten?«

»Eine Bitte?«, sagte Tiphaine und unterbrach mit einer Handbewegung den Mann, mit dem sie sich gerade unterhielt. »Lass einmal hören.« Der Mann entfernte sich diskret.

»Meine liebe Patin, könntet Ihr die Königin bitten, mich so bald wie möglich zu empfangen?«

»Also, meine liebe Blanche«, sagte Tiphaine und drohte gespielt streng mit einem Finger, »wir sehen dich kaum in diesem Teil des Schlosses, du kommst nie, um mit mir zu reden ...«

Das klang wie ein Vorwurf, der jedoch nicht böse gemeint war.

»Frau Tiphaine«, antwortete Blanche, »Ihr wart so gut zu mir; ich hätte Bedenken, wenn ich Euch jeden Augenblick stören würde.«

»Jeden Augenblick? Ach, Blanche, du hast noch viel zu lernen!«, sagte Tiphaine. »Es ist gut, die einen oder anderen zu besuchen, sich von Zeit zu Zeit bei diesem Herrn oder jener Dame zu erkundigen und sich über die Gerüchte im Palais zu informieren. Du würdest die Bekanntschaft einiger Herren machen, du könntest dir einen auswählen, der einen guten Ehemann abgeben würde ...«

Die Wendung, die das Gespräch nahm, kam völlig unerwartet und führte Blanche weit von ihrem Anliegen ab. Sie sperrte die Augen auf und warf einen Blick in den Saal, von wo die Herren mit Interesse zu ihr hinüberschielten. Oder bildete sie sich das nur ein? Sie wusste nicht recht, wie sie wieder auf ihren eigentlichen Wunsch zurückkommen sollte.

»Ein Ehemann!«, rief sie. »Aber der König hat mir doch versprochen ... das heißt, er hat mir nahegelegt ... nicht so bald zu heiraten!«

»Inzwischen sind zwei Jahre vergangen, Blanche. Du kommst jetzt in das richtige Alter. Und wenn du nicht mit irgendjemandem verheiratet werden willst, solltest du dich erkundigen, abwägen, zu mir kommen ...«

Blanche war ein wenig erschrocken. Die Ehe war für sie noch etwas, was in sehr weiter Ferne lag.

»Und wie steht es um deine Liebschaften?«, erkundigte sich Tiphaine de Fontegrive weiter.

»Meine *Liebschaften?*«, wiederholte Blanche und wusste einen Moment lang nicht, was sie darauf entgegnen sollte.

»Nun ja. Träumen nicht alle jungen Mädchen von Liebe? Haben sie keine Verehrer, die ihnen schmachtend zu Füßen liegen, ihnen Gedichte vortragen und schließlich um ein Rendezvous und einen Kuss bitten? Dir bleibt nur die Qual der Wahl. Ich wundere mich, dass du so ratlos dreinblickst, wenn ich darüber spreche. Manchmal scheinst du wie eine Nonne zu leben.«

Blanche wurde nun bewusst, dass die Herren und Edelknappen, die sich um Tiphaine drängten, tatsächlich ungeduldig darauf warteten, dass die Unterhaltung der beiden ein Ende nahm. Einige hielten einen Pergamentbogen mit Gedichten in der Hand, andere ein Musikinstrument. An einem Schachbrett trugen ein junger Herr und eine Dame eine Partie aus, und jeder Zug der Figuren wurde mit bedeutungsschweren Blicken begleitet. Welche Art von Spiel hatte Blanche da unterbrochen?

»Meine teure Patin, habt Dank für all Eure guten Ratschläge. Ich werde nicht zögern, Euch unverzüglich zu informieren, wenn sich

eine gute Partie zeigt oder wenn mein Herz für einen schönen Freund schlägt. Aber nun, Frau Tiphaine, könntet Ihr es vermitteln, dass ich die Königin in einer vertraulichen Sache sprechen darf?«
Tiphaine nahm Blanches Gesicht in ihre Hände, deren Finger mit schweren Ringen geschmückt waren.
»Du bist entzückend, meine liebe Kleine«, sagte sie. »Morgen früh, während der Messe, stellst du dich neben mich, und ich werde dann alles Weitere veranlassen. Und nun werden wir uns wieder unserem eigenen Hof, unserem Minnehof, widmen. Bleib, wenn du willst, Blanche …«
»Nein, danke, Frau Tiphaine«, erwiderte Blanche verwirrt, »ich muss … bei der Prinzessin … meine Pflichten …«
Ein Minnehof! Was war das denn? Sie machte sich durch die Flure davon, eher verblüfft als entrüstet. Schließlich würde sie bald mit der Königin sprechen können; das war alles, was jetzt zählte.

Am nächsten Tag stellte sich Blanche beim Ausgang der Schlosskapelle, in der der König, die Königin, die Infanten, die Nahestehenden und Vertrauten der Messe beigewohnt hatten, neben Tiphaine, die ihre Hand ergriff und sie entschlossen mit sich zog.
»Madame«, sprach Frau Tiphaine die Königin nach einem kleinen Knicks an, »meine Patentochter, Blanche de Vauluisant, bittet darum, einige Worte an Euch richten zu dürfen.«
Die Königin betrachtete Blanche eingehend von oben bis unten.
»Ach ja, das junge Mädchen, das denselben Vornamen trägt wie ich. Ihr steht im Dienste Isabelles, natürlich. Bereitet sie Euch Sorgen?«
»Nein, Madame, ganz im Gegenteil!«, antwortete Blanche, ohne den Blick zu heben. »Die Prinzessin ist ein Musterbeispiel in allen Tugenden, die man von einem Kind ihres Alters erwarten kann. Und mit jedem Tag gewinne ich sie mehr lieb.«
»Also, was gibt es sonst?«, fragte Blanche von Kastilien und verließ die Kapelle.
Sie ging mit raschem Schritt ihren Weg und Blanche folgte ihr in gebührendem Abstand.

»Madame, ich möchte Euch über ein Gespräch unterrichten, dessen Zeugin ich zufällig wurde und in dem es um Euch und den König ging.«
»Was für eine Art von Unterhaltung? Wo? Und wer nahm daran teil?«
»Es war gestern, in einer der Straßen von Paris, Madame. Ich habe mich umgedreht, aber ich konnte nicht sehen, wer da sprach. Madame, es ging um … um …«
Mein Gott, wie schwer es war, diese Dinge auszusprechen, selbst wenn es eine fromme Lüge war und sie eigentlich für Bertoul sprach.
»Es ging um ein Komplott, um Euch durch Anwendung von Magie und Spuk zu ermorden.«
Die Königin zog eine Augenbraue hoch und blieb so abrupt stehen, dass Blanche fast mit ihr zusammengestoßen wäre.
»Zauberei, um uns zu ermorden, Louis und mich?«
»Ja, Madame, verzeiht mir.«
»Was sollte ich Euch denn verzeihen, edles Fräulein von Vauluisant?«
»Weil ich die Überbringerin einer schlechten Neuigkeit bin.«
Die Königin setzte ihren raschen Gang durch die Flure fort und lachte kurz belustigt auf.
»Eine schlechte Neuigkeit? Liebes Fräulein, Ihr müsst wissen, dass der König und ich Neuigkeiten wie diese wohl zwölf Mal am Tag oder häufiger erhalten! Alle Magier und Hexer von Paris wollen unseren Tod. Diese Neuigkeit erstaunt mich weder, noch erschreckt sie mich. Nichtsdestoweniger danke ich Euch für Euren Eifer, mit dem Ihr mich über das Komplott unterrichtet habt.«
Auch wenn die Königin es nicht sehen konnte, machte Blanche als Zeichen der Dankbarkeit einen Knicks.
»Der König dankt Euch ebenfalls. Doch da er in Reims gekrönt wurde, kann ihm kein magischer Zauber etwas anhaben. Außerdem hat er im Moment ganz andere Sorgen. Die großen Barone, die scheinheiligen Ehrbezeugungen, die Ungerechtigkeiten, die bewaff-

neten Banden … Aber ich verliere mich. Das sind politische Fragen, die Euch kaum interessieren dürften. Wie auch immer. Ich werde den König über Eure Worte und die Sorge unterrichten, die Ihr der Krone gegenüber hegt, edles Fräulein.«

»Danke, Madame.«

Die Königin war an der Tür ihres Arbeitszimmers angelangt. Und Arbeit hatte sie weiß Gott mehr als genug. Bei allem guten Willen war der König noch sehr jung und unerfahren. Sie half ihm nach besten Kräften, studierte jede Akte ausführlich und arbeitete mit ihm gemeinsam – kurz, sie bildete ihn für seine Aufgabe als Herrscher aus.

Blanche machte eine letzte Referenz, aber die Königin war bereits verschwunden und die schwere Tür hatte sich hinter ihr geschlossen.

Das junge Mädchen kehrte zu seinem Dienst bei der Prinzessin zurück und fragte sich unterdessen, in welcher Verfassung sich Bertoul wohl an diesem Morgen befinden mochte.

Vor jeglicher Betätigung
in höherer Magie darf der,
der sie vollzieht,
in den vorangehenden drei Stunden
keine Nahrung zu sich nehmen.
Er beginnt mit einer Meditation,
vor der er drei langsame und
tiefe Atemzüge tut.
Er wendet sich sodann in die
vier Himmelsrichtungen und ruft
den jeweiligen Genius oder Engel an.

13

Festlicher Glockenklang ertönte und Bertoul sprang aus seinem Bett. Die Bauhütte der Kathedrale! Wie lange hatte er seine Arbeit dort vernachlässigt? Waren es drei Tage? Oder schon vier oder fünf? Die Glocken vollführten ihr Morgengeläut, um die Arbeiter zu ihren Pflichten zu rufen und für die zahllosen Messen, die überall in ganz Paris gehalten wurden.

Bertoul rieb sich die Augen. Wo sollte er auch wieder hingehen? Es war wichtig gewesen und es hatte sich nicht um die Bauhütte gehandelt. Er zwang sich, seine Gedanken zu ordnen.

Er hatte noch leichte Kopfschmerzen, aber sie ließen schon nach. Von seinen Prellungen war fast nichts mehr zu sehen. Und die Kratzer? Nur noch kleine, feine Linien, aber keine Entzündungen und Schwellungen mehr. Blanche hatte mit ihren Heilmitteln tatsächlich wahre Wunder vollbracht, und er hatte Glück gehabt, dass sie an seinem Krankenbett geblieben war. Plötzlich kam ihm alles wieder in den Sinn.

»Ich war so dumm!«, rief er laut aus. »Meine Güte!«

Das Zauberbuch war mit diesem Mann zum Greifen nahe gewesen. Wie konnte man eine solche Chance vertun? Schnell, vielleicht war es noch nicht zu spät. Die Taverne zu den ›Drei Enten‹ in der Tire-Boudin-Straße ...

Wenige Augenblicke später sprang er aus dem Haus und verriegelte seine Tür zweimal, unter den verwunderten Blicken der kleinen Marion, die ihm gerade einen Korb mit Essen bringen wollte.

»Willst du heute früh nichts essen?«, fragte sie.

»Ich habe zu tun!«, rief er ihr zu und begab sich mit eiligen Schritten in das Viertel vor den Stadtmauern, wo der Strolch ihm die Taverne beschrieben hatte.

Die Kleine blieb stehen und der Korb baumelte an ihrem Arm, während Bertoul bereits um die Straßenecke verschwunden war.
Mit zusammengebissenen Zähnen, wütend auf sich selbst und ungeduldig zugleich, langte er bei der Stadtmauer an, die Paris im Norden umgab, und betrat die Vorstadt. Die Atmosphäre dort ließ sich überhaupt nicht mit der von Paris vergleichen. Die Häuser waren schiefer, weniger gepflegt, die Buden waren eher klapprig.
›Da bin ich also schon einer von den Parisern geworden, die nur die Überlegenheit ihrer geliebten Hauptstadt im Munde führen!‹, sagte er zu sich. Wäre ihm danach zu Mute gewesen, hätte er gelächelt.
»Wo finde ich die Tire-Boudin-Straße?«, fragte er einen kleinen Jungen.
Der war vielleicht acht Jahre alt, hatte magere Beine, strähnige Haare und einen fiebrigen und verschlagenen Blick.
»Kenn ich nicht.«
»Und die Taverne ›Zu den drei Enten‹?«
»Kenn ich auch nicht.«
»Und jetzt?«, sagte Bertoul und ließ fünf Denare aus seinem Ärmel rollen.
Der Junge griff nach der Münze und tat so, als würde er das Geldstück sorgfältig untersuchen, ja, er kratzte sogar mit dem Fingernagel am Metall.
»Hör zu«, sagte Bertoul und nahm das Geldstück wieder an sich. »Ich habe nicht viel Zeit. Entscheide dich.«
Der Junge rieb sich die Nase, verzog das Gesicht und ging schließlich auf den guten Handel ein.
»Gut«, sagte Bertoul.
Mit einer Hand ließ er den Denar los, mit der anderen fasste er gleichzeitig den Blondschopf am Arm. Er traute ihm nicht und wollte etwas für sein Geld haben. Er wollte seinen Führer keinen Moment lang loslassen, obwohl der wie ein Adler schrie.
Sie passten nach und nach in den engen, verstopften und schlammigen Gassen ihre Gangart einander an.

Schließlich wies der Junge an einer Wegbiegung mit dem Finger und murmelte: »Da ist es! Lass mich jetzt los.«
»Noch nicht. Ich will mit eigenen Augen sehen, ob das auch wirklich die Adresse ist, die ich suche.«
Sie gingen noch ein Stück weiter und befanden sich vor einem zusammengestückelten Gebäude, dessen altes Strohdach bis auf die Straße hinabreichte. Eine klaffende Öffnung führte über einige Stufen hinunter in einen Raum, der so finster wie die Hölle war.
Bertoul reckte den Hals vor. Einige Bretter lagen auf Böcken oder Fässern und warteten auf die Trinker und Würfelspieler.
»Geh aus der Tür, du stehst im Licht!«, protestierte einer der Spieler.
»Bin ich hier bei den ›Drei Enten‹?«, fragte Bertoul.
Niemand ließ sich zu einer Antwort herab.
»Was glaubst du denn?«, zeterte der Junge. »Natürlich sind hier die ›Drei Enten‹. Hast du nicht das Schild gesehen?«
Bertoul musste zugeben, dass er nicht darauf geachtet hatte. Auf einem an die Lehmwand gelehnten Schild bestätigten drei geflügelte, verblasste Tiersilhouetten mit unsauber nachgemalten gelben Schnäbeln, schwarzen Augen und weißem Gefieder, dass der Junge nicht gelogen hatte.
»Na gut«, sagte Bertoul. »Du kannst gehen.«
Aber der Junge war neugierig geworden, was als nächstes geschehen würde, und folgte ihm in die Taverne. Die solide, mit Schlössern versehene Tür stand weit offen und war von außen kaum zu erkennen. Der Raum war dennoch innen weder hell noch gut belüftet. Es hingen Gerüche in der Luft, die schwer zu bestimmen waren: schlechter Wein, mittelmäßiges Bier, Schmutz, Rauch und Moder. Keine Kerzen, keine Fackeln. Die Spieler und Trinker schienen sich mit dem trüben Halbschatten zufriedenzugeben. Bertoul versuchte mit seinem Blick das Dunkel zu durchdringen.
Im Innern machten etwa dreißig Leute einen Lärm für hundert. Die meisten Unterhaltungen bestanden aus streitsüchtigen, heiseren Schreien, aber es gab auch leises Gemurmel und unverständliches Geflüster. Die Hocker aus zurechtgesägten Baumstämmen gruben

sich in den Lehmboden ein. Würfel klapperten und die hölzernen oder beinernen Trinkschalen knallten auf die Bretter, die als Tische dienten. Man hörte Bruchstücke von Trinkliedern, die aus voller Kehle gegrölt wurden.

Bertoul musterte alle Gesichter. Das gesuchte war nicht darunter. Unfreundliche Vollmondgesichter, Gestalten wie Wasserspeier, mit schweren Lidern, fahlen Augen, fehlenden Zähnen, fleckigen und verschrammten Wangen. Auch einige leichte Mädchen waren dabei, in zu kurzen oder zu tief ausgeschnittenen Kleidern.

Ein Mann kam herein und rempelte Bertoul dabei an. Er bewegte sich auf eine Gruppe von Gästen zu und zog einen geheimnisvollen Gegenstand aus seiner Manteltasche, der im Tausch gegen einige Goldmünzen den Besitzer wechselte. Zwei Jugendliche taten es ihm nach, breiteten einen Wollmantel aus und strichen Geld dafür ein. Andere Männer verließen die Taverne. Jemand ging in den hinteren Teil des Raumes, wo sich hinter einer Tapetentür ein zweiter Ausgang verbarg. Die Kundschaft hier war laut und verschwiegen zugleich und ständig in Bewegung. Alle trugen Messer im Gürtel, deren Klingen im Halbschatten schwach glänzten. Bertouls Blick nahm wahr, dass sie sehr scharf waren.

Um ganz sicher zu gehen, ließ er seine Augen ein zweites Mal herumgehen. Nein, Hennequin war wirklich nicht unter ihnen.

Bertoul versuchte den Wirt auszumachen. Schwer zu sagen, wer es war. Vielleicht der eine da, der von Zeit zu Zeit einen Krug in ein Fass tauchte und ihn an einen Tisch brachte. Er steckte die Münzen, die man ihm gab, in eine Tasche seiner Beinkleider. Bertoul ging auf ihn zu.

»Ich suche einen ehemaligen Soldaten namens Hennequin«, sagte er.

»Kenn ich nicht«, antwortete der Wirt, genau wie der magere Straßenjunge einige Minuten zuvor.

»Er hat mir gesagt, dass ich Euch aufsuchen soll. Dass man Euch vertrauen kann.«

Der Mann blieb stumm und sein Blick undurchdringlich.

»Wann kommt er wieder?«, ließ Bertoul nicht locker. »Ich muss ihn sehen. Wir haben einen Handel miteinander zu klären. Kennt Ihr ihn wirklich nicht?«

»Ganz sicher nicht«, zischte der Wirt.

Bertoul wurde klar, dass er noch weit von seinem Ziel entfernt war. Man fing an, ihm merkwürdige und nicht gerade freundliche Blicke zuzuwerfen. Er hatte geglaubt, dass er sich mit den Strolchen auskannte, wie sie sich nachts in der Nähe der Werkstatt von Meister Gurhaval in der Straße der großen Gaunerei herumtrieben. Nun wurde ihm klar, dass er im Grunde nicht viel von der Welt der Gauner wusste. Verglichen mit dieser Spelunke war die Straße, in der er lebte, trotz ihres Namens beinahe eine anständige Gegend.

»Hört mir alle zu!«, schrie er, so laut er konnte, um den Lärm in der Taverne zu übertönen. »Ich suche einen ehemaligen Soldaten namens Hennequin!«

Die Geräusche verstummten einen Moment lang. Einige stutzige Blicke richteten sich auf ihn, dann nahm jeder wieder sein Glas oder setzte sein Würfelspiel fort. Der Lärm erhob sich wieder, ein wenig stärker noch als zuvor. Da ertönte neben Bertoul ein hohes Piepsen: Der Junge, der ihn zur Taverne geführt hatte und immer noch an seiner Seite war, lachte.

»Warum lachst du?«, fuhr ihn Bertoul an, dessen Unmut wuchs.

»Wenn du mir gesagt hättest, dass du Hennequin suchst, hätte ich dir sofort antworten können. Du wirst ihn hier bei den ›Drei Enten‹ nicht finden. Keine Gefahr.«

»Ach so? Und …«

»Sag ihm nichts, Colinet«, warnte ihn der Wirt.

»Und warum nicht?«, entgegnete Bertoul.

Der Wirt ging auf ihn zu, packte ihn vorn am Hemd und blies ihm seine Weinfahne ins Gesicht.

»Weil du hier bei uns nichts zu suchen hast. Geh dorthin zurück, wo du herkommst, und misch dich nicht in unsere Angelegenheiten!«

›Was tue ich bloß in dieser Räuberhöhle?‹, fragte sich Bertoul, und ihm wurde mit einem Mal klar, dass die Situation langsam ungemütlich wurde.

Einer der Trinker erhob sich und kam auf Bertoul, den Wirt, der ihn immer noch festhielt, und den jungen Colinet zu. Nachlässig spielte er mit dem Griff seines Dolches.
»Dieser junge Mann sucht Hennequin, wenn ich richtig gehört habe«, sagte er.
»Ja, ja«, sagte Colinet, wobei er lachend auf und ab hüpfte. »Wirst du mit ihm den Handel machen, Malapique?«
»Warum nicht?«, fragte der Mann mit dem Dolch. »Hennequin ist jetzt ohnehin verloren.«
»Es geht ihn nichts an,« wetterte der Wirt.
»Verloren? Wieso verloren?«, fragte Bertoul.
Er wand sich unter dem Griff des Wirtes, der ihn noch immer festhielt, aber es gelang ihm nicht, sich zu befreien. Er bemerkte, dass er zunehmend von Panik erfasst wurde.
»Sag ihm nichts!«, wiederholte der Wirt.
»Aber warum denn nicht?«, entgegnete Malapique. »Morgen wird es ganz Paris wissen.«
»Das ist unsere Angelegenheit«, sagte der Wirt.
»Ich verstehe nichts von all dem«, fuhr Bertoul dazwischen. »Warum hat er mir gesagt, dass ich herkommen soll, wenn er nicht hier ist? Ich werde auf ihn warten.«
»Gut«, sagte Malapique. »Da wirst du dann wohl bis zum Jüngsten Tag auf ihn warten müssen. Hennequin wird nicht wiederkommen, weil er heute Morgen von der Wache festgenommen worden ist.«
»Was?!«, rief Bertoul aus. »Er ist im Gefängnis?«
»Im Gefängnis? Nein, viel besser noch: Schon morgen wird er gehenkt werden!«

Nur durch Ausdauer, Ruhe und
vor allem durch die unbeirrbare
Suche nach Wahrheit
um ihrer selbst willen
erreicht der Magier mit der Zeit
die Intuition für das Kosmische
und gelangt zur Fähigkeit
der praktischen Anwendung.

14

Eulen kreisten ohnmächtig über einer düsteren Bruchbude, in der ein kleines Feuer brannte, das nur mit Mühe die geschwärzten Wände des Raumes erleuchtete. Vier Verschwörer saßen in der Nähe des Kamins und drängten sich um ein Buch.

Das Zauberbuch selbst hatte keine Seele. Es war lediglich eine Ansammlung von Pergamentbögen, Leder, Tinte, Gold und einem Rubin. Und das alles erschloss sich ausschließlich dem, der über die richtigen Kenntnisse verfügte, sei er ein anständiger Mensch oder aber ein gefährlicher Magier.

Wer es durch geheime Prozeduren zu schützen wusste, der schützte auch die darin enthaltenen Anweisungen. Aber der Bann durch den Eulenzauber hatte inzwischen seine Kraft verloren.

Von jetzt an konnte also jeder, der es in die Hand bekam, sich auch die Anweisungen zunutze machen. Wer etwas über die Weisheit und die verborgenen Zusammenhänge der Welt erfahren wollte, fand dort, was er suchte. Und wer in ihm etwas über Verfluchungen und Zauberei suchte, wurde ebenfalls fündig.

Der eigentliche Besitzer des Zauberbuchs mit dem Rubin war Bertoul Beaurebec, aber in diesem Augenblick befand es sich in böswilligen Händen, denen es gelungen war, es auf der Seite, die sie interessierte, aufzuschlagen. Dass Magnus Gurhaval und Hermelinde de Tournissan sich angesichts dieser Freveltaten sicherlich im Grabe umdrehten, war das Letzte, das sie interessierte. Ebenso wenig machte es ihnen etwas aus, dass Bertoul Beaurebec ganz krank davon wurde, dass es ihm nicht gelang, es wiederzufinden.

Das Zauberbuch würde ein tödliches Geheimnis preisgeben. Niemand würde etwas dagegen tun können. Weder Magnus, noch Hermelinde, noch Bertoul. Und auch nicht die Eulen, die über dem

Haus kreisten und immer wieder verzweifelt gegen die geschlossenen Fensterläden stießen.

Ein Fluch, der den Tod eines Königs herbeiführt

»Ein König oder eine Königin kann nicht auf gewöhnliche Art und Weise verflucht werden. Die anzuwendende Magie ist verfeinerter und aufwändiger als die, die mit einer einfachen Wachsfigur ausgeführt wird, auch wenn das Prinzip ähnlich ist und ebenfalls drei Haare des Opfers erfordert.

Handelt an einem Dienstag, dem Tag des Mars, da dieser Planet über Krieg, Blut, Massaker und Mord gebietet. Bereitet in einem Kessel einen Sud zu: Gebt Alraun in modriges Wasser (eine Handvoll von der zerriebenen Wurzel), Belladonna (eine Handvoll von den Beeren), Wolfs-Eisenhut (eine halbe Handvoll von den Blättern und den getrockneten Blüten), Fingerhut (eine halbe Handvoll von den Blättern und den getrockneten Blüten), Stechapfel (eine der stechenden Beeren), eine Unze Blut aus dem Mittelfinger der linken Hand dessen, der die Prozedur durchführt, das mit einer Bronzenadel, die durch eine Flamme von brennendem Sauerdorn geführt wurde, hervorgelockt wird. Diese Mischung kocht sodann über einem Feuer aus demselben Holz.

Stehlt eine Katze und werft sie lebendig in den Kessel, in dem diese Mischung brodelt. Bedeckt rasch den Kessel mit einem Deckel, damit die Katze nicht entkommen kann, denn sonst müsst Ihr an einem anderen Dienstag von vorn anfangen. Wenn die Katze gekocht ist, holt sie aus der Flüssigkeit und schlitzt ihren Körper in der Mitte mit einem Bronzemesser von der Mitte her auf.

Entleert das Innere des Tiers von allen Eingeweiden, von denen einige für andere Verhexungen dienlich sein können (siehe auch die Anweisungen: eine Epidemie auszulösen; eine Frau daran zu hindern, Kinder zu bekommen; einen Ritter im Krieg zu verwunden; Hass und Zwietracht aufkommen zu lassen, wo Harmonie herrscht; jemanden zu entführen und Lösegeld zu fordern).

In den entstandenen Hohlraum im Bauch der Katze füllt eine Mischung aus folgenden Samenkörnern, die Ihr gemeinsam zerstoßen habt: Hafer, Fenchel, Schierling, Eibe, Stechpalme, Wachholder.
Flechtet einen Zauberfaden aus schwarzem Wollhaar und drei Haaren des Opfers.
Näht den Bauch der Katze mit dem Zauberfaden und einer Bronzenadel wieder zu und rezitiert dabei folgende Formel:

Petrulol la sabina sotha adonay tereta ala demmanos prinseps.
Amonaciclyn. Saday ased. Anila sebeth denua.
Hoscaraa rabri milas filio. Anabonac.
Baracha abeba asar mesonor florem bethel behon.
Sethen. Theon. Yham.

Die Formel darf auf gar keinen Fall unterbrochen werden!
Trocknet den Balg der Katze drei Tage lang an einem Feuer aus Sauerdornzweigen.
Werft, um den Fluch schließlich auszuführen, den derart präparierten Balg der Katze auf den Weg, auf dem der König oder die Königin kommen wird, und zwar wenige Schritte von ihnen entfernt. Tut dies nicht an einem Sonntag, sondern an irgendeinem anderen Tag der Woche.
Sobald der König oder die Königin in der Nähe des Balgs vorbeigekommen sein wird, wird er oder sie, noch bevor der Monat vergangen ist, sterben.
Wenn der Zauber richtig ausgeführt wurde, kann er durch nichts aufgehalten noch rückgängig gemacht werden, und er nimmt seinen Lauf, wie sehr der Magier dies möglicherweise auch bedauern mag. Das Opfer wird sterben, was immer geschehen mag.
Hinweis: Wenn der Zauber mit Haaren ausgeführt wird, die nicht vom König oder der Königin stammen, wird die Person, von der die Haare stammen, ebenso schnell wie oben beschrieben den Tod finden.
Ebenso ist festzuhalten, dass bei fehlerhafter Ausführung, oder wenn der König oder die Königin mit einer höheren Macht ausgestattet ist als der, die von diesem Fluch ausgeht, der besagte Zauber sich unverzüglich gegen die Person wendet, die ihn ausgeführt hat.«

»Aah«, freute sich Frau Phelipote, als Manassé alle Anweisungen vorgelesen hatte, die sich auf die Verfluchung eines Königs oder einer Königin bezogen, »bei den Hörnern des Großen Gehörnten! Das alles ist außerordentlich leicht umzusetzen! Ein Kinderspiel, sag ich euch! Und um dies zu erfahren, brauchten wir das Zauberbuch? Nun, wie es auch sein mag, jetzt können wir anfangen.«
Die vier Hexer hatten lange miteinander gestritten, um sich zu einigen, wer als Erster das Recht haben sollte, die Anweisungen auszuprobieren. Die alte Phelipote hatte sich schließlich erfolgreich durchgesetzt, vor allem deswegen, weil ihr Hass auf den König und die Königin keinen Aufschub ertrug. Außerdem waren die anderen froh, die Sache vom Hals zu haben, weniger wegen des Schicksals des Königs und der Königin Mutter, als wegen der Besessenheit der Alten. Abgesehen davon hatte sie von den hundertzweiundsiebzig Talern, die sie Hennequin bezahlt hatten, den größten Teil beigesteuert. Sie betrieb die Magie und Hexerei schon so lange, dass sie sich einen ansehnlichen Batzen Geld zusammengespart hatte.
»Was die Katze betrifft, das ist kein Problem. Wir haben die hier«, sagte Phelipote und grub ihre schwarzen und krummen Fingernägel in das Fell der Katze, die auf ihrem Schoß schlummerte.
Das Tier öffnete eines seiner gelben Augen und schloss es sofort wieder.
»Aber es ist doch Eure Katze! Ihr seid ziemlich grausam!«, protestierte Bathilde.
»*Meine* Katze? Ganz und gar nicht«, spottete Phelipote, als handelte es sich um einen gelungenen Scherz. »Es ist eine Katze, die ich vor sieben Jahren dem Geomanten Autharic gestohlen habe. Ich habe ihm auch seine Seele entwendet und in diese Katze gebannt. Und, um ehrlich zu sein: Es gefällt mir, wenn Autharic sich ein wenig in einem Kessel mit Hexensud windet!«
Diese Neuigkeit widerte Liébault an, Manassé zeigte sich betrübt. Niemand hatte bis dahin von der Sache mit Autharic gewusst, der tatsächlich vor sieben Jahren auf merkwürdige Weise verschieden war.

»Die Anweisung legt absolut nicht fest, dass die Katze vor kurzem gestohlen worden sein muss. Und gestohlen ist sie!«
Die alte Phelipote war ganz und gar in ihrem Element. Sie rieb sich vor Ungeduld die Hände und bewegte dadurch die Katze auf ihrem Schoß.
»Wir haben Glück«, sagte sie. »Heute ist Montagabend, der Dienstag beginnt in einigen Stunden. Was die Kräuter und Pflanzen betrifft, so habe ich ganze Behälter davon in meiner Höhle. Die Instrumente aus Bronze sind ebenfalls zur Hand. Meister Manassé, Ihr leiht mir doch Euren Kessel?«
»Unter keinen Umständen«, grummelte Manassé, der überhaupt nichts davon hielt, dass eine Zubereitung aus einer getöteten Katze und verschiedenen Giften seinen eigenen magischen Kessel verschmutzen sollte. »Bringt lieber Euren eigenen mit.«
»Gut«, gab sie nach. »Doch wir müssen uns um die anderen Zutaten kümmern. Wie kommen wir an die drei Haare der beiden?«
»Das ist nicht schwer«, verkündete Bathilde.
Alle Blicke wandten sich ihr zu.
»Es gibt im Palais Kunden, die mich noch nicht bezahlt haben«, erklärte sie mit vielsagender Miene.
»Kunden?«
»Aber ja. Bin ich nicht in den Momenten, da ich ein ehrenhaftes Leben führe, Hebamme?«
Tatsächlich hatten sie alle vergessen, dass Bathilde einen Beruf ausübte, der ihre sonstigen Beschäftigungen vertuschte.
»Habe ich nicht jede Menge Kinder auf die Welt gebracht?«, fuhr sie fort. »Und habe ich nicht einige davon getötet, sei es, weil sie missgebildet zur Welt kamen, sei es … na ja, aus anderen Gründen? Außerdem berate ich unfruchtbare Frauen und verkaufe ihnen Heilmittel, und auch solche, die schon viele Kinder haben und keine weiteren bekommen wollen. Ich kenne Mittel für die Schönheit oder die Gesundheit der Frauen. Aber das wisst ihr ja, nicht wahr?«
»Natürlich«, sagte Manassé.
»Ein recht schöner Beruf!«, pflichtete Phelipote ihr ernsthaft bei.

Liébault sagte nichts. Diese Frauensachen langweilten ihn ungemein.
»Ich habe vor kurzem im Palais zwei Frauen entbunden«, ergriff Bathilde wieder das Wort. »Dienerinnen, die Zutritt zu den privaten Gemächern der königlichen Familie haben, auch zu denen des Königs und seiner Mutter. Sie werden mir schon drei Haare von einem Kamm, einem Kleidungsstück, Leintüchern oder wovon auch immer, besorgen können. Ich werde ihnen dafür die Schulden erlassen, die sie noch bei mir haben. Glaubt mir, sie werden mit dieser Lösung sehr zufrieden sein.«
»Gut«, stimmte Phelipote zu. »Aber wie können wir mit Sicherheit wissen, dass es sich auch wirklich um die Haare der Personen handelt, die wir … suchen?«
»Ich werde sie einfach entsprechend einschüchtern!«, versicherte Bathilde mit einem wissendem Lächeln. »Ich habe die Wahl: Entweder für ihr Neugeborenes – Krankheit oder Tod. Oder für sie selbst – Pusteln, Unfruchtbarkeit, ihr Mann wird sie verlassen … Es wird immer eine dieser Drohungen über ihnen schweben. Sie werden keine andere Wahl haben. Ich kenne die verborgenen Triebfedern der Frauen!«
»Sehr gut!«, stimmte ihr Phelipote zu und klatschte Beifall, was die Katze, in der die Seele Autharics wohnte, ein wenig unruhig machte. Sie krallte sich in ihre Beine und bekam im Gegenzug einen ziemlich heftigen Hieb.
»Bis wann könnt Ihr die Haare beschaffen?«
»Ich gehe morgen bei Tagesanbruch hin. Dann werden sie mir die Haare im Laufe des Vormittags liefern, und ich werde sie sogleich mitbringen. Während ich im Palais bin, könnt Ihr mit der Zubereitung des Pflanzensuds beginnen.«
»Und du«, sagte Phelipote, während sie den Zeigefinger auf Liébault richtete, »du wirst uns bis morgen Sauerdornzweige schneiden.«
»Warum ich?«, protestierte dieser.
Doch die anderen taten, als hörten sie ihn gar nicht, und Liébault fügte sich. Je rascher die Angelegenheit zu Ende war, umso besser.

So sprachen die Verschwörer in dieser Nacht alle Einzelheiten für die Ausführung des Fluches durch, um am nächsten Tag zur Tat zu schreiten.
Die Eulen ließen sich in der Nähe auf den Dächern nieder und heulten klagend. Als Phelipote aus Manassés Haus trat, warf sie einen Stein nach ihnen. Später, als Bathilde herauskam, tat sie dasselbe.

Vergiss nicht, der du um die
heiligen Mysterien weißt, dass du ein
Sklave dieser Geheimnisse bist,
wenn du dich der Magie verschreibst,
in der Hoffnung, deine Rivalen zu vernichten.
Es haben nur die Meister das Recht,
in den mystischen Tempel einzudringen.

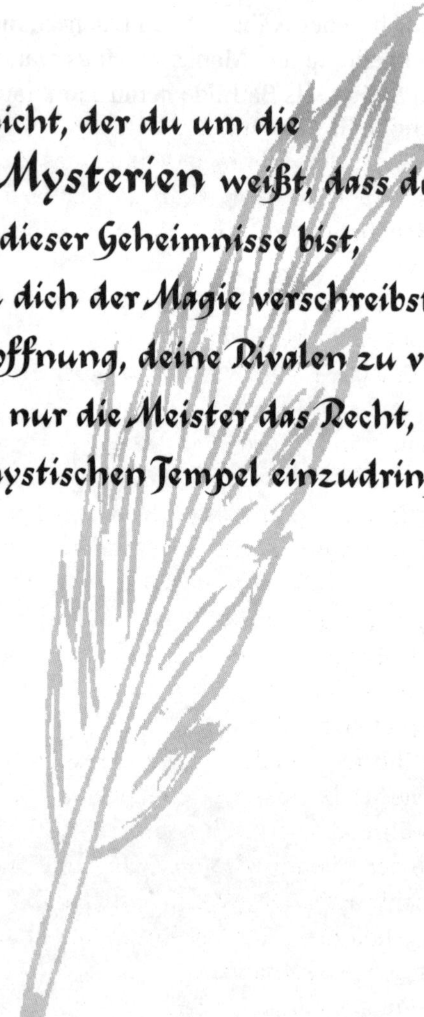

15

Gehenkt! Eine schöne Bescherung!
Die einzige Person, die Bertoul helfen konnte, das Zauberbuch wiederzufinden, verschwand, um sich aufhängen zu lassen!
»Und … wie soll ich ihn jetzt finden?«, sagte er halblaut vor sich hin. Was für eine Katastrophe!
Aus der Taverne ›Zu den Drei Enten‹ drang unvermindert großer Lärm, doch Bertoul fühlte sich, als sei er von einer dichten und bedrohlichen Stille umgeben. Die drei, die ihn ausgefragt hatten – der Wirt, der magere Junge und Malapique, der Mann mit dem Dolch –, schauten ihn erstaunt an.
»Du wirst ihn in der Hölle wiedertreffen, wie wir alle«, rief schließlich der kleine Colinet aus. »Kommst du mit, um dabei zu sein, wenn er gehenkt wird? Wir werden viel Spaß haben, zuzusehen, wie er baumelt …«
»Das verhüte Gott!«, stieß Bertoul hervor, schockiert über die Begeisterung des seltsamen Kindes. Was für eine niederschmetternde Aussicht: Er würde die Spur des Buches nie mehr wiederfinden.
»Warum ist er verhaftet worden?«
»Ach, du kennst ihn ja … er hat einem Passanten den Geldbeutel stibitzt und ihn vorher bewusstlos geschlagen«, erklärte der Mann mit dem Dolch, während der Wirt ihm finstere Blicke zuwarf. »Doch leider konnte sich der Passant wieder erheben und dem Hauptmann der Wache Bescheid sagen. Die Wache hatte zufällig einige unserer braven Kerle festgenommen, und der Bürger hat unter ihnen seinen Angreifer eindeutig wiedererkannt.«
»Au«, sagte Bertoul, »eine üble Geschichte …«
Diese wenigen Worte der Anteilnahme schienen auf Malapique Eindruck zu machen, sodass er fortfuhr: »Jetzt gerade müsste er vor

dem Richter im Châtelet erscheinen. Er wurde wiedererkannt, es steht nicht gut um ihn. Ja, ich denke, morgen schon wird er gehenkt werden. Ein Dieb, auf frischer Tat ertappt! Denkt nur!«

»Er wird an einem Seil zappeln, der Hennequin! Und all seine schönen Reden werden ihm nichts mehr nützen!«, höhnte Colinet vorlaut.

Malapique versetzte ihm eine heftige Ohrfeige.

»Sei still, du Galgenbrut! Wenn du so weitermachst, wirst du genauso enden wie er! Und zwar noch sehr viel früher! Ein bisschen mehr Respekt vor unserem Freund!«

Bertoul wartete nicht, bis die beiden ihren Streit beendet hatten. Er drehte sich wortlos um, stieg die Stufen am Eingang hinauf und ging eilig in Richtung Châtelet davon, wobei er sich Mühe gab, sich nicht in den engen und schmutzigen Gassen zu verirren.

Was wollte er eigentlich dort? Er wusste es noch nicht. Aber er musste alles versuchen, um Hennequin vor dem Henker zu bewahren, auch wenn es unmöglich schien. Oder ihn wenigstens so rasch wie möglich zu sprechen. Wobei er nicht sicher war, ob der überhaupt mit ihm reden würde. Er sagte sich: Wer nicht wagt, der nicht gewinnt.

Aber wie um alles in der Welt sollte ein einfacher Handwerker aus der Bauhütte der Kathedrale ein Gerichtsurteil oder eine Vollstreckung verhindern? Er hatte wirklich keine Ahnung.

Er begann sein Gedächtnis zu bearbeiten, damit es ihm eine der Anweisungen aus dem Zauberbuch preisgab, die er gelesen und studiert hatte. Gab es eine, die offenbarte, wie man einen Richter umstimmte? Oder das Seil eines Gehenkten reißen lassen konnte? Er erinnerte sich an nichts Derartiges. Im Übrigen hatte er nie eine dieser Anweisungen ausprobiert. Er hatte sich darauf beschränkt, sie aufmerksam zu lesen und ihren Geist in sich aufzunehmen. Kein einziges Geheimnis des Buches kannte er auswendig, und er wäre in Verlegenheit geraten, wenn er eines hätte wiedergeben, geschweige denn ausführen sollen.

Er wollte es wiederhaben, sein kostbares Buch. Und zwar diesmal, um es zu benutzen. Er wollte mit seiner Hilfe den König retten.

Er ging, tief in solche Gedanken versunken, mit schnellem Schritt durch die Straßen. Es musste einfach einen Weg geben, von Hennequin einen Hinweis zu erhalten!
Zumindest wollte er herausfinden, ob Hennequin es an irgendeinen Magier verkauft hatte, oder ob er es in einem sicheren Versteck aufbewahrte, wo der schwere Foliant ungefährlich war.
Warum nur war er am Vorabend nicht sofort auf Hennequins Vorschlag eingegangen?
»Was willst du, Jüngling?«
Der Wachposten am Châtelet musterte ihn spöttisch, und erst jetzt bemerkte Bertoul, dass er vor dem finsteren Gebäude angelangt war. Er murmelte ohne nachzudenken vor sich hin.
»Ein Mann ist hier hergeführt worden, heute Nacht …«, fing er an.
Die Wachtposten lachten laut auf.
»*Ein* Mann? Du willst sagen, zwei Dutzend!«
»Einer namens Hennequin. Ich komme, um für ihn zu zeugen«, improvisierte Bertoul. »Er ist irrtümlicherweise festgenommen worden.«
»Wie alle anderen auch!«, riefen die Posten und brüllten vor Lachen.
»Ich war mit ihm zusammen«, beharrte Bertoul. »Ich kann es beweisen. Die Richter wissen besser als ich, dass es sie in die Hölle bringt, wenn sie einen Unschuldigen verurteilen. Sie müssen mich anhören. Wer ist Hennequins Richter? Ich muss mit ihm reden.«
»Holla! Du legst dich ja ganz schön ins Zeug!«, sagte einer der Wachtposten.
»Du, offensichtlich selbst ein Gauner, trittst für einen deiner Kumpel ein?«, erwiderte ein anderer. »Du bist ganz schön dreist!«
»Aber ich bin kein Gauner!«, protestierte Bertoul. »Ich bin ein Handwerker von der Kathedrale Notre Dame.«
Diese Nachricht beeindruckte die Wächter merklich. Es war, als bürgte sie für Tugend und Glaubwürdigkeit. Sie gaben sich nicht mehr ganz so ironisch, aber deswegen noch lange nicht überzeugt.
»Und warum sollte ein ehrlicher Handwerker der Kathedrale einen Räuber verteidigen?«

»Aber er ist kein Räuber!«, rief Bertoul aus.
In so kurzer Zeit so viele Lügen! Bertoul hoffte einen Moment lang, dass er seine Seele nicht verlieren würde, wenn er in dieser Weise fortfuhr, und er legte sich verbissen ins Zeug, diese Männer davon zu überzeugen, dass er unbedingt den Richter sehen müsse, um einen schrecklichen Justizirrtum zu abzuwenden.
Er tat es mit so viel Eifer, dass einer der Wächter schließlich seine Lanze niederlegte und mit schleppendem Schritt in die Tiefen des Châtelet eindrang, um einer höherrangigen Person von dem Vorfall zu berichten.
Bald darauf kam er mit einem jüngeren, forschen Mann zurück, der ein Hauptmann sein musste und Bertoul eine Unmenge von Fragen stellte. Dann verschwand er mit zweifelnder Miene, um weitere Weisungen einzuholen.
Zwei Stunden vergingen auf diese Weise mit Verhandlungen.
Bertoul drehte sich lange im Kreis, während sich die Wachen von Neuem über ihn lustig machten und ihm wieder und wieder einpaukten:
»Du musst wissen: Wenn du eine falsche Zeugenaussage machst, wirst du ebenfalls aufgehängt!«
Als er diese Worte vernahm, glaubte Bertoul schon zu spüren, wie jede Faser des Hanfseils seinen Hals kitzelte. Denn es handelte sich ja tatsächlich um eine Falschaussage.
Um sich reinzuwaschen, sagte er sich immer wieder, dass sein Vorhaben einer guten Sache diente, denn der König und seine Mutter mussten gerettet werden. Aber wenn die Aktion misslang? Und überhaupt – womit sollte er den Richter überzeugen?
Der Hauptmann kam zurück und gab ihm wortlos ein Zeichen, dass er ihm folgen solle.
Bertoul schloss sich ihm an, wobei er sich alles andere als wohl in seiner Haut fühlte. Sie gingen durch verwinkelte und düstere Gänge, vorbei an dämmrigen Zimmern, Gitterverschlägen oder eisenbeschlagenen Türen. Sie stiegen einige Stufen hinab, dann wieder eine Treppe hinauf, und schließlich wurde Bertoul vor drei Personen in

langen schwarzen Roben geführt, die langsam ihr Kinn streichelten und ihn dabei mit strenger Miene prüften. Sie saßen an einem breiten Tisch, der mit Pergamentbögen und dicken Büchern bedeckt war. In einer Ecke wartete ein Schreiber mit gespitzter Feder.

»Also? Was hast du uns zu sagen, junger Mann?«, fragte der Richter, der in der Mitte thronte.

Bertoul schluckte und begann ohne zu zögern zu reden.

»Ich heiße Bertoul Beaurebec und bin Handwerker an der Bauhütte von Notre Dame«, stellte er sich vor. »Ich komme, um für einen Mann zu sprechen, der heute Morgen festgenommen wurde und der den Namen Hennequin trägt. Man hat mir gesagt, er sei festgenommen worden, weil er am frühen Morgen einen Bürger belästigt und beraubt hat. Nun, das ist unmöglich, und Euer Wort in allen Ehren, meine Herren Richter, doch Ihr irrt Euch in dem Mann, denn der Genannte war die ganze Nacht lang mit mir zusammen.«

»Er ist schon einmal vor Gericht erschienen, seine Verbrechen werden morgen durch den Strang bestraft.«

Bertoul sackte niedergeschlagen in sich zusammen. Diese Worte mit eigenen Ohren zu hören, war viel schlimmer, als sie sich nur vorzustellen.

»Hat er gestanden?«, wagte er zu fragen.

»Er wurde noch nicht mit allen Mitteln, die uns zur Verfügung stehen, verhört, was natürlich demnächst geschehen wird. Er wird seinen feigen Angriff gestehen. Es steht nicht gut um ihn.«

»Trotz der drohenden Folter ...«, beharrte Bertoul.

»Er hat nichts gesagt, wie alle von seiner Sorte. Der Stolz dieser Gauner ist einfach unerträglich: Wie sie dastehen, mit verschränkten Armen und verschlossenem Mund ... Während der ganzen vorläufigen Befragung hat er geleugnet. Aber in zwei Stunden wird es mit seinem Stolz nicht mehr weit her sein. Es liegt eine durchaus zuverlässige Zeugenaussage gegen ihn vor.«

»Aber sie kann nicht zuverlässig sein, Messires! Ich flehe Euch an, mir zu glauben. Der Zeuge konnte ihn nicht gut sehen. Zudem: Wenn Hennequin nicht gestanden hat, so deshalb, weil er sich unschuldig weiß. Ich habe es Euch gesagt: Wir haben die Nacht bis in die frühen Morgenstunden zusammen verbracht ...«

»Und was hast du mit diesem Mann zu schaffen, junger Beaurebec?«

»Ich muss Euch gestehen, Messires, dass wir angefangen haben zu würfeln und dabei einige Schoppen getrunken haben. Ja, ich weiß, als guter Christ würfelt man nicht, aber versteht mich bitte: Hennequin ist ein ehemaliger Soldat, und es widerstrebt ihm, von dieser Gewohnheit abzulassen. Er wollte mir beibringen, wie man besser spielt, und wir haben ein wenig getrunken. Ich muss Euch wohl auch anvertrauen, dass wir uns geschlagen haben, wobei der Wein sein Übriges tat. Wie Ihr feststellen könnt, trage ich im Gesicht noch Spuren von der Schlägerei. Hennequin ist der geübtere Kämpfer und sehr viel stärker als ich. Ich habe ihm nicht sehr wehgetan ...«

»Ihr redet sehr gut, junger Beaurebec, doch es gibt keine handfesten Beweise, um Eure Aussage zu untermauern. Zudem ist Hennequin ein stadtbekannter Halunke.«

»Ein guter Kerl, der kein Freund vieler Worte ist!«, berichtigte Bertoul eifrig. »Er ist kurz vor Tagesanbruch bei mir aufgebrochen. Wenn das Delikt in dieser Nacht begangen wurde, kann er es nicht gewesen sein.«

Und sich dabei vorzustellen, dass er ihn nicht einmal kannte! Die Liste seiner Lügen wurde immer länger ...

»Er ist brutal und er redet laut, das stimmt«, räumte Bertoul ein. »Aber er hat ein gutes Herz. Er würde keiner Fliege etwas zuleide tun, ausgenommen natürlich den Feinden des Königs.«

Bertoul zitterte am ganzen Leib, während er diese leidenschaftliche Verteidigungsrede abspulte.

»Lasst mich wenigstens mit ihm sprechen«, flehte Bertoul. »Er ist mein Kamerad.«

»Zechkumpan«, korrigierte ihn der Richter, der rechts saß.

Bertoul senkte beschämt den Blick bei dieser Bemerkung, während die drei Richter sich einander zuwandten und eine vertrauliche Unterredung zu führen begannen.

Alle magischen Worte der Welt,
alle Talismane, alle Zeremonien,
die von einem Mann ausgeführt werden,
der seine Leidenschaften nicht bezwungen hat,
werden nur wertlose oder
lächerliche Wirkungen haben.

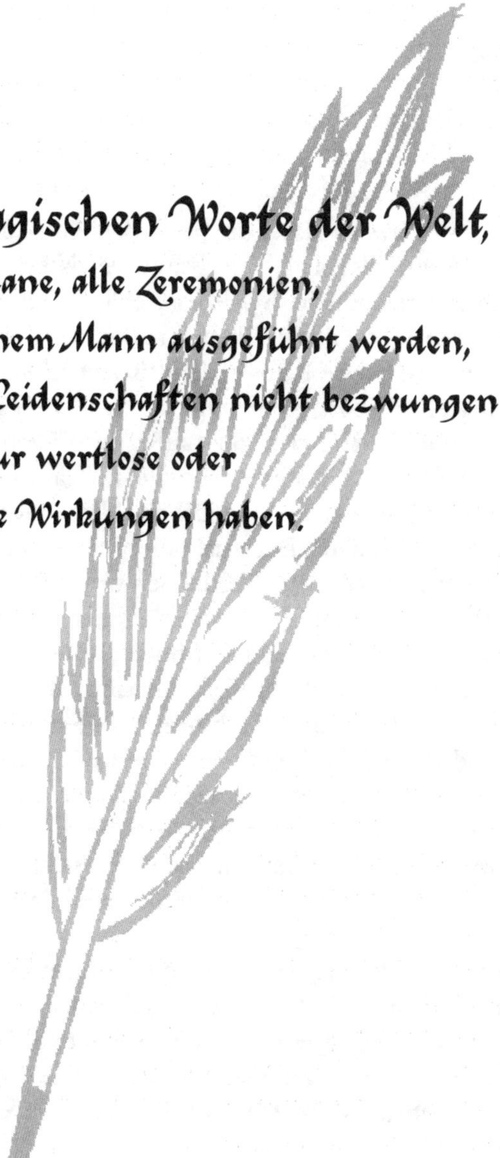

16

In den Reitställen des Hôtel de Trécy rieb ein Mann das Pferd des Messire de Mauchalgrin ab. Er arbeitete gewissenhaft und brummte beständig unverständliche Worte vor sich hin. Das Pferd sah nicht so aus, als würde es ihm das übelnehmen, und von Zeit zu Zeit drückte es seine Nüstern liebevoll gegen den Rücken seines Stallknechts.
Griffon le Réchin liebte Pferde und sie erwiderten seine Zuneigung. Das war ein Glück, denn wer sonst außer den Tieren liebte le Réchin? Sein Herr sicher nicht, der junge Raoulet de Mauchalgrin, der, soweit man wusste, nie jemanden auf der Welt geliebt hatte und für den das Leben nur aus Bosheiten, Eifersucht und Rachegelüsten bestand.
Griffon le Réchin gab dem Pferd einen ordentlichen Klaps auf den Hals, dieses stieß ihn in den Rücken und er ließ, wie es seine Gewohnheit war, ein brummendes »Mmh« ertönen.
Als Raoulet de Mauchalgrin vierzehn Jahre alt gewesen war, hatte sein Vater ihm Griffon le Réchin als Waffenmann, Diener, Stallknecht und Beschützer zugewiesen, und noch nie hatte le Réchin seine Pflichten vernachlässigt. Von unübersehbarer Statur, mit einem Bauch wie ein Fass, Händen wie Schlegeln, schwarzen, dicken Augenbrauen und einem verschlossenen Gesicht, mischte er sich nie unter die anderen und widersprach nie den Anweisungen, was dem jungen Mauchalgrin ausgezeichnet passte.
Selbst Audouin de Fougeray konnte ihm nicht beikommen. Als er Raoulet für längere Zeit in einen abgelegenen Winkel eines seiner Güter schickte, begnügte sich der Waffenmann damit, sich um die Pferde zu kümmern und darauf zu warten, dass sein Herr wieder zu ihm zurückkehrte. Man hörte von ihm kaum je etwas anderes als sein typisches »Mmh«. Le Réchin trug seinen Namen »der Brummer« zu Recht.

Die Ställe des Hôtel de Trécy beherbergten ungefähr vierzig Pferde, und Griffon le Réchin schlief, wenn sein Herr ihn nicht brauchte, meistens dort, zusammen mit den anderen Dienern und Pferdeknechten. Der Ort roch nach Tieren, Stroh und frischem Pferdemist. Hier war es immer warm, selbst im Winter. Aber nun war es Sommer, und die Fliegen schwirrten erbarmungslos um die Tiere und die, die sie versorgten, herum. Dennoch war es alles in allem ein angenehmer Ort.

»Was hast du nur mit deiner Zeit angestellt? Sind die Pferde immer noch nicht bereit?«

Die strengen Fragen rissen le Réchin aus einem sanften Dämmerschlaf.

»Mmh«, ließ er vernehmen, was seinem Herrn galt, Raoulet de Mauchalgrin, der eingetreten war und mit den Händen in den Hüften breitbeinig und aufgebracht darauf wartete, bedient zu werden.

Griffon le Réchin nahm zwei Sättel von der Wand und richtete sein Pferd und das seines Herren.

»Gut«, würdigte ihn Raoulet. »Diesmal sage ich nichts, denn ich habe gute Laune.«

»Aha?«, sagte le Réchin verwundert.

»Ja, denn es scheint, als hätte jemand im Palais von einer interessanten Sache Wind bekommen. Wir werden ihn sogleich befragen.«

»Mmh.«

»Hör zu, es handelt sich um einen einfachen Diener. Er hat in einer der Vorstädte Kenntnis von einer dieser zweifelhaften Figuren bekommen, die wir schon lange suchen. Er hat mir versprochen, sich kundig zu machen. Wir machen uns auf zum königlichen Palais, und sobald wir unsere Auskunft erhalten haben, werden wir sehen, was wir tun müssen. Deshalb brauche ich deine Dienste heute mehr als sonst.«

Mit diesen Worten sprang Raoulet in den Sattel und gab ein knirschendes Geräusch von sich, das entfernt einem Lachen ähnelte. Dann verließ er den Stall, gefolgt von seinem Schatten, Griffon le Réchin.

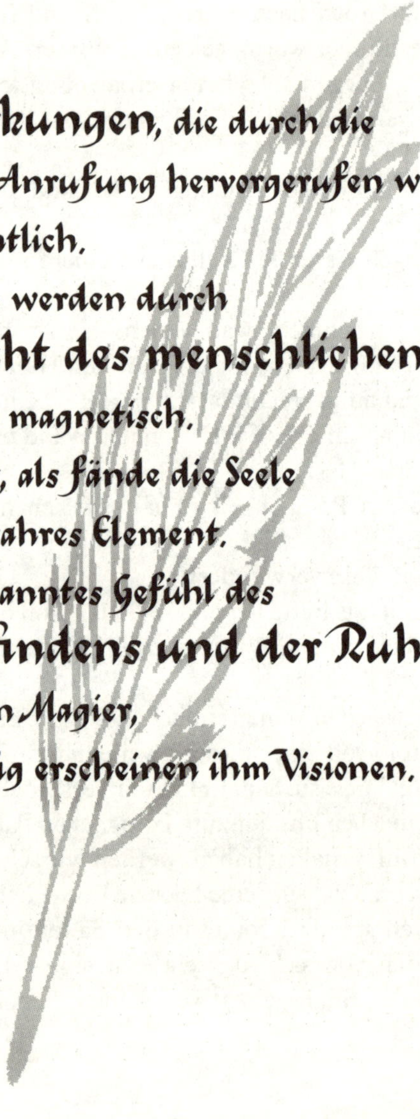

Die Wirkungen, die durch die
magische Anrufung hervorgerufen werden,
sind beachtlich.
Die Kräfte werden durch
die Macht des menschlichen Wortes
gleichsam magnetisch.
Es scheint, als fände die Seele
hier ihr wahres Element.
Ein unbekanntes Gefühl des
Wohlbefindens und der Ruhe
erfüllt den Magier,
und häufig erscheinen ihm Visionen.

17

Hennequin hatte das Urteil, das er schon oft befürchtet hatte, vernommen. Es fühlte sich an, als zerspränge ihm das Herz in der Brust. Sein Schicksal war also besiegelt. Man hatte ihn in Ketten durch die finsteren Flure geführt, bis zu der Zelle, in der man ihn auf die Vollstreckung des Urteils warten ließ.
Sie waren zu viert in dem modrigen Kerkerloch des Châtelet, und er wusste, dass er das Tageslicht erst wieder sehen würde, wenn man ihn zum Galgen brächte. Die Aussicht gehenkt zu werden, war alles andere als erfreulich. Er hatte sich nie viel aus den Feldzügen gemacht, bei denen er im königlichen Heer mit der Faustlanze als Infanterist gekämpft hatte. Viele seiner Kameraden waren gefallen, und die Erde um ihn hatte sich von ihrem Blut dunkelrot gefärbt. So hatte Hennequin den Tod zwar aus nächster Nähe kennengelernt, aber er hatte ihm nie Aug in Auge gegenübergestanden.
Und nun war es also so weit. Wegen eines Fehlers, den nicht einmal ein blutiger Anfänger begehen würde: Er hatte sein Opfer nicht völlig bewusstlos geschlagen. Was für eine Dummheit!
Die drei anderen Verurteilten in seiner Zelle verbrachten ihre letzten Stunden damit, sich um ein Stück von einer feuchten Decke zu streiten und Trinklieder zu singen.
»Ruhe!«, rief er ihnen zu, doch vergebens.
Konnten diese Kerle nicht versuchen, ein wenig Würde zu zeigen, wenn der Tod so nah war? Vielleicht sogar in den Tiefen des Gewissens ein wenig Reue darüber spüren, dass man falsch gehandelt hatte? Er saß da, mit dem Rücken gegen die Wand gelehnt, und ließ die schönen Momente seines abenteuerlichen Lebens an sich vorüberziehen. Etwas, das noch nicht lange zurücklag und was er wirklich bedauerte, war die Tatsache, dass er den vier zwie-

lichtigen Hexern das dicke Buch mit dem Rubin überlassen hatte. Er hätte besser daran getan, es ohne viel Aufhebens dem jungen Mann zurückzugeben. Das hätte an der Paradiesespforte für ihn gesprochen. Aber was geschehen war, war geschehen. Jetzt konnte er nur noch seinen Körper und seine Seele auf den Tod am Galgen vorbereiten.

Er fuhr sich mit der Hand an den Hals und drückte ein wenig zu, um sich das Gefühl des Stricks vorstellen zu können; dann lockerte er rasch wieder seinen Griff. Ach was! Man sagte, es wäre ein schneller und schmerzloser Tod. Zweifellos würde Phelipote noch in derselben Nacht kommen, um an der Stelle, wo seine Füße über dem Boden baumelten, Alraune zu suchen. Ein Schauer überlief ihn bei diesem Gedanken. Da zog er es doch vor, sich in die Erinnerungen an sein Soldatenleben zu versenken, die waren eindeutig angenehmer. Dann dachte er an seine Streifzüge durch die Straßen und Vororte von Paris, wo er in den reichen Gegenden immer eine Gelegenheit fand, einen lohnenden Raub zu begehen. Und er dachte an die elenden Gassen, in die sich nur die wirklich üblen Burschen trauten. Paris war eine Stadt, die ihm gefiel – in wenigen Stunden würde er sie von oben sehen. Die Kathedrale, die Kirchen, das königliche Palais, das Gewirr der Straßen. Nein, man musste den Gedanken an den Galgen verdrängen und an angenehme Dinge denken: die schönen Mädchen, die warmen Sonnenstrahlen, die wunderschöne Beute, die herrlichen Raufereien und Kämpfe, den Geschmack eines Glases Wein, die Melodie eines Trink- oder Liebesliedes. An die Hoffnung, gerettet zu werden ... vielleicht. Auch wenn er keine Ahnung hatte, wie das geschehen sollte.

An jenem Morgen las eine Frau namens Guillemette vom Kopfkissen des Königs einige blonde Haare auf und schob sie zwischen ein paar zusammengelegte Wäschestücke. Da es sein Bett war, ging sie davon aus, dass diese Haare vom Kopf des Monarchen stammten.

Nur ein paar Gemächer weiter sammelte eine andere, mit Namen Thomassine, vom Kamm der Königin einige schwarze, glänzende

Haare. Da der Kamm aus ihrem Zimmer stammte, musste sie sie für die Haare der Königin Mutter halten.
Guilemette ließ die zusammengelegte Wäsche in die Hände der Hebamme gleiten, und Thomassine tat dasselbe. Damit war die Schuld der beiden beglichen.
Bathilde legte ihre Beute sorgsam in ihren Geldbeutel und machte sich befriedigt auf den Weg zu Manassés heruntergekommenen Hütte, wo der Zauber vorbereitet wurde. Die ganze Aktion hatte nicht länger als eine halbe Stunde gedauert. Die Dinge liefen gut.

»Du hast gesagt, dass du die Unschuld des besagten Hennequin beweisen kannst«, erkundigte sich der Richter, der in der Mitte saß und der wichtigste von ihnen zu sein schien. »Womit gedenkst du uns zu überzeugen?«
Bertoul schluckte.
»Ein Gottesurteil«, schlug er fast unhörbar vor.
»Wie bitte? Wir verstehen dich nicht.«
»Ein Gottesurteil«, wiederholte er mit gesenktem Kopf, diesmal aber lauter. »Falls Hennequin unschuldig ist, möge Gott mir zum Beweis die Fähigkeit geben, einen Text Eurer Wahl in vollkommener Dunkelheit zu lesen.«
Das Herz schlug ihm bis zum Hals, als er diesen Vorschlag äußerte.
»Was soll das heißen?«, brummte der rechte Beisitzer. »Wir haben kein Gottesurteil mehr angewendet seit – ja, seit wann eigentlich?«
»Seit ewigen Zeiten nicht mehr«, antwortete der linke Beisitzer. »Das ist eine völlig überholte Methode.«
»Ja, so ist so. Seit ewigen Zeiten.«
»Abgesehen von einigen, weit entfernten Gegenden der Provinz. Es soll wohl hier und da noch einige ungehobelte Herren geben, die es immer noch praktizieren.«
»Tatsächlich? Zur Zeit des Aberglaubens mag es vielleicht richtig gewesen sein. Doch unsere heutige Justiz ist viel seriöser und beruht auf Gesetzestexten«, sagte der oberste Richter und legte dabei die Hand auf eines der dicken Bücher.

»Gleichwohl«, wandte Bertoul ein, »könnt Ihr doch nicht leugnen, dass Gott manchmal seine Meinung durch dieses Mittel kundgetan und auf diese Weise die Unschuld der Angeklagten deutlich gemacht hat.«

Die drei Richter waren leicht verärgert. Mit gerunzelten Stirnen zogen sie sich zurück und es folgte die nächste nicht enden wollende Beratung, während Bertoul unruhig von einem Fuß auf den anderen trat.

»Kannst du lesen?«, fragte ihn dann der Richter.

»Ja, Messire«.

»Lies das hier«, forderte er und schlug sein dickes Buch aufs Geratewohl auf.

Bertoul trat näher und der Richter schob ihm das aufgeschlagene Buch hin.

»Die Hersteller von Zinnkrügen und die Messingschläger«, las Bertoul, »sollen nur an den von ihrer Gilde vorgeschriebenen Tagen arbeiteten und sollen alle Tage einhalten, die dem Gebet vorbehalten sind, einschließlich …«

»Das genügt. Du kannst ordentlich lesen«, stellte der Richter fest und schlug das Buch wieder zu, noch bevor Bertoul ihm alle Vorschriften, die den Beruf des Zinnkrugmachers betrafen, vorgetragen hatte.

»Aber ich verstehe den Sinn dieses Gottesurteils, das du uns da vorschlägst, nicht ganz. Erkläre, worauf du hinaus willst.«

»Wenn Gott glaubt, dass Hennequin unschuldig ist«, erläuterte Bertoul, »wird er es mir ganz sicher möglich machen, den Text zu lesen, den Ihr für gut erachtet und mir vorlegt, selbst wenn Finsternis herrscht. Nichts kann Gottes Wahrheitslicht aufhalten, nicht einmal der dunkelste Raum. Ist das kein Beweis? Und würde ich es vorschlagen, wenn ich befürchtete, dass Hennequin schuldig ist?«

Noch eine Lüge …

»Würde ich diesen Vorschlag machen, wenn ich um meine Seele fürchten müsste? Und außerdem setze ich mein Leben aufs Spiel. Man riskiert doch sein Seelenheil und sein Leben nicht für einen Strolch, oder?«

Die drei Richter nahmen ihre geheime Beratung wieder auf, die diesmal ziemlich hitzig verlief.
›Herr, vergib mir dies alles, vergib mir, dass ich dich in diese Sache mit hineinziehe. Vergib mir, dass ich jemanden retten will, der vermutlich nichts weiter als ein stadtbekannter Dieb und Schurke ist, doch du weißt, Herr, dass ich es gut meine. Herr, du und ich, wir müssen Hennequin retten, das Leben des Königs steht auf dem Spiel. Es ist nicht wirklich eine falsche Zeugenaussage, nicht wahr? Heilige Mutter Gottes, seit zwei Jahren arbeite ich jeden Tag an deiner Kathedrale, aus Liebe zu dir. Ich bin dort ein einfacher Arbeiter. Vollbringe für mich das Wunder, dass ich Hennequin rette, ohne einen Meineid zu schwören. Hilf mir, auf diesem Weg mein Zauberbuch zurückzubekommen und damit den König zu retten. Liebe Mutter Gottes, hab Mitleid mit uns unglücklichen Menschen und unseren Schwächen. Hilf mir, dieses Gottesurteil glücklich zu überstehen und die Richter zu überzeugen.‹
»Was machst du da?«, fragte der Richter, als er sah, dass er die Lippen leicht bewegte.
»Ich bete«, antwortete Bertoul aus tiefstem Herzen.
Die drei Männer erhoben sich und der Schreiber tat es ihnen nach.
»Komm mit uns«, sagte der oberste Richter, der ein gewichtiges Buch in der Hand hielt.
Sie verließen den Gerichtssaal und flüsterten den Wachtposten am Ausgang einige Worte ins Ohr. Eine Prozession bildete sich, die immer unergründlichere Flure durchlief: an der Spitze die Wache mit ihren Fackeln, dann der oberste Richter, Bertoul, dem das Herz bis zum Hals schlug, die zwei Beisitzer und schließlich der Schreiber.
»Der finstere Kerker!«, befahl der Richter, und die Wachposten teilten sich und begaben sich zu einer Reihe von Zellen.
Sie öffneten die letzte. Dort gab es keine Fenster und die Türfassung war mit einem Wulst aus Stoff und Rosshaar ringsherum abgedichtet.
»Geh dort hinein«, sagte der Richter zu Bertoul, »und Ihr ebenfalls, Schreiber, damit Ihr Euch davon überzeugt, dass diese Zelle völlig lichtlos ist.«

Die Tür wurde wieder geschlossen.
»Man sieht absolut nichts. Es herrscht vollkommene Finsternis!«, rief der Schreiber.
»Warten wir noch ein wenig, bis Eure Augen sich daran gewöhnt haben«, erwiderte der Richter von der anderen Seite der Tür.
Zwei Minuten später bestätigte der Schreiber, dass man immer noch nichts sehen könne.
Die Tür wurde wieder geöffnet, der Schreiber kam heraus, riss seine Augen auf und blinzelte heftig.
Nun sagte der Richter: »Junger Mann, wir wollen deinem Ersuchen stattgeben. Ich werde dieses Buch in diesem finsteren Kerker ablegen. Da du lesen kannst, wirst du auch zählen können. Du schlägst den Buchdeckel auf, blätterst zehn Seiten weiter und wirst dann laut vorlesen, was auf der elften Seite geschrieben steht – falls es dir gelingt natürlich, woran wir doch sehr zweifeln. Hast du alles richtig verstanden?«
»Ja«, sagte Bertoul mit erstickter Stimme, »die elfte Seite.«
Der Richter ging mit angehaltenem Atem in die Zelle, raffte seine Robe zusammen, bückte sich und legte das Buch auf den Boden.
»Wenn du sie uns fehlerlos vorlesen kannst, werden wir gern zugestehen, dass Gott selbst dem genannten Hennequin durch dich als Mittler ein gnädiges Urteil hat widerfahren lassen. In diesem Fall wird er sofort freigelassen werden. Bist du allerdings nicht in der Lage, die Aufgabe zu vollbringen, werden wir dich als Komplizen betrachten. Weißt du, was das bedeutet?«
»Ja«, sagte Bertoul leise.
»Hältst du nach wie vor an diesem Gottesurteil fest?«
»Ja«, wiederholte Bertoul.
»Also gut«, wandte sich der Richter an die Wachtposten, »verbindet ihm die Augen und schließt die Tür hinter ihm. Gottes Wille geschehe.«

Die Kenntnis der Magie
beinhaltet nicht, dass man sie
für Verwünschungen heranzieht
oder die Kräfte der Finsternis anruft.

18

Blanche kniete sich auf die mit Blumen und Drachenmustern übersäten Steinfliesen und ließ die Hände tief in ihre Truhe gleiten. Sie tastete unter dem feinen Stoff ihrer Samt- und Seidenkleider und Blusen, bis sie fand, was sie suchte: ein paar kleine, mit einer Schnur zugebundene Ledersäckchen, die ihr Erspartes enthielten. In ihnen befand sich alles, was sie an Lohn vom König für ihren Dienst bei Prinzessin Isabelle erhalten und gespart hatte. Viermal im Jahr wurde ihr dieser Lohn an hohen Festtagen ausbezahlt, und im Gegensatz zu den anderen Edelfräulein gab Blanche nur sehr wenig davon aus, lediglich etwas für neue Kleider oder Spenden an Kirchen. Ohne dass sie sich wirklich darum gekümmert hatte, war das Gold in ihrer Kiste zu einer stattlichen Summe angewachsen, und nun würde dieses ungenutzte Gold endlich eine Verwendung finden.

Sie ergriff die zwei Geldbeutel und ließ sie in die Taschen ihrer langen Ärmel gleiten, wo sie sicher waren. Sie erlaubte sich ein kleines, befriedigtes Lächeln – ein Lächeln, das allerdings ebenso rasch wieder von ihrem Gesicht verschwand, wie es erschienen war: Die Sorgen, die sie plagten, ließen sich nicht durch ein paar Goldmünzenverscheuchen.

Im Übrigen waren es nicht der König und seine Mutter, denen ihre Sorge galt. Königin Blanche hatte eine gewisse Gleichgültigkeit gezeigt, als das junge Mädchen sie vor der Gefahr warnte, die vom Komplott der Hexer ausging. Sie musste wissen, was sie tat. Sie war gut geschützt, und der König noch mehr. Aber da war auch noch Bertoul …

Blanche machte sich bereit, das Palais zu verlassen, denn ihr Dienst war für diesen Tag beendet. Der Nachmittag war schon fortgeschritten und sie konnte nicht verhindern, dass Bertouls Bild sie verfolgte.

Wie sie ihn am Vorabend verlassen hatte, sah sie ihn immer wieder vor sich: fiebrig und wütend darüber, dass er Hennequin mit dem Zauberbuch hatte entwischen lassen.
Armer Bertoul! Kaum war er nach seiner harten Prüfung wieder auf den Beinen, da musste er zum zweiten Mal tatenlos zusehen, wie sein Zauberbuch verschwand.
Dieses berühmt-berüchtigte Zauberbuch! Blanche kannte es schon, seit sie Bertoul kannte – und Bertoul schien noch immer wie besessen davon zu sein, es in Sicherheit zu bringen und seinen Inhalt zu schützen. Warum hätte sich Blanche für dieses Werk interessieren sollen – sie, die immer noch nicht lesen konnte? Und dabei war es so wichtig, dass niemand die darin verborgenen Geheimnisse erfuhr. Vor ihr hatte Bertoul wenigstens nichts zu befürchten, sie war nach wie vor ahnungslos.
Blanche interessierte sich nur für das Zauberbuch, weil es Bertoul so wichtig war. Und alles, was ihm wichtig war, bedeutete auch ihr etwas.
›Was ist nur mit mir los‹, sagte sie unvermittelt zu sich selbst, ›dass ich so etwas denke? Ich mag es, wenn Bertoul kommt und in meiner Nähe singt, aber mehr auch nicht … nein, wirklich nicht …‹
Sie seufzte aus tiefster Seele. Doch was nutzten all diese Gedanken? Jetzt kam es darauf an, zu handeln. Für das Zauberbuch und vor allem um seinetwillen.
Sie lenkte ihre Schritte in Richtung der Straße der großen Gaunerei. Zunächst wollte sie feststellen, in welchem Zustand sich ihr Musiker befand. Sie sorgte sich um seine Gesundheit und seine Gemütsverfassung.
Ihr wurde klar, dass die Dinge manchmal eine völlig unerwartete Wendung nahmen. ›Wenn ich nicht den Namen Raoulet de Mauchalgrin in der Gefolgschaft Audouins de Fougeray gehört hätte, wäre ich nie so eilends zu Bertoul gelaufen, um ihn zu warnen. Und dann hätte ich sein Fieber und seine Wunden nicht rechtzeitig behandeln können. Ich hätte wohl einfach gewartet, bis er mich wieder im Palais besucht hätte, um wie immer zu singen – und dann hätte

ich nichts davon gewusst, dass er gerade mit dem Tode rang oder vielleicht gar an der Entzündung durch die Katzenkrallen gestorben wäre. Es ist schon sonderbar, dass Raoulets Anwesenheit in Paris doch etwas Gutes bewirkte. Gott muss es so beschlossen haben. Wer sind wir armen Menschen, dass wir darüber richten könnten? Auf jeden Fall bin ich glücklich, zu wissen, dass Bertoul außer Lebensgefahr ist; und außerdem ist meine Neugierde gestillt: Ich weiß jetzt, wo er wohnt!‹

Dennoch war die Angelegenheit noch nicht abgeschlossen. Sie konnte sowohl Bertoul wie auch der Sache des Königs und der Königin nützlich sein. Und dazu sollte das Gold hier in ihren Ärmeln dienen.

Dieser Hennequin, dieser Prahlhans mit den schönen Zähnen und dem eiskalten Blick! Hatte er sie nicht selbst herausgefordert, als er sagte, dass sie das Zauberbuch zurückkaufen könne? Wie auch immer, jetzt würde sie die Sache regeln, und falls zwei Geldbörsen nicht ausreichten, würde sie auch den Rest holen.

Als sie die Brücke der Wechsler überquerte, die das Palais mit dem Nordufer der Seine verband, überholte sie ein paar Reiter, von denen einer wütende Schreie von sich gab, weil er in der Menge nur mühsam vorankam.

»Um Himmels willen, geht doch zur Seite! Ich habe es eilig! Griffon, schaff sie aus dem Weg!«

»Mmh …«

»Du Esel, so wird das nichts! Ich kann es kaum erwarten, in die Straße der großen Gaunerei zu kommen! Schnell, oder ich zermalme dieses Pack mit den Hufen meines Pferdes.«

Das Blut stockte Blanche in den Adern. Sie erkannt sofort die Stimme Raoulets de Mauchalgrin. Und er wollte in die Straße der großen Gaunerei.

»Mmh …«, erwiderte le Réchin.

Das Gedränge war noch immer sehr groß, und die Menge schien wenig Lust zu haben, einem jungen hochmütigen Knappen Platz zu machen. Blanche spitzte weiter die Ohren.

»Geht mir aus dem Weg, los! Geht zur Seite, ihr Bauernlümmel!« Dann wandte er sich in vertraulicherem Ton an seinen Begleiter: »Ich kann mich vor Ungeduld kaum beherrschen! Seit wir diesen Diener zum Reden gebracht haben und wissen, wo wir Informationen über das Zauberbuch herbekommen …«

»Mmh …«

»Na, jedenfalls weißt du, wie man Leute zu Geständnissen bringt. Ich bin sehr froh, dass ich jetzt weiß, was man sich so erzählt – dass das Zauberbuch in Paris ist!«

»Mmh …«

»Schon gut, brumm du ruhig weiter. Es ist sowieso wichtiger, dass du andere zum Reden bringst. Der öffentliche Schreiber, zu dem wir gehen, wird unter deinen Händen nicht stumm bleiben.«

»Mmh …«

»Los, wir müssen uns beeilen! Gebt den Weg frei! Ich bin Knappe eines vornehmen Hauses! Behindert mein Pferd nicht, sonst werdet ihr unter seine Hufe geraten! Und ihr habt es euch selbst zuzuschreiben. Ho! Ho! Ho!«

Blanche hatte ihre Augen vor Bestürzung weit aufgerissen und reagierte sofort: Sie sicherte ihre zwei Geldsäckchen, schlängelte sich geschickt durch die Menge und zwängte sich an den Passanten und Karren vorbei, die den Weg über die Brücke verstopften. Sie lief und lief und lief, so schnell sie konnte.

Der Eingeweihte muss sich
dessen wohl bewusst sein,
dass man der Magie
nichts Schlechtes nachsagen kann,
indem man vorgibt, dass man
sowohl die Kräfte des Bösen als auch
die des Guten in ihr studiert.

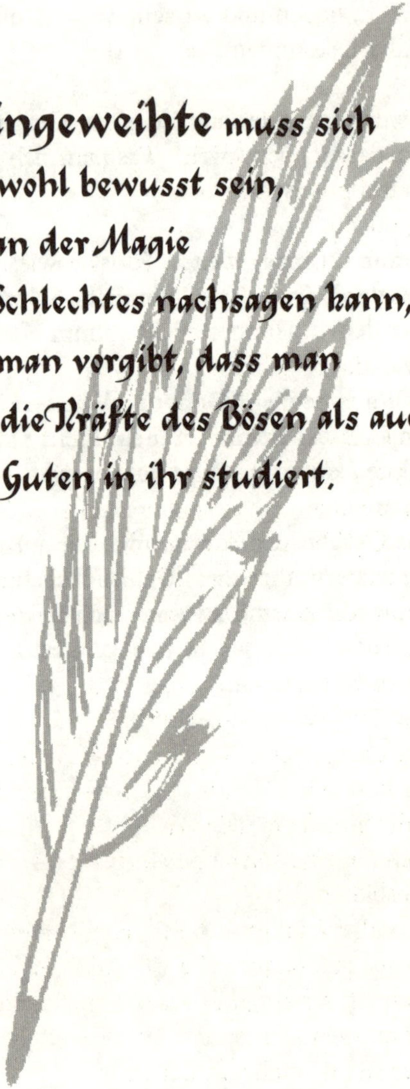

19

Die Augen verbinden? Damit hatte Bertoul nicht gerechnet!
»Nein!«, protestierte er verzweifelt. »Erst das finstere Verlies, und nun auch noch verbundene Augen!«
Aber es war vergeblich.
»Du bekommst keine Binde, die du verschieben oder hochziehen kannst«, bemerkte der Wachposten hämisch. »Wir haben da etwas viel Besseres …«
Keine Binde? Was dann? Er brauchte nicht lange auf die Antwort zu warten. Der Wächter zog ihm eine schwarze Kapuze über den Kopf, die sich am Hals mit einem ledernen Riemen zubinden ließ. An dessen Ende hing ein kleines Schloss. Er konnte sie nicht abstreifen, noch war es ihm möglich, irgendwo hindurchzuspähen.
Bertoul hatte das Gefühl, unter der schwarzen Maske zu ersticken. Er vernahm die gedämpfte Stimme des obersten Richters.
»Du kannst es tun, du kannst es aber auch bleiben lassen, junger Mann.«
Dann schob ihn der Wachtposten in das dunkle Verlies, und er hörte, wie die Tür hinter ihm verschlossen wurde.
»Gib ein Klopfzeichen, wenn du heraus möchtest, ob du nun die Probe bestanden hast oder nicht!«, rief ihm einer der Wächter zu. »Wir alle hören dir hinter der Türe zu.«
Bertoul hatte noch nie eine solche Finsternis erlebt – eine Finsternis, die sich nicht überbieten ließ.
›Ich setze nicht nur das Zauberbuch mit dem Rubin aufs Spiel‹, sagte er zu sich. ›Nicht nur Hennequins Leben, sondern diesmal auch meines. Wenn ich es nicht schaffe, bin ich verloren. Adieu Blanche!‹
Blanche! Falls er morgen sterben würde, gehenkt an der Seite Hennequins, würde er sie nie mehr im Leben sehen …

›Los! Noch bin ich nicht verloren! Frau Hermelinde hat mir nicht umsonst die Gabe verliehen, im Dunkeln sehen zu können. Sie wollte, dass ich sie auch in allen möglichen Situationen anwende. Dass ich sie benutze, um das Zauberbuch, den König und die Königin zu retten.‹

Er musste jetzt ruhig bleiben und seine selbstgewählte Herausforderung gewandt meistern.

»Möge Gott es mir gewähren, dass es mir gelinge, die elfte Seite des Buches zu lesen, das mir von den Herren Richtern vorgelegt wurde«, rief er mit lauter Stimme, damit die Richter ihn hörten. »Auf dass ich schließlich zu beweisen vermag, dass jener Hennequin gestern wirklich zu mir kam, um mit mir zu plaudern und zu trinken!«

Jedes dieser Worte war absolut wahr, und Gott brauchte nicht die geringste Lüge gutzuheißen, sagte er sich befriedigt.

Hennequin war gekommen, um mit ihm zu reden und hatte den Rest des Kräutertees getrunken. Er bat Gott somit nicht, einen Meineid zu dulden, also musste das Gottesurteil auch zu einem guten Ende führen. Falls alles klappte …

Bertoul öffnete langsam die Augen unter seiner Kapuze. Das Gefühl, zu ersticken! Es war ihm, als läge er bereits in seinem Grab. Sein Atem ging stoßweise. Er sah nichts. Absolut gar nichts. Er würde also gehenkt werden …

»Adieu, Blanche, mein liebes Herz!«, flüsterte er. »Ich bin verloren. Ich werde gehenkt werden.«

Es war bitter, auf diese Weise sterben zu müssen. Dabei hatte er es so gut gemeint.

»Frau Hermelinde! Meister Magnus! Helft mir, wenn ihr könnt …«, flüsterte er weiter. »Helft mir, indem ihr die Gabe, die ich euch verdanke, verstärkt. Aus Mitleid …«

Er versuchte vergeblich, die Kapuze herunterzuziehen oder sie mit den Fingernägeln aufzureißen, aber der Stoff war zu fest.

Er hatte nicht einmal eine Vorstellung davon, wo der Richter das Buch hingelegt hatte. Mit ausgebreiteten Armen und ängstlich zögernd schob er einen Fuß vor, dann den anderen. Seine Gabe stieß an ihre Grenzen, und dabei hatte er sich doch so sicher gefühlt! Er hatte nicht mit der Kapuze gerechnet. Er tat einen weiteren Schritt nach vorn, stieß gegen etwas, bückte sich und tastete danach. Ja, es war das Buch, dessen elfte Seite er vorlesen sollte. Er hob es auf, hielt es dicht vor sein Gesicht und blätterte die Seiten um, wobei er bis zehn zählte. Da war sie, die elfte Seite. Langsam ließ er die Finger darüber gleiten. Konnte man mit den Fingerspitzen lesen? Er bezweifelte es, aber warum sollte er es nicht probieren?

»Nun, was ist? Liest du uns nun aus diesem Buch vor?«, donnerte draußen einer der Wachtposten und klopfte mit seiner Lanzenspitze gegen die Tür.

Bertoul fuhr zusammen. Sein Herz fing wieder schmerzhaft zu schlagen an. Er war den Tränen nahe.

»Ich entziffere den Text, ich entziffere ihn gerade ...«, antwortete er mit erstickter Stimme durch die wollene Kapuze hindurch.

Eine jämmerliche Taktik, um einige Sekunden herauszuschinden.

Das Buch lag aufgeschlagen in seiner linken Hand, seine rechte berührte den Text – jedenfalls vermutete er es. Sein Blick ging in die richtige Richtung, aber alles was er sah, war eine Art schwarzes Gitter, horizontale Striche, von vertikalen durchkreuzt, die sich vage von einem dunkelgrauen Untergrund abhoben.

Mein Gott! Er sah tatsächlich etwas!

Ein enges Gitter, in dem kleine, regelmäßige Löcher untereinander aufgereiht erschienen. Der Stoff! Es war der Stoff der Kapuze, auf den sein Blick stieß! Eine leichte Hoffnung durchfuhr ihn. Wenn er den schwarzen Stoff sah, musste er auch den Rest erkennen können. Er ließ seinen Blick so gut er konnte durch die winzig kleinen regelmäßigen Öffnungen dringen. Dann konnte er die Oberfläche des Pergamentbogens und seine fünf gespreizten Finger erkennen. Er sah Tiere mit zahlreichen schwarzen Beinen auf dem Blatt. Buchstaben ... Wörter ... Er konnte es schaffen! *Danke, Herr!* Jetzt musste er sie nur noch lesen.

Er durfte nicht zu rasch Hurra schreien und die Gelegenheit verderben. Zuerst musste er die Sache genau prüfen.

Jetzt, da er das Buch durch die Maske hindurch erkannte, zählte er wieder und wieder die Seiten. Ja, diese hier war zweifellos die elfte. Trotzdem würde es nicht leicht werden, denn er musste die Position des Buches ständig anpassen, um die Buchstaben durch das Stoffgewebe hindurch zu unterscheiden, aber mit ein wenig Geduld würde er den Text entziffern können.

Er begab sich in die Nähe der Tür. ›So, jetzt kann ich die Tür durch den Stoff hindurch sehen. Ich stolpere nicht, ich kann mich zurechtfinden! Welch ein Wunder!‹

Seine Stimme würde für die Richter auf der anderen Seite der Tür verständlicher sein, wenn er sich nicht allzu weit von ihr entfernte.

Sein Blick mühte sich so lange, bis er die erste Zeile entziffert hatte, die er daraufhin immer wieder aufs Neue las und überprüfte, bevor er sich einen Ruck gab und mit rauer und zitternder Stimme, gedämpft durch den Stoff der Kapuze, laut zu lesen begann.

»*Die Schöne ist im Garten der Liebe …*«, las er.

Plötzlich ließ seine Konzentration nach. Er hatte den Vers entziffert, ohne sich seine Bedeutung klarzumachen. Wahrhaftig, es war der Text eines Gedichtes, eines Minnegedichtes! Die Richter waren Liebhaber der Troubadourkunst! Unfassbar. Er hätte eher ein Buch mit Gesetzestexten oder Psalmen erwartet als eine Sammlung von Liebesliedern.

Die Richter schauten einander verblüfft an.

»Wiederhole, was du da gerade gelesen hast!«, befahl der oberste Richter.

»*Die Schöne ist im Garten der Liebe …*«, wiederholte Bertoul, diesmal mit fester Stimme.

Er war sich sicher, dass es genau diese Worte waren.

»Was hat das zu bedeuten?«, fragte einer der Beisitzer.

Doch Bertoul fuhr bereits fort:

»*… seit nun schon vier Wochen.*
Ihr Vater sucht sie überall,
und ihr Geliebter ist sehr in Sorge.«

»Du machst dich über uns lustig«, stieß der dritte Richter hervor.
»Ich lese, was auf der elften Seite steht«, widersprach Bertoul. »Kommt und überzeugt Euch selbst, wenn Ihr möchtet!«
Und er fuhr mit gefestigter Stimme fort, als könne ihn nichts auf der Welt mehr aufhalten.

»Hirte, Hirte, hast du gar nichts gesehen,
hast du nicht die Schönheit in Person gesehen?
Wie ist sie denn gekleidet?
In Seide, in Wolle?

Sie ist in weißen Satin gekleidet,
dessen Futter aus Barchent ist.
Und in ihren Händen hält sie einen Vogel,
die Schöne erzählt ihm von ihrem Leid.

Kleiner Vogel, du bist glücklich,
so nah bei meiner Schönen zu sein,
und ich, ihr Geliebter,
kann mich ihr nicht nähern.«

Die Tür wurde grob aufgestoßen, direkt vor Bertoul, der mit dem Buch in der Hand und der schwarzen Kapuze über dem Kopf hinter ihr stand. Die beiden Wachtposten warfen ihn um, sodass er rückwärts auf sein Hinterteil fiel, und der oberste Richter riss ihm das Buch aus den Händen.
»Was ist denn das? Eine Liedersammlung! Was soll der Scherz? Ich dachte, ich hätte dir die Vorschriften unseres guten Königs, die Färber von Paris betreffend, auf den Boden gelegt …«
Der Richter blätterte erregt und hastig in der Sammlung vor und zurück. Schön kalligrafisierte, mit bezaubernden, reich verzierten Initialen geschmückte Texte, mit Szenen aus dem höfischen Leben illustriert, zeigten sich ihm.
»Wer hat dieses Buch auf unseren Tisch gelegt?«
»Wie lautet der Text auf Seite elf?«, fragte der zweite nüchtern.

Der oberste Richter blätterte in dem Buch und zählte angestrengt die Seiten.
»*Die Schöne ist im Garten der Liebe* ...«, las er.
»Also hat der junge Mann das Gottesurteil bestanden«, fuhr der zweite Beisitzer fort. »Was für ein Text es auch immer sei, er hat die Probe gemeistert. Nicht wahr?«
»Allerdings«, sagte der Richter widerstrebend.
»*Die Schöne ist im Garten der Liebe* ... Pah! Hat man je so etwas Albernes gehört?«
Verärgert warf er das Buch auf den Steinboden der Zelle.
»Nehmt diesem jungen Mann die Kapuze ab und werft ihn hinaus. Lasst auch den anderen frei. Und dann will ich nichts weiter davon hören.«
»Messire«, sagte der Wachtposten, »eine schriftliche Anordnung ...«
»Ich kümmere mich darum«, sagte der Schreiber und trottete zum Audienzsaal, gefolgt von der gesamten kleinen Truppe.
Sobald Bertoul von seinem Joch befreit war, rieb er sich die Augen, erstaunt darüber, dass er noch lebte. Er hob den Band mit den Liedern auf, der auf dem Boden liegen geblieben war, und folgte den übrigen, angetrieben vom letzten Wächter.
Die Richter nahmen wieder hinter dem großen Tisch Platz.
»Du hast gewonnen«, sagte der oberste Richter verwirrt. »Wir werden die Inhaftierung jenes Hennequin aufheben. Schafft ihn mir herbei.«
Die Wachen entfernten sich.
Bertoul legte das Liederbuch auf den Tisch.
»Was ist das?«, fragte der Richter.
»Das Buch ... die Seite elf ...«, antwortete Bertoul.
»Ich will diese ... diese Torheit nicht mehr sehen!«
»Kann ich es behalten?«, fragte Bertoul, selbst erstaunt über seine Kühnheit.
»Meinetwegen«, erwiderte der Richter unwirsch.
Bertoul ließ den kleinen Band in sein Bliaut gleiten. Im selben Augenblick vernahm man das Geräusch schwerer Schritte und Ketten-

rasseln hinter der Tür. Diesen Moment durfte er nicht verpassen. Gleich würde Hennequin erscheinen. Jetzt kam es darauf an, dass der seine Rettung nicht verdarb.
Bertoul drehte sich zur Tür, und sobald er Hennequin eintreten sah, in Ketten, schmutzig und mit tief liegenden, violett umränderten Augen, stürzte er auf ihn zu und fiel ihm um den Hals wie einem alten Freund.
»Ich habe für dich ausgesagt, mein Kamerad. Ich habe diesen guten Richtern erklärt, dass du fast die ganze Nacht bei mir warst, bis zum frühen Morgen, als du nach unserem Streit weggingst.«
Hennequin verstand sofort und tat so, als würde er Bertoul an seine Brust drücken. Die Ketten klirrten unangenehm, und Bertoul überlief ein Schauer.
»Mein Gott«, sagte Hennequin, »und ich habe geglaubt, du würdest es mir nachtragen. Es fehlte nicht viel, und ich hätte den Strang um den Hals gespürt. Du bist wahrlich ein guter Kamerad, mein Freund! Ich wusste, dass du es nicht zulassen würdest, mich durch einen Irrtum am Strang enden zu sehen!«
»Ein Irrtum – genau das habe ich den Richtern gesagt!«, antwortete Bertoul siegessicher.
»Wenn ihr eure Unterhaltung dann irgendwann beendet habt ...«, bemerkte der Richter ironisch. »Also, Schreiber, so notiert: Hennequin, ehemaliger Soldat im Heer des Königs, ist durch das Zeugnis des Bertoul Beaurebec für unschuldig befunden worden. Er wird deshalb sofort auf freien Fuß gesetzt.«
Der Schreiber verfasste so schnell er konnte das Protokoll in lateinischer Sprache. Dann wurde es mit einem Siegel versehen und die Wächter lösten die eisernen Fesseln von Hennequins Fuß- und Handgelenken.
»Nun verschwindet so schnell wie möglich, ihr beiden; lasst euch anderswo aufhängen. Zumindest du, Hennequin«, sagte der Richter und erhob streng den Zeigefinger. »Was dich betrifft, junger Beaurebec, so weiß ich nicht, wie du dieses Wunder vollbracht hast, aber ...«
»Der Wille Gottes, Messire«, fiel ihm Bertoul übermütig ins Wort.

»... aber die ganze Sache erscheint mir durchaus fragwürdig. Wie auch immer. Ich möchte euch nicht wiedersehen. Wir haben noch andere Anhörungen vor uns und stecken bis über den Hals in Arbeit. Geht jetzt!«

Das ließen sich Bertoul und Hennequin nicht zweimal sagen.

Sie hielten sich nicht lange im Hof des Châtelet auf, und sobald sie die angrenzende Straße erreicht hatten, konnte Hennequin nicht länger an sich halten.

»Du hast mich also tatsächlich gerettet!«

»Aber nicht umsonst, wie du dir sicher denken kannst«, sagte Bertoul.

»Also ... ich nehme an, dass ich dir zu danken habe«.

»Mit deinem Dank kann ich nicht viel anfangen. Wenn ich dich aus dem Châtelet herausgeholt und vor dem Galgen bewahrt habe, dann wegen des Zauberbuchs mit dem Rubin.«

Die Entwicklung

aller irdischen Lebewesen
wird von jener besonderen Macht gelenkt,
die wir **Natur** oder
Schicksal nennen.
Diese Macht wirkt durch das Licht der Sterne,
auch Astrallicht genannt.

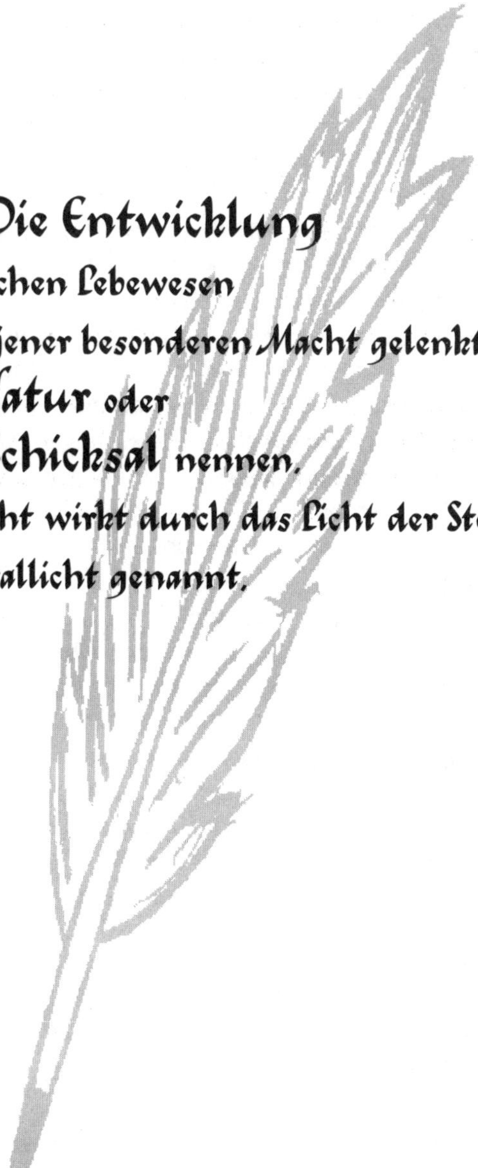

20

Im Kessel brodelte es, ein bitterer Geruch nach Pflanzen verbreitete sich und die Dampfschwaden, die unter dem Deckel hervorquollen, hatten eine seltsame Farbe.

»Ich verstehe, warum die Katze es nicht mochte, dass wir das Wort ›Zauberbuch‹ aussprachen«, bemerkte Liébault und fixierte mit dem einen Auge das Manuskript, mit dem anderen den Kessel. »Das Tier muss eine Art Vorgefühl gehabt haben.«

Das Buch lag weit geöffnet auf einem wackligen Tisch und zeigte die Seite mit dem Fluch, der den Tod eines Königs oder einer Königin herbeiführte. Der Rubin glänzte nicht mehr, noch schimmerte er. Er war stumpf geworden, wie erloschen.

»Dieses *Tier!*«, knirschte Phelipote. »Vergesst nicht, dass dieses Tier die Seele von Autharic, dem Geomanten, beherbergt hat.«

»Könnten wir vielleicht aufhören, davon zu reden?«, fragte Manassé gereizt.

Der alte Magier war nicht sonderlich begeistert davon, dass sich die ganze Aktion in seinem Haus abspielte. Gewiss, die angegebene Prozedur war völlig klar und das Opfer der Katze notwendig gewesen. Aber musste man pausenlos davon sprechen?

Bathilde hob mit ihren Fingerspitzen drei blonde und drei braune Haare in die Höhe, jedes ungefähr anderthalb Fuß lang.

»Wir müssen jetzt den Faden vorbereiten«, sagte sie und wedelte damit herum.

»Allerdings«, pflichtete Phelipote ihr bei, »je eher, desto besser. Seid Ihr sicher, dass es auch wirklich die Haare des Königs und seiner Mutter sind?«

»Die zwei Frauen, die in meiner Schuld standen, hätten es nicht gewagt, mir andere zu liefern, Ihr könnt beruhigt sein«, erwiderte

Bathilde. »Ich habe ihnen erzählt, es sei für einen Liebeszauber, und schon haben die einfältigen Gänse mir geglaubt! Lasst in eure Unterhaltungen das Wort ›Liebe‹ einfließen, und ihr bekommt, was ihr wollt, sehr viel mehr jedenfalls als durch die Worte ›Hass‹ oder ›Rache‹.«

»Das kennen wir in- und auswendig, verschone uns mit deinen Binsenweisheiten«, sagte Phelipote verächtlich. »Egal, wir haben unsere Haare. Bereitet den Zauberfaden vor, meine Liebe, während unser junger Freund Liébault die Samenmischung zubereitet, mit der die Katze gefüllt wird.«

Liébault, dessen Hände blutig und zerkratzt waren, warf ihr einen nicht gerade freundlichen Blick zu und machte sich mit mürrischer Miene an die Arbeit. Der Sauerdorn hatte sich beim Schneiden energisch gewehrt und ihn übel zugerichtet.

»Währenddessen werden Meister Manassé und ich die Formel wiederholen, die zu kompliziert für Euch ist, schließlich seid Ihr noch Anfänger in unserer Kunst ...«

Liébault murrte ein wenig, während die schreckliche Alte das Zauberbuch so fest an sich drückte und ihre Fingernägel fast in den Einband grub, als sei sie fest entschlossen, es nicht wieder loszulassen. Sie hatte es an sich genommen, da sie es war, die den Katzenspuk befehligte, doch Meister Manassé bemühte sich heftig, es ihr streitig zu machen. Bathilde wie auch Liébault waren noch nicht an der Reihe, ihre Zeit sollte erst später kommen.

›Immerhin besser als gar nichts‹, dachte Liébault, ›besser spät als nie.‹ Sie waren im Besitz dieses Objektes – eine Unmenge von Magiern und Hexern in Paris lauerte darauf, es zu besitzen und würden es doch nie in die Hände bekommen. Und auch Phelipote würde sich nicht ewig daran festklammern können.

»Solche Anfänger sind wir nun auch wieder nicht!«, protestierte Liébault. »Ich habe achtzehn Jahre Praxis hinter mir, das ist nicht nichts.«

»Pah!«, zischte die Alte.

»Ich bin seit zwölf Jahren sehr gewandt in meiner Kunst!«, wehrte

sich auch Bathilde. »Ich habe hunderte von Kindern auf die Welt gebracht und sterben lassen!«
Sie erntete dasselbe verächtliche »Pah!«
»Kommt«, sagte Manassé müde, »lasst uns mit diesen Kindereien aufhören. Jeder von uns wird der Reihe nach das Zauberbuch für seine Arbeit bekommen, aber Frau Phelipote hat recht: Ohne die Königin und ihren Sohn, die uns immer in die Quere kommen, werden wir besser nach unseren Absichten handeln können. Die Sache, die wir hier durchführen, erlaubt es uns außerdem, die Anweisungen des Zauberbuchs zu überprüfen.«
»Denn falls sie sich als unwirksam erweisen würden …«, warf Liébault ein.
»Das ist unmöglich«, fuhr Manassé dazwischen. »Wir sprechen hier von dem Zauberbuch mit dem Rubin des Meisters Magnus Gurhaval, nicht von irgendeiner gewöhnlichen Sammlung mit Hexenanweisungen. Wir halten den höchsten Gipfel des Wissens über alles, was auf Erden und im Universum existiert in unseren Händen! Vergesst das niemals. Magnus war der Größte von uns. Sein Zauberbuch war schon eine Legende, als er noch jung war. Es ist nicht einmal ausgeschlossen, dass er es sogar noch aus der Entfernung ergänzt hat, als wir es verloren glaubten.«
»Wäre er dazu in der Lage gewesen?«
»Natürlich«, sagte Manassé und zuckte mit den Achseln. »Vielleicht hatte er die physische Spur des Buches verloren, nicht aber die Verbindung zu seinem Inhalt.«
»Ich werde nie verstehen, warum er nicht versucht hat, es wiederzubekommen«, murmelte Bathilde nachdenklich.
»Zweifellos zog er es vor, dass es an einem weit entfernten Ort war. Meister Magnus hatte eben manchmal seine ganz eigenen Vorstellungen«, grübelte Manassé. »Vielleicht war das Buch für ihn letztlich nicht völlig verloren, er muss gewusst haben, wo es sich befand.«
»Papperlapapp! Das interessiert uns nicht im Geringsten«, unterbrach ihn Phelipote. »Fertigt uns diesen Faden an, Bathilde. Und Ihr, Liébault, vermischt alle Samen in dieser Holzschale. Und vergesst

nicht, das Feuer zu schüren. Wir werden die Formel so oft lesen, bis wir sie fehlerlos sprechen können, wenn der rechte Zeitpunkt gekommen ist.«

Und während es in dem von den Dämpfen der Giftpflanzen umhüllten Kessel heftig blubberte, Liébault das Katzenfleisch umrührte und Bathilde die Haare um den Wollfaden wickelte, setzten sich Phelipote und Manassé nahe ans Feuer, um besser sehen zu können. Sie folgten mit den Fingern den Zeilen und begannen zu rezitieren, bis sie die Fluchformel auswendig konnten, die das Ende ihrer königlichen Feinde besiegeln sollte: *Petrulol la sabina sotha adonay tereta ala demmanos prinseps. Amonaciclyn. Saday ased ...*

Draußen kreisten Eulen in großer Entfernung um das baufällige Haus, ohnmächtig, sich ihm weiter zu nähern.

Hennequin versuchte mit einer schnellen Bewegung in der Menge unterzutauchen, aber es gelang Bertoul gerade noch, ihn am Arm zu erwischen. Hennequin stolperte, fiel vornüber und Bertoul sprang auf seinen Rücken.

»So kommst du mir nicht davon!«, schnaubte er wütend durch die Zähne.

»Ich schulde dir nichts«, sagte Hennequin, das Gesicht im Schlamm. »Ich habe mich bei dir bedankt. Willst du es noch mal hören? Danke! Danke! Danke! Danke, dass du mich vor dem Galgen bewahrt hast. Danke, dass du mich auch vor der Folter bewahrt hast. So, reicht das jetzt?«

Wütend schlug er um sich. Natürlich war er der Geschicktere und Stärkere der beiden, aber Bertoul war klar, dass er ihn mit allen Mitteln so lange zurückhalten musste, bis er wusste, wo sich das befand, wonach er suchte.

»Das Zauberbuch!«, zischte Bertoul ihm ins Ohr. »Sag mir, wo es ist, sonst ...«

»Mein Freund«, sagte Hennequin und versetzte ihm einen Rippenstoß, »du bist nicht in der Position, mir drohen zu können.«

Mit diesen Worten machte er sich los und stieß nun seinerseits Ber-

toul in den Dreck. Der rappelte sich aber schnell wieder auf, klammerte sich mit beiden Armen an einem Bein des Gauners fest und hinderte ihn energisch daran, sich aus dem Staub zu machen.
»Mein Zauberbuch!«, wiederholte Bertoul. »Ich werde dich nicht loslassen, bis ich es wiederhabe. Wo ist es? Wo hast du es versteckt?«
Hennequin schüttelte sein Bein, versuchte den Jungen wie eine Klette abzuschütteln und machte ein paar Schritte, wobei er Bertoul hinter sich herzog, sehr zum Vergnügen der Passanten.
»Ein sehr treues Tier habt Ihr da, guter Mann!«, bemerkte eine Frau feixend, was großes Gelächter bei den Umstehenden auslöste.
»So treu, dass ich für immer an ihm hängen werde«, erwiderte Bertoul.
»Und wie alle treuen Geschöpfe von einer himmelschreienden Dummheit!«, entgegnete Hennequin zur Freude aller.
»Aber jetzt sei brav und lass mich los«, sagte er zu Bertoul und tat dabei so, als würde er seinen Kopf streicheln. »Lass mich los, und du bekommst, was du willst.«
»Ist das dein Ernst?«, fragte Bertoul, während die Passanten wieder ihren Angelegenheiten nachgingen.
»Je nachdem«, sagte Hennequin. »Wie viel gibst du mir dafür? Es war von zweihundert Talern die Rede.«
»Was?«, rief Bertoul aus. »Ich hatte gehofft …«
»Weil du mir das Leben gerettet hast? Irrtum, mein Freund. Was du retten wolltest, war dein Zauberbuch, nicht mein Leben … habe ich nicht recht?«
»Ich habe mein Leben für dich aufs Spiel gesetzt!«, empörte sich Bertoul. »Für dich habe ich mich der Probe des Gottesurteils unterzogen!«
»Wirklich? War es schmerzhaft?«
»Es war … beklemmend«, gab Bertoul zu, »aber nicht schmerzhaft. Ich hatte unter nichts zu leiden, worum ich nicht selbst gebeten habe.«
»Na ja, dann ist doch alles in Ordnung. Also, bist du mit zweihundert Talern einverstanden?«

»Wenn du versprichst, dass du dich nicht aus dem Staub machst, können wir darüber reden«, lenkte Bertoul ein.
»Gut, wir gehen ein Stück zusammen und besiegeln die Sache.«
Bertoul stand auf und sie machten sich auf den Weg in Richtung der Straße der großen Gaunerei. Bertoul war immer auf der Hut, für den Fall, dass Hennequin doch noch versuchen sollte, sich abzusetzen, aber der machte keine Anstalten zu entwischen.
»Ich habe dieses dicke Buch in den Händen gehabt«, klärte ihn der ehemalige Soldat vergnügt auf, während sie durch die Straßen gingen. »Offenbar gibt es viele Leute, die es gern besitzen würden. Es muss an diesem Rubin liegen. Es ist ein Juwel von fürstlichem Wert.«
»Der Stein ist nicht das Wertvollste an diesem Buch«, entfuhr es Bertoul wie von selbst. War er diesem Lumpen etwa eine Erklärung schuldig?
»Ja, das haben mir meine Käufer auch zu verstehen gegeben«, sagte Hennequin mit nachdenklicher Miene.
»Was? Du hast es verkauft?«
»Letzte Nacht. Du machtest nicht den Eindruck, als wärst du ernsthaft daran interessiert, ich habe dich nicht bei den ›Drei Enten‹ gesehen.«
»Natürlich war ich dort, heute Morgen! Aber da hattest du ja schon etwas Besseres vor!«
»Mach dir keine Sorgen, ich kann das Buch für dich stehlen.«
»Ich verstehe. Du willst es also zweimal verkaufen?!«
»Na und? Was ist denn daran so schlecht? Hast du nicht begriffen, dass Stehlen, Wiederbeschaffen, Betrügen, Feilschen und derlei Geschäfte mein Gewerbe sind?«
»Doch«, sagte Bertoul, »und du musst eine ordentliche Portion Glück gehabt haben, dass du nicht schon längst am Galgen baumelst. Aber verlass dich drauf, wenn du so weitermachst, werden dir bald dafür die Ohren abgeschnitten, ehe du früher oder später doch noch gehenkt wirst.«
»Ich rechne damit«, erwiderte Hennequin gelassen. »Aber im Moment bemühe ich mich, so gut wie möglich zu leben.«

»Also, das Buch! Wem hast du es verkauft? Und wie stellst du dir vor, es mir zurückzugeben?«
»Bist du bereit, dafür zu zahlen?«
Der Kerl forderte zweihundert Taler, das war eine beachtliche Summe. Trotz seiner Erbschaft besaß er nicht so viel Geld.
»Ich ...«, sagte er, »ich kann dir dafür mein Haus geben.«
Hennequin zuckte mit den Schultern.
»Ein Haus? Was soll ich mit einem Haus? Ich habe mein eigenes.«
»Dein eigenes? Du lebst nicht auf der Straße oder im berüchtigten Viertel der Räuber und Betrüger?«, wunderte sich Bertoul.
Hennequin antwortete nicht. Er beließ es bei einem kleinen, verschmitzten Lächeln.
»Gut«, fuhr Bertoul fort, »ich habe Geld; aber keine zweihundert Taler. Du musst warten, bis ich meine Bleibe verkauft habe –«
»... und solange ist das Zauberbuch in guten Händen, die es ganz sicher nicht hergeben werden, das kann ich dir versichern. Ich werde es für dich zurückholen, wenn du die Summe hast.«
»*In guten Händen?* Was für ›gute Hände‹ sind das?«, wollte Bertoul wissen, alarmiert durch den spöttischen Unterton.
»In denen deiner vier Widersacher natürlich. Der bärtige Alte, die dicke Blonde, die Hexe und der blasse Weichling. Sie waren sehr erpicht darauf, und ich konnte ihren Argumenten nicht widerstehen.«
Bertoul blieb empört stehen.
»Denen hast du es verkauft? Aber sie sind gefährlich!«
»Ich weiß. Aber sie sind auch reich. Sie haben getan, was sie konnten.« Er vollführte eine vielsagende Geste, die ausdrückte, dass eine Menge Geld den Besitzer gewechselt hatte.
»Jetzt haben sie die Gelegenheit, sich an einem furchtbaren Zauber zu versuchen«, bemerkte Bertoul niedergeschlagen.
»Das geht mich nichts an.«
»Mein Gott! Hoffen wir, dass sie noch nicht angefangen haben! Im besten Fall konnten sie das Buch noch nicht öffnen!«
»Sie haben es ohne Probleme geöffnet, ich war sogar dabei. Und ich habe gesehen, wie sie darin blätterten.«

»Was? Sie haben darin geblättert? Aber was ist dann aus den Eulen geworden?«, murmelte Bertoul verwirrt.
»Was sagst du da?«
»Nichts, was dich etwas angeht.«
Bertoul sammelte sich wieder.
»Hör zu, ich flehe dich an: Du musst ihnen das Zauberbuch so schnell wie möglich wieder abnehmen. Am besten sofort! Ich werde es dir später wieder abkaufen, Ehrenwort, aber es darf auf keinen Fall in ihren Händen bleiben.«
»Ich werde Zinsen verlangen, wenn du wirklich willst, dass ich es für dich aufbewahre.«
»Einverstanden«, sagte Bertoul wie abwesend.
»Dreihundert Taler also.«
»Einverstanden.«, wiederholte Bertoul, der keine Ahnung hatte, wie er eine solche Summe je auftreiben sollte. »Aber du musst dich beeilen. Sie dürfen nicht anfangen, auf keinen Fall. Der König, die Königin ...«
»Ja, ich glaube verstanden zu haben, dass sie sie durch einen Fluch töten wollten.«
»Du hättest sie daran hindern können!«
»Was gehen mich der König und seine Mutter, dieses Weib, an? Der oder sonst einer ...«
»Aber es ist doch der König!«
»Egal! Machen wir unseren Handel.«
Sie waren vor der Tür des Hauses angekommen, das ehemals Magnus Gurhaval gehört hatte. Eulen kreisten – seltsamerweise am helllichten Tag – über der Straße der großen Gaunerei. Hennequin achtete nicht darauf, aber Bertoul sah darin ein glückliches Vorzeichen, auch wenn er nicht wusste wofür. Die Dinge standen weiß Gott nicht zum Besten.
›Ich werde mein Zauberbuch vielleicht lange Zeit entbehren müssen‹, sagte er sich, ›aber die Hauptsache ist, dass es nicht mehr in den Händen dieser Verbrecher ist.‹
»Ich warne dich!«, drohte er Hennequin. »Führ mich nicht an der

Nase herum. Ich werde dich sofort beim obersten Richter anzeigen, und beim nächsten Mal mache ich mir nicht mehr die Mühe, dir aus der Patsche zu helfen!«

Er blieb auf der Türschwelle stehen.

»Junge, du gefällst mir!«, rief Hennequin. »Nun gut. Weil du mir das Leben gerettet hast und weil du ein guter Junge bist, werde ich den Preis für dich herabsetzen. Für dich stehle ich das Zauberbuch mit dem Rubin für nur hundert Taler zurück. Ich werde es dir noch heute zurückbringen, in zwei oder drei Stunden. Also, beeil dich, damit du dein Geld zusammenbekommst.«

»Danke!«, sagte Bertoul verwirrt, während der Strolch sich in großen Schritten zu Meister Manassés Hütte aufmachte.

Bertoul schloss die Tür hinter sich. Nachdenklich holte er die Liedersammlung hervor, die er aus dem Châtelet mitgenommen hatte, und legte sie auf den Tisch. Es war schwer, sich ein Urteil über diesen unbekümmerten Schuft zu bilden. Dass er keine Achtung vor Hennequin hatte und nur wenig Vertrauen in seine Versprechungen setzte, war nur die eine Seite. Dennoch war der Mann ihm – vielleicht aufgrund seines sicheren Auftretens oder seines breiten Lachens, bei dem er alle Zähne zeigte – ja, er war ihm, er konnte es nicht anders sagen, fast ein wenig sympathisch.

›Vorsicht!‹ Er riss sich zusammen. ›Wenn ich anfange, solche Gauner sympathisch zu finden, laufe ich Gefahr, mich früher oder später in einer misslichen Lage wiederzufinden.‹

Aber wer weiß: Vielleicht könnte er eines Tages jemanden, der seine Klinge gut zu führen wusste, oder sonst einen Verbündeten unter den Galgenvögeln gut gebrauchen!

Er kniete im Schlafzimmer seines kleinen Hauses nieder, schob ein Schaffell, das als Teppich diente, beiseite und hob zwei lockere Tonfliesen des Fußbodens an. Dann schob er eine dicke Schicht Staub und Sand zur Seite und kratzte mit seinen Fingern den festen Boden auf. Darunter kam ein kleiner Haufen Geldmünzen zum Vorschein: Hier hatte er Magnus Gurhavals Erbe versteckt. Den Erlös der Din-

ge, die er verkauft hatte, hatte er dazugelegt, ebenso das, was er jede Woche von der Bauhütte der Kathedrale erhielt und nicht ausgab. Die Ersparnisse waren nicht unbedeutend. Bisher war er nie auf den Gedanken gekommen, sie zu zählen. Vielleicht hatte er hier ja die hundert Taler, die Hennequin forderte, tatsächlich beisammen?
So saß Bertoul im Schneidersitz auf dem Fußboden und schickte sich an, die Münzen in mehrere kleine Haufen zu ordnen und sie zu zählen. Vierundachtzig Taler! Das war eine schöne Summe, aber sie reichte noch nicht ganz. Er seufzte und ließ seinen Blick durch das Haus schweifen. Was konnte er von all dem verkaufen, was er sah? Das Stück Orientstoff? Es war abgenutzt und würde nicht einmal zehn Denare einbringen. Das Bett und die Decke? Die wenigen Bücher von Meister Magnus, die er behalten hatte? Großzügig gerechnet, würde alles zusammen nicht einmal drei Taler einbringen. Wenn er das Zauberbuch in den Händen halten könnte, ehe er dafür bezahlen müsste, wäre es nicht schwer, einige magische Prozeduren anzuwenden, damit das Gold fließen würde. Aber genau das war unmöglich. Es war wirklich zu dumm.
Während er hier saß und sich über diese Dinge Gedanken machte, war den Hexern vielleicht bereits ihr Schlag gelungen, und die Vorbereitungen des Königsmords hatten ihren Lauf genommen.
Was konnte er nur tun? Bertoul zog seine schlammbedeckten Kleider aus und vertauschte sie gegen Beinkleider und einen Bliaut, in denen er sich sehen lassen konnte. Er aß ein Stück Brot und machte sich bereit, noch einmal zur Bauhütte zu gehen.
Im selben Augenblick öffnete sich die Tür direkt vor seiner Nase, sodass er fast hintenüber gefallen wäre. Die Türflügel flogen auf und vor ihm stand Blanche, völlig außer Atem. Sie sprang ins Zimmer, schloss die Tür, schob wortlos den Riegel vor und drehte den Schlüssel zweimal herum.
»Blanche? Aber was …«, stotterte Bertoul verblüfft.
»Ich muss uns einschließen«, keuchte sie. »Du schwebst in großer Gefahr!«

Wer die Magie studieren will,
muss zuerst **die Welt der lebendigen**
und der toten Materie begreifen.
Dann wird er verstehen,
dass hinter aller Materie eine
viel höhere, weise Macht waltet,
die unsere Welt beeinflusst.

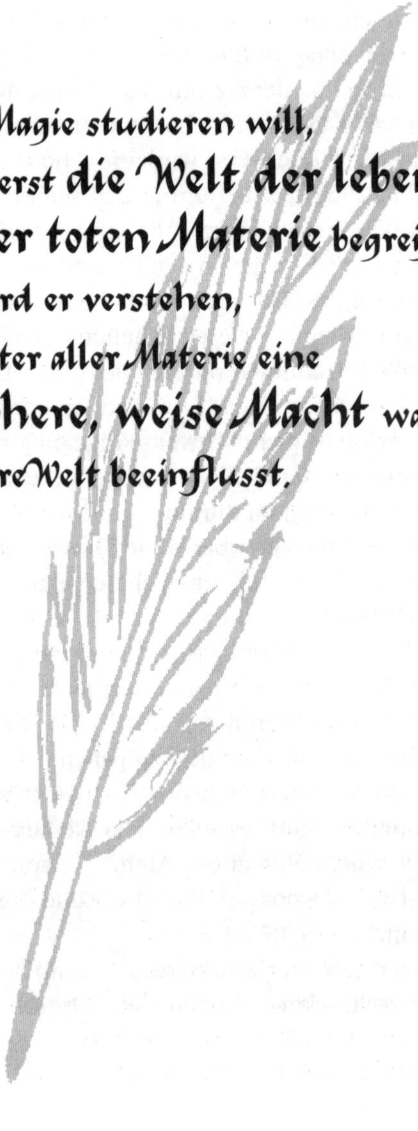

21

Der Balg des unglücklichen Tieres wurde mit einer Schaumkelle aus dem vergifteten Sud geholt, und die alte Phelipote tat so, als wolle sie das Fell, von dem eine schwärzliche Flüssigkeit troff, zwischen den Ohren streicheln.

»Nun, meine Süße«, sagte sie, »du siehst, dass du uns von großem Nutzen sein wirst, tot noch mehr als lebendig.«

Eines der Augenlider der toten Katze öffnete sich plötzlich, worauf Bathilde und Liébault einen durchdringenden Schrei ausstießen.

»Keine Sorge, das hat nichts zu bedeuten«, grinste Phelipote. »Solche Dinge passieren ständig. Sie sollen den Anfängern Angst einjagen.«

Die ›Anfänger‹ schluckten ihren Protest hinunter. Das metallische Geräusch der Katzenkrallen, die an der Innenwand des Kessels entlang schabten, war schon unangenehm genug. Zum Glück war es nur kurz gewesen.

Die Alte war jetzt ganz in ihrem Element. Nachdem sie die Reste und Krümel der vorangegangenen Mahlzeit mit dem Handrücken vom Tisch gewischt und ihn gereinigt hatte, wurde die Katze rücklings auf der Holzplatte ausgebreitet. Ihre spitzen Zähne schauten aus dem Maul heraus und die Krallen traten aus ihren leblosen, ledernen Hüllen hervor. Bathilde musste sich beherrschen, um nicht »Armes Tier« zu sagen. Manassé stellte eine Schüssel auf den Tisch und ergriff das bronzene Messer.

»Die Ehre ist an Euch, Meister Manassé«, sagte Phelipote feierlich.

Aber der alte Magier, der einen müden Eindruck machte, zog es vor, ihr das Werkzeug zu überlassen. Phelipote schlitzte den Bauch der Katze von unten nach oben auf, aber das bronzene Messer schnitt schlecht, sodass sie es mehrere Male ansetzen musste und ein unregelmäßiger Schnitt entstand. Dann fuhr sie mit beiden Händen

in den Körper und holte ein ganzes Paket schleimiger Eingeweide heraus, die sie in die Schüssel legte.
»Für später«, sagte sie, »man weiß nie, wozu es noch nützlich sein kann.«
Als nächstes wischte sie ihre Hände mit einem schmutzigen Lappen ab und warf einen Blick in die Runde.
»Liébault, die nächste Schüssel!«
Liébault reichte ihr eine andere Schüssel, die noch größer und tiefer war. Darin schimmerten tausenderlei Samen, die zerstoßenen Insekten mit trübe glänzenden Panzern glichen.
»Eine Kelle, Bathilde.«
Bathilde gehorchte. Phelipote tauchte die Kelle in die Samenmischung und begann die Katze damit zu füllen.
Sie benötigte sechs bis sieben Kellen, bis der Bauch der Katze ganz gefüllt war.
»Liegen die Nadeln bereit?«, fragte sie ohne aufzuschauen.
»Sie sind hier«, sagte Bathilde und zeigte ihr zwei bronzene Nähnadeln, in die jeweils ein schwarzer Wollfaden eingefädelt war. Man erkannte einen weiteren aus gut gepflegten Haaren, der viel feiner war und stärker glänzte. Dieser war mit den beiden anderen verzwirnt.
»Sehr gut. Sehr gut!«
Phelipote drückte die Samen tief in den Bauch und legte die beiden Seiten der Tierhaut aufeinander. Während Manassé das Buch holte und die entsprechende Seite aufschlug, nahm sie die erste Nadel zur Hand.
»Nun, Manassé, es wird Zeit. Lasst uns anfangen«, befahl sie.
Sie durchstach mit der Nadel die Katzenhaut und zog sie bis zum Knoten am Ende des Fadens. Dann stach sie in die andere Seite ein und zog beide Seiten zusammen.
Sie begannen mit der Formel:
»Petrulol la sabina sotha adonay tereta …«
Manassés und Phelipotes Stimmen vermischten sich in diesem schaurigen Singsang – die eine ein wenig vorwurfsvoll und eher zurückhaltend, die andere freudig erregt.

Von Neuem wurde die Nadel durch das Fell der Katze gezogen.
»… ala demmanos prinseps …«
Die Öffnung im Bauch des Tieres wurde immer kleiner. Phelipote schien eine geschickte Näherin zu sein.
»… Amonaciclyn. Saday ased …«
Die Hälfte war nun zugenäht und Manassés Stimme trieb sie nervös zur Eile an.
»Anila sebeth denua …«
Phelipote nahm die zweite Nadel. Lièbault und Bathilde blickten missbilligend und angewidert auf die Prozedur – offensichtlich ging es ihnen nicht schnell genug. Sie hatten es eilig, zum Ende zu kommen, aber sie wussten, dass sie es bis zum bitteren Ende aushalten mussten.
»Hoscaraa rabri milas filio …«
Es war nur noch eine kleine Öffnung am Ende des Bauches übrig, so groß wie ein Knopfloch. Drei oder vier Nadelstiche, ein Knoten, um die Naht zu sichern, und das Werk war vollbracht.
»Anabonac. Baracha abeba asar mesonor florem …«
In diesem Moment wurde die Prozedur durch einen lauten Knall gestört. Die Eingangstür flog auf, donnerte polternd gegen die Wand, und ein heftiger Luftzug blies herein.
Liébault und Bathilde hielten den Atem an. Mannassé legte die Stirn in Falten und hielt, ohne den Zauber zu unterbrechen, die aufgeschlagene Seite des Buches fest. Phelipote knirschte mit den Zähnen und drohte dem Eindringling mit ihrer Nadel, was diesen allerdings nicht besonders zu beeindrucken schien.
In der Tür stand Hennequin!
Die vier Magier, die ihre ganze Aufmerksamkeit dem Zauber und der Rezitation der Formel gewidmet hatten, schienen wie gelähmt. Sie wussten, dass sie die Prozedur auf keinen Fall unterbrechen durften – schon das kleinste Stocken hätte genügt, um ihr Werk zunichte zu machen. Den Bruchteil einer Sekunde später hatte Hennequin Manassé das Zauberbuch aus den Händen gerissen und war verschwunden.

Die vier Magier vernahmen aus der Entfernung noch ein schallendes und ironisches »Danke sehr!«.
Mit düsterer Stimme setzten sie die Litanei fort, ebenso die Nadelstiche.
» … bethel behon. Sethen. Theon. Yham.«
Der Zauber war vollendet. Alles war erfüllt.
Phelipote ließ ihrer Wut freien Lauf.
»Ich werde mir ein tödliches Gift für ihn vorbehalten, von dem er sich nicht wieder erholen wird. Dieser widerliche Hundesohn! Alle Höllenqualen soll er zu spüren bekommen. Hennequin, du schmutziger Bodensatz im Nacktschneckenschleimkolben. Ich werde Hackfleisch aus dir machen, so fein wie Pastetenfüllung. Davon wirst du dich nicht wieder erholen, du nichtswürdiger Dieb, du dreckiger Halunke. Den Tag sollst du verdammen, an dem du dich erdreistet hast, dich mit mir anzulegen!«
Den drei anderen Hexern gelang es nicht, ihrer Bestürzung Herr zu werden.
»Hundertzweiundsiebzig Taler dafür, dass er es uns raubt!«, brachte Liébault mühsam hervor.
»Und mit welcher Geschicklichkeit …«, bemerkte Bathilde mit leichter Bewunderung.
»Zum Glück haben wir genug Zeit gehabt, den Zauber zu Ende zu bringen. Hatte ich nicht recht, als ich es uns auswendig lernen ließ?«, sagte Phelipote triumphierend. »Alles ist erfüllt!«
»Alles ist verloren …«, murmelte Manassé.
»Alles? Absolut nicht. Der König …«
»Ihr sprecht immer nur von Euch und Eurem kleinen, persönlichen Groll«, explodierte die resolute Hebamme. »Aber wir haben schließlich auch unsere Pläne mit diesem Zauberbuch.«
»Nun, das wird wohl nichts wirklich Schwieriges sein, nehme ich an.«
»Nennt Ihr die absolute Weisheit ein Nichts?«, entgegnete Manassé.
»Nun geht Ihr wirklich ein wenig zu weit, Phelipote.«
»Das Wasser der Jugend – ein Nichts?«

»Das Drachenei – ein Nichts?«
Phelipote kümmerte sich wenig um die aufgebrachten Magier. Stattdessen tanzte sie zufrieden um den Tisch, auf dem der Katzenkadaver lag.
»Der König wird sterben, die Königin ist verdammt, zu ...«
»Seid still, wir müssen nachdenken!«, befahl Manassé.
»Nichts kann den Fluch mehr aufhalten, das Zauberbuch hat es selbst gesagt! Ist das nicht einfach wunderbar?«
»Jetzt haltet endlich den Mund!«
»Die gemeine Gans wird verrecken, das wird der schönste Tag meines Lebens. Und was Hennequin, diesen lebendigen Haufen Unrat, betrifft, so werde ich mir für ihn etwas wirklich Gutes aufsparen! Ich werde ihn ...«
Trotz der wütenden Aufforderungen der anderen war es unmöglich, die schreckliche Alte zum Schweigen zu bringen. Manassé, des Streitens müde, entschied sich schließlich, zu anderen Mitteln zu greifen. Er holte eine große gusseiserne Bratpfanne von der Lehmwand und vollführte damit einen ordentlichen Schlag auf Phelipotes Kopf, so kräftig, wie man es von dem alten Mann nie erwartet hätte.
»Uff«, sagte er. »Es kann nicht schaden, wenn sie ein wenig still ist.«
»Und was machen wir jetzt?«
»Sobald sie wieder aufwacht, geben wir ihr ihre gefüllte Katze, damit sie sie drei Tage lang trocknen kann. Es heißt, dass der Hof am Samstag mit großem Aufgebot losziehen wird, um sich nach Vincennes zu begeben. Das ist die Gelegenheit, von der sie schon lange träumt.«

Das Pentagramm und der richtige Umgang mit ihm beweisen, dass die Magie eine starke Verbindung zu den astralen Kräften herstellen kann. Seine Figuren sind von **ganz besonderer Wirkung.**

22

»Blanche, was tust du hier? Von welcher Gefahr sprichst du?«
Blanche lehnte sich gegen die Tür und bemühte sich, ihren Atem wieder zu beruhigen. Sie starrte Bertoul eindringlich, ja ängstlich an.
»Hier sind wir in Sicherheit«, versuchte sie sich selbst zu beruhigen.
»Natürlich, das Haus ist sicher, zumindest am helllichten Tag. Jedenfalls wollen wir es hoffen ...«
Das Innere des Hauses mit der verriegelten Tür und den geschlossenen Fensterläden lag im Halbdunkel, aber er konnte sie gut erkennen. Obwohl sie noch immer ein wenig außer Atem war, fasste sie sich langsam und wirkte jetzt entschlossener. Es war lange her – seit ihrer langen, abenteuerlichen Reise –, dass er sie so gesehen hatte. In diesem Moment, während sie sich so mit dem Rücken gegen die Tür lehnte, sah sie überhaupt nicht mehr wie ein sanftes Edelfräulein vom königlichen Hof aus, das sich mit zierlichen Schritten bewegte, hübsch sang, sich beherrscht gab und mit gleichförmiger Stimme sprach.
Sie schien plötzlich von einer ungeahnten Energie beseelt. In ihrer Haltung lag etwas Eindeutiges, das sowohl die Gefahr wie auch die Entschlossenheit ausdrückte, schnell und klar zu handeln.
»Was ist denn los, Blanche?«
Er war fasziniert von dem neuen Gesicht, das sie ihm zeigte – leider schien dies ein recht unpassender Zeitpunkt für solche Empfindungen zu sein ... Er steckte bis zum Hals in Schwierigkeiten: Das Zauberbuch war verloren und ihm fiel nichts Besseres ein, als sie mit offenem Mund anzustarren, wie sie da mit ihrem vor Erregung geröteten Gesicht, ihrer dunklen, wilden, wie von schwarzen Blitzen durchzogenen Haarmähne vor ihm stand.

»Von welcher Gefahr sprichst du?«, fragte er noch einmal.
»Es ist Raoulet. Er ist dir auf der Spur.«
»Was sagst du da?«
»Er ist mir dicht auf den Fersen. Sehr dicht! Ich bin gerannt, aber möglicherweise ist er schon an der Straßenecke mit seinem Diener, diesem Halbwilden mit dem brutalen Kopf, der fast nicht sprechen kann.«
»Raoulet ...«
»Er weiß nicht, dass es sich um dich handelt, wenn ich es recht verstanden habe. Er suchte jemanden, der ihm Auskünfte geben kann, und man hat ihm deine Adresse gegeben. Das ist alles. Sein Waffenmann ist bereit, entsprechende ... gewaltsame und grausame Methoden anzuwenden. Du weißt, was ich meine.«
»Und ob ich es verstehe.«
»Also bin ich hergekommen, um dir Bescheid zu sagen. Bleib im Haus und schließ dich ein. Tu so, als sei niemand im Haus und mach nicht auf!«
»Aber woher weißt du das alles?«
»Ich habe sie reden hören. Ich war auf der Brücke, um ... um ...«
Plötzlich fielen ihr die beiden Beutel voller Geldstücke wieder ein. Sie zog sie aus ihren Ärmeln und schwenkte sie triumphierend in der Luft, bevor sie sie in Bertouls Hände legte.«
»Bitteschön!«, sagte sie. »Ich wollte herkommen, um dir das hier zu bringen.«
Die zwei Ledersäckchen in Bertouls Händen wogen schwer. Gold! Das Zauberbuch zurückkaufen. Hennequin, der bald wiederkommen würde. Sechzehn Taler, die noch fehlten. Die Lösung ...
»Nimm sie zurück«, sagte er und legte die Beutel wieder in ihre Hände.
Als sie sich weigerte, sie anzunehmen, schob er sie eigenhändig in ihre Ärmel. Nein, nicht einen Heller würde er von ihr annehmen. Selbst, wenn er in allergrößter Not wäre.
»Blanche, meine liebe Blanche, du bist so gut zu mir. Ich danke dir von ganzem Herzen, aber ich habe genug und brauche es nicht.«

»Hast du auch genug, um das Zauberbuch zurückzukaufen?«
»Ich muss dir Einiges erzählen. Aber es geht alles so schnell, und es ist so viel geschehen. Ich bin zu den ›Drei Enten‹ gegangen und habe Hennequin, den Gauner, vor dem Galgen gerettet.«
»Was?!«
»Darum brauche ich das Zauberbuch nicht mehr zurückzukaufen«, log er. »Dafür habe ich ihm das Leben gerettet. Als Dank dafür wird er es mir zurückgeben, wie du dir denken kannst. Er muss gleich hier sein.«
Im selben Augenblick ließen mehrere Schläge die Tür erzittern. Hennequin oder Raoulet?
Blanche und Bertoul schauten einander an und legten gleichzeitig den Finger auf den Mund.
Bertoul schlich behutsam zu dem Brett hinter der Holztür, das als Ablagefläche diente, und spähte hinaus. Die Schläge, die mit dem Knauf eines Dolches ausgeführt wurden, wurden heftiger und fordernd.
Bertoul brauchte nur eine fadenbreite Ritze, um etwas erkennen zu können. Er drehte sich zu Blanche um und formte mit seinen Lippen tonlos das Wort ›Raoulet‹. Dann zog er sich wieder ins Innere des Raumes zurück.
»Wenn er versucht, die Tür aufzubrechen«, flüsterte er, »verschwinden wir durch den Garten. Wir klettern auf die Birnbäume, die an der Hauswand entlang wachsen, und können so zu Frau Félicité gelangen.«
»Gut«, sagte Blanche.
Die polternde und überhebliche Stimme Raoulets erscholl auf der anderen Seite der Tür.
»Gibt es hier keinen Hausherren? Ich suche einen bestimmten öffentlichen Schreiber. Oder den, der hier wohnt. Ich brauche eine Auskunft, und zwar sofort! Machst du endlich auf, Teufelsschreiber?«
Unter seinem immer lauter werdenden Geschrei rüttelte er mit aller Kraft an der Tür.

»Ich gebe dir Geld, du Flegel. Aber wenn du jetzt nicht sofort öffnest, erhältst du stattdessen Prügel! Los, mach endlich auf! Zeig dich! Ich bin ein Edelmann, du schuldest mir Gehorsam und Respekt.«
»Respekt!«, spottete Bertoul leise.
Blanche und er standen aufrecht und angespannt am anderen Ende des Raumes, bereit, in den Garten zu fliehen, falls die Sache brenzlig würde.
Blanche ergriff Bertouls Hand und ließ sie nicht mehr los.
Plötzlich erstarb Raoulets Stimme. Stattdessen hörten die beiden schwere und kräftige Schläge, die die Türe in ihren Angeln erzittern ließen und im ganzen Haus widerhallten.
»Griffon«, bemerkte Bertoul. »Raoulet hat ihm befohlen, die Tür einzuschlagen, und es wird ihm garantiert gelingen ...«
»Los, wir müssen verschwinden«, sagte Blanche, bereit, die Flucht durch den Garten anzutreten.
Im nächsten Moment brach der Lärm ab und eine Frauenstimme ertönte.
»He, was sind denn das für Manieren? Was habt Ihr mit dieser Tür vor? Wenn niemand antwortet, heißt das, es ist niemand da! Wollt Ihr noch lange in unserem Viertel Lärm machen?«
»Die gute Félicité!«, schmunzelte Bertoul.
Félicité Perdriel begann eine heftige Debatte, in der Raoulet den Kürzeren zu ziehen schien.
»Wollt Ihr wohl meine Kinder in Ruhe lassen! Sie haben nichts mit Euren Angelegenheiten zu schaffen. Bleibt bei mir, meine Kleinen.«
Abgehackt hervorgebrachte Fragen und finsteres Brummen wechselten sich mit der klaren Stimme Félicités ab – die Frau dachte nicht daran, sich alles gefallen zu lassen.
»Nein, Messire, der Bewohner dieses Hauses ist heute nicht da. Und selbst, wenn er zu Hause wäre, bezweifle ich, dass er Lust hätte, Euch zu treffen, solange Ihr so schlechte Manieren an den Tag legt ... Ein Freund von Euch? Er? ... Nein, Messire, ich werde Euch seinen Namen nicht sagen. Wenn Ihr nicht einmal seinen Namen kennt, wird er kaum Euer Freund sein. Ihr habt also gelogen. Und das als

Ritter! Aber vielleicht seid Ihr ja gar keiner … Doch? Bald? Das würde mich wundern!«
Darauf folgte ein unverständliches Knurren.
»Genau!«, vernahm man wieder Félicités Stimme. »Kommt an einem anderen Tag wieder, dann wird er vielleicht da sein. Nein, ich weiß auch nicht, ob er liest oder dicke Bücher verkauft … Ob er sich der Magie widmet? Na, da müsst Ihr ihn schon selber fragen. Aber beklagt Euch hinterher nicht, wenn ihm solche Fragen nicht gefallen!«
»Was für eine Frau!«, sagte Bertoul bewundernd.
Wieder ging er zur Tür, um einen Blick durch den Spalt zu werfen. Er erkannte die gedrungenen Gestalten Raoulets und Griffons, die ihre Pferde am Zügel führten und sich entfernten. Frau Félicité stand mitten auf der Straße, ihre drei Kinder wie Küken um sich geschart. Der Kreis von Anwohnern, der sich sofort gebildet hatte, um sich an dem Schauspiel zu ergötzen, löste sich auf, und Félicité strich mit wenigen geübten Handgriffen ihre Kleider glatt.
Bertoul öffnete halb die Türe und machte sich ihr bemerkbar.
»Danke«, sagte er mit erstickter Stimme.
»Gern geschehen«, antwortete sie, noch immer etwas erregt. »Es macht mir immer Spaß, mich mit Flegeln anzulegen. Und dieser da ist einer von der schlimmsten Sorte. Kennt Ihr ihn, Meister Bertoul?«
»Unglücklicherweise«, seufzte er. »Aber er weiß nicht, dass ich hier wohne. Er hat nicht mich gesucht.«
»Wenn ich ihn hier noch einmal sehe, werde ich …«
»Haltet Euch da lieber heraus. Er ist bösartig und rachsüchtig. Er könnte Euch Übles wollen. Für heute jedenfalls tausendmal Dank, dass Ihr ihn vertrieben habt. Früher oder später werde ich ihm auf seinem eigenen Gebiet entgegentreten.«
»Aber im Moment habt Ihr Wichtigeres zu tun, Meister Bertoul. Ich habe es wohl gesehen, das junge Edelfräulein …«, sagte sie und schaute dabei mit einem Augenzwinkern in das Innere des Hauses.

Sie hatte Blanche eintreten sehen. Es war sinnlos, sich gegen den aufgeweckten und scharfsinnigen Blick der Pariserinnen zu wehren.
»Nein, Frau Félicité, Ihr irrt Euch.« Dann schloss Bertoul die Tür, da er nicht wusste, was er weiter sagen sollte. Nun blieb ihm nur noch, auf Hennequins Rückkehr zu warten.

Der kam ganz lässig eine Stunde später, mit einem dicken Bündel unter dem Arm und klopfte resolut an die Tür.
Bertoul öffnete sie vorsichtig einen Spalt breit, ohne sich zu zeigen, da er befürchtete, Raoulet könnte noch in der Nähe sein. Er zog den Gauner hastig ins Innere und schloss sofort die Tür hinter ihm.
»He! Nicht so eilig!«, protestierte Hennequin. »Du siehst aus, als könntest du es kaum erwarten, mich wiederzusehen. Oder ist es vielleicht deswegen …«
Bertouls Blick fiel auf das eingewickelte Bündel in seinem Arm.
»Ist es das Zauberbuch?«
»Was glaubst du denn? Es ist das Buch, das ich dir an dem Tag gestohlen habe, als du halb tot warst, zerkratzt und leidend. Da lag es, in einer Truhe mit Schlössern, deren Schlüssel an einer Schnur um deine Hüfte baumelten.«
»Ich will es sehen.«
»Aha, das kleine Edelfräulein ist auch da! Vielleicht für die Vorführung? Wohl kaum, um einen Blick auf die Anweisungen für die Schönheit zu werfen, denke ich. Nein, das hat sie nicht nötig.«
»Guten Tag, Messire Hennequin«, sagte Blanche höflich, ohne auf das Kompliment einzugehen.
Die Hände im Schoß gefaltet, saß sie züchtig auf einer Truhe. Trotz Bertouls Zureden hatte sie nicht gehen wollen, und die beiden Beutel mit den Talern lagen noch immer gut zugebunden auf dem Tisch.
Während sie auf Hennequin gewartet hatten, hatte Bertoul ihr sein Abenteuer im Châtelet erzählt, wo er die Unschuld des Diebes bewiesen hatte, und wie die Gabe, die ihm von Frau Hermelinde verliehen worden war, es ihm ermöglicht hatte, die von dem Richter bestimmte Seite zu entziffern. Dann hatte er Blanche das Gedicht ›*Die Schöne*

ist im Garten der Liebe‹ vorgelesen und sogar seine Fidel genommen, um eine Melodie zu finden, die zu solchen Worten passte.
Aber obwohl er für Blanche spielte und sang, verschwand seine Unruhe nicht. Hennequin kam nicht. Und Raoulet? Hatte er sich wirklich entfernt? Und der König? War er noch unversehrt?
Blanche war sein Trost. Er konnte es ihr nicht anders sagen als durch das Singen dieser höfischen Verse, denen sie, mit erhobenem Kopf und geschlossenen Augen, hingebungsvoll zuhörte.
Er selbst war nicht begeistert von seinem Gesang. Seine Stimme klang kurzatmig und angespannt und die Fidel spielte falsche Töne. Aber Blanche sah nicht so aus, als ob es sie störte. Im Gegenteil, am Ende des Liedes hatte sie zu ihm gesagt:
»Ich genieße es sehr, dich noch einmal spielen zu hören, Bertoul. Am kommenden Samstag zieht der ganze Hof nach Vincennes, und ich werde dich einige Zeit nicht hören können.«
Genau in diesem Moment hatte Hennequin an die Tür geklopft ...

»Zeig mir das Buch, damit ich mich vergewissern kann, dass es wirklich das richtige ist«, bat der Musiker noch einmal.
Hennquin legte das Bündel ab und schlug den schützenden Stoff zur Seite.
Da war es! Das Buch thronte vor ihnen auf dem Tisch, mit seinem abgenutzten Leder, seinen goldenen Zeichen und seinem dicken Rubin, in dem man ein feuriges Funkeln zu sehen glaubte.
Auch Blanche erkannte das dicke Buch wieder, das sie zwei Jahre zuvor flüchtig erblickt hatte. Es war wirklich ein Wunderwerk – auch wenn sie nicht lesen konnte, ahnte sie es doch –, und sein Rubin war der größte Edelstein, den sie jemals gesehen hatte.
Bertoul wollte den Folianten öffnen, aber Hennequin hielt ihn davon ab.
»Wenn einer es berührt, dann bin ich es, nicht du!«
Mühelos schlug er es in der Mitte auf und Bertoul konnte eine Überschrift erkennen: *Anweisung, Tinte für Liebesbriefe herzustellen …*
»Schlag einmal die erste Seite auf«, befahl er.

Auf dem Vorsatzblatt war ein großes Pentagramm zu sehen, unter dem folgende Zeilen standen: »Magnus Gurhaval hat dieses Zauberbuch hergestellt, hat es Frau Hermelinde de Tournissan zum Gebrauch überlassen und dann, als diese im Reich Gottes angekommen war, besagtes Zauberbuch dem Musiker Bertoul Beaurebec übergeben« – die Inschrift, die der alte Schreiber auf magische Weise in der Nacht, als Bertoul ihm sein Werk zurückbrachte, eingetragen hatte und das nun ihm gewidmet war.
»Das ist es«, sagte Bertoul.
Keine Erwähnung der Diebe, sie hatten die Widmung offenbar nicht zu ändern vermocht.
»Ich bin froh, dass es nicht mehr in ihren Händen ist«, schloss Bertoul. »Es muss ihnen die Zeit gefehlt haben …«
Hennequin schlug das kostbare Buch unvermittelt zu und wickelte es wieder in seine vier Hüllen ein.
»Gut«, sagte er, »kommen wir nun zu unserem Geschäft!«
Bertoul ging in den anderen Raum, um das Geld zu holen, das er unter den Fliesen verborgen hatte. Er kam mit vollen Händen zurück und übergab alles Hennequin.
»Was!«, rief Blanche aus. »Aber ich dachte … ich glaubte … für die Rettung Eures Lebens …«
Bertoul machte eine langsame, verneinende Bewegung mit dem Kopf.
»Nun ja, mein kleines Edelfräulein«, entschuldigte sich Hennequin mit seinem dreisten Lächeln. »Ich bin ein Schurke, was soll man da machen? Was ich gestohlen habe, verkaufe ich weiter – und im besten Fall zweimal.«
»Ihr habt keinen Funken Anstand im Leib!«, protestierte Blanche.
»Mag sein, aber jetzt zählen wir diese Taler und Denare. Und dann wollen wir sehen, ob die Summe stimmt, mein Freund.«
Mit geübter Hand ordnete er die verschiedenen Münzen: Zwölf Denare ergaben einen Sou, zwanzig Sous ergaben ein Pfund. Und in ein Pfund gingen zwei Taler. Es war ganz einfach.
»Was ist das? Ich komme nicht auf die hundert Taler, auf die wir uns

geeinigt hatten«, wandte Hennequin enttäuscht ein, als er mit dem Zählen fertig war.
»Verwahr du das Buch solange«, sagte Bertoul. »Das Wichtigste ist, dass es nicht wieder in die Hände dieser verirrten Magier gerät. Ich besorge den Rest so schnell wie möglich.«
»Bertoul, sei nicht albern!«, platzte Blanche heraus. »Wie viel fehlt noch?«
»Sechzehn Taler«, antwortete Hennequin schlagfertig.
»Nein, Blanche! Das ist eine Sache zwischen ihm und mir.«
»Schuldest du die sechzehn Taler lieber diesem Schuft als mir, deiner Freundin? Willst du dein Buch jetzt schon wiederhaben, oder erst sehr viel später – der Himmel weiß, wann? Antworte mir. Wie lange brauchst du, bis du die fehlende Summe beisammen hast? Monate? Jahre?«
Sie löste die Schnur von den Ledersäckchen und schüttelte verschiedene Geldstücke heraus, die klirrend auf den Tisch fielen.
»Antworte, Bertoul«, wiederholte sie. »Was sagst du?«
Bertoul war viel zu verblüfft, als dass ihm etwas eingefallen wäre, was er darauf hätte erwidern können. Mochte sein Stolz noch so sehr darunter leiden, er musste dennoch anerkennen, dass Blanches Geld genau im richtigen Moment zur Stelle war. Er biss die Zähne zusammen, erleichtert und gekränkt zugleich, und nickte kaum erkennbar.
Sie breitete auf dem Tisch einen wahren See von Sous, Pfunden und einigen Goldtalern aus, deren Glanz sich vom matten Silber der anderen Münzen abhob, und griff mit beiden Händen hinein.
»Hier sind die sechzehn Taler, die Euch fehlen«, sagte sie, zählte sorgfältig die Goldmünzen ab und gab sie ihm in die Hände.
»Und jetzt verschwindet auf Nimmerwiedersehen.«
Als sie ihn zur Tür schieben wollte, fand Bertoul seine Stimme wieder.
»Warte«, sagte Bertoul.
»Was ist, bist du nicht zufrieden?«, fragte Blanche.
»Hennequin, ich muss noch etwas wissen: Diese vier Magier … was

glaubst du? Hältst du es für möglich, dass sie bereits mit dem Zauber begonnen haben?«
»Na ja«, antwortete der Gauner, »bei meiner Ankunft waren sie gerade dabei, eine Formel zu rezitieren, über einer toten Katze, deren Bauch sie zusammennähten. Es hing ein unerträglicher Gestank von Giftkräutern in der Luft, die sie mit dem alten Aas gekocht hatten.«
»Bah!«, erschauderte Blanche.
Plötzlich wurde ihr bewusst, was das bedeuten konnte! Mit bleichen Wangen schaute sie Bertoul an.
»Bertoul, glaubst du, dass sie …«
Mit starrem Blick stieß er mühsam hervor: »Ich … ich befürchte es sehr … aber vielleicht … haben sie nicht … nicht bis zum Ende …«
»Ich gehe«, sagte Hennequin, der bereits an der Tür stand. »Ein letzter Rat, mein Kamerad: Bewahre dir immer die Freundschaft dieses teuren Edelfräuleins!«
»Ich wünsche mir nichts mehr als das«, murmelte Bertoul so leise, dass niemand seine Worte verstand.
Die Nacht begann über die Straße der großen Gaunerei hereinzubrechen. Blanche öffnete Hennequin die Tür einen Spalt breit, und sobald er sich hinausgezwängt hatte, schloss sie sie sofort wieder.

»Sieh mal einer an! Es sind also doch Leute in diesem Haus.«
Nur wenige Schritte entfernt, verborgen hinter der nächsten Straßenecke, stand Raoulet de Mauchalgrin.

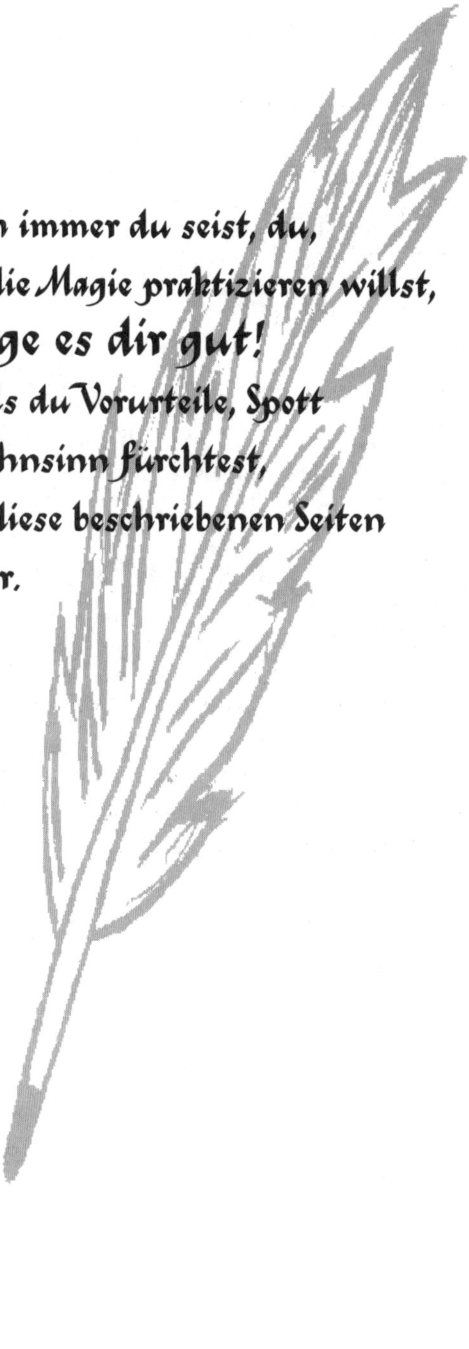

Wer auch immer du seist, du,
der du die Magie praktizieren willst,
überlege es dir gut!
Und falls du Vorurteile, Spott
oder Wahnsinn fürchtest,
so wirf diese beschriebenen Seiten
ins Feuer.

23

Raoulet de Mauchalgrin hatte beschlossen, sich nicht von der Stelle zu rühren. Innerlich kochte er noch immer – es stieß ihm sauer auf, dass er sich von einer einfachen Frau aus dem Volk dermaßen hatte abkanzeln lassen müssen. Wenn nicht diese Bälger an ihrem Rockzipfel gehangen hätten ... wenn da nicht all die Schaulustigen gewesen wären ... wenn es sich nicht um eine Frau gehandelt hätte – das wäre ein Schauspiel gewesen! So aber hatte er beschlossen, Griffon le Réchin mit den Pferden zum Hôtel de Trécy zurückzuschicken, da die Reittiere in diesem schäbigen Viertel mit den engen Gassen zu auffällig und hinderlich waren.

Er selbst wollte das Haus noch ein wenig länger beobachten. Wen beherbergte es wohl? Und warum hatte man ihm gesagt, dass er dort womöglich Auskünfte über das Zauberbuch bekäme?

Hinter einer Regentonne an der Straßenecke versteckt, wartete er ab. Falls – sagen wir, bis zum nächsten Glockenschlag des nahen Klosters – nichts passierte, würde er gehen. Es wäre für ihn das Zeichen, die Zelte abzubrechen. So hinter seiner Tonne hockend, ließ er das Haus mit den Eulen nicht aus den Augen. Warum waren da eigentlich diese Eulen? Waren sie ein Hinweis darauf, dass da drinnen Alchemie betrieben wurde? Das wäre ein gutes Zeichen! Aber es rührte sich nichts.

Eine Glocke schlug, nicht weit entfernt. Eine Messe? Der Aufruf zum Abendgebet? Wie auch immer, ihm schliefen ohnehin langsam die Beine ein. Er erhob sich, um sich zurück zu seiner Unterkunft zu begeben, streckte seine Glieder und schüttelte die steif gewordenen Waden, als er aus der Croix-du-Trahoir-Straße einen Kraftprotz erscheinen sah, der prahlerisch daherkam und heftig an die Tür des Eulen-Hauses schlug.

»Aha, noch einer, der sich gleich eine Abfuhr von dieser Furie mit den drei Kindern holt«, lachte sich Raoulet ins Fäustchen.
Doch wider Erwarten geschah etwas ganz anderes. Die Tür wurde geöffnet, der Mann hastig ins Innere gezogen, und sofort wurde sie wieder geschlossen. Das Ganze hatte nicht einmal einen Wimpernschlag lang gedauert.
Das wurde ja immer interessanter! Das Haus war offensichtlich doch nicht leer. Man hatte sich also geweigert, ihm zu öffnen, trotz seines adligen Standes, seiner Drohungen und trotz Griffons, der an seiner Seite war. Was bedeutete das alles? Wer wohnte in diesem geheimnisvollen Haus? Und überhaupt, wer war der Mann in dem ledernen Wams, den geringelten Beinkleidern und den Soldaten-Schnürstiefeln, der so schnell eingelassen worden war, als wäre er erwartetet worden?
Eine Verschwörung? Geheime Aktivitäten?
Nun, noch ein wenig Geduld. Er brauchte nicht lange zu warten. Eine Viertelstunde war vielleicht vergangen, als der Mann wieder herauskam. Er wirkte sehr zufrieden mit sich und ließ – wie leichtsinnig, dachte Raoulet – einen Geldbeutel, der ziemlich gut gefüllt zu sein schien, in seiner Hand hüpfen.
Was tun? Schnell, er musste eine Entscheidung treffen. Weiter das Haus überwachen? Klopfen und Einlass fordern? Dem selbstzufriedenen Mann folgen?
Er entschied sich für Letzteres. Raoulet erhob sich und folgte dem Mann so unauffällig wie möglich.
Hennequin ging schnell, er kannte jeden Winkel in diesem Straßenlabyrinth. Mit dem siebten Sinn aller Gauner spürte er schon bald, dass er verfolgt wurde. Er tat so, als ob er nichts bemerkte und hielt bei einer Metzgerbude an, um sich eine Wurst zu kaufen. Ganz unauffällig drehte er den Kopf und ließ seine eiskalten blauen Augen über den vor ihm liegenden Platz schweifen. Hmm … dort drüben bemühte sich ein kleiner junger Mann, der einen eigensinnigen Eindruck machte, ziemlich auffällig darum, nicht aufzufallen. Ungefähr im selben Alter wie der, dem er gerade hundert Taler abgeluchst

hatte. Gut gekleidet, nach Art der Knappen eines adligen Hauses. Und mit einem schönen Dolch bewaffnet. Warum folgte er ihm? Um ihm seinen gut gefüllten Geldbeutel zu rauben? Um herauszufinden, wo er wohnte?
Hennequin verzog den Mund zu einem noch breiteren Lächeln und setzte seinen Weg fort, verzehrte seine Wurst und wischte sich die Finger an seinen Beinkleidern ab. Er bückte sich und zwängte sich durch einen engen Durchgang, bog nach rechts ab, stieg vier Stufen hinauf, ging an einigen Häusern vorbei und vermied die Abfälle in der Rinne einer anrüchigen Straße. Als nächstes versetzte er einem streunenden Hund einen Fußtritt, verlangsamte den Schritt ein wenig, um den Vorsprung nicht zu groß werden zu lassen, und schlüpfte schließlich in eine enge Gasse. Er überlegte, ob er seinen Dolch ziehen sollte, beschloss dann aber, sich nach seinem Missgeschick der vergangenen Nacht, das ihn beinahe an den Galgen gebracht hätte, lieber ruhig zu verhalten. Dennoch, sich ein wenig zu amüsieren, sollte ja wohl erlaubt sein.
Er durchstreifte das Viertel kreuz und quer, gelangte durch eine Gasse zu einem unbebauten Gelände, von einem kleinen Platz zu einem finsteren Durchgang und verschwand dann einfach so, wie mit einem Zauberschlag.
Und Raoulet? Der war ihm so lange tapfer gefolgt, bis er sich ganz allein und völlig orientierungslos an einer Wegkreuzung mit zerfallenen, unbewohnten Häusern wiederfand. Der Boden war nur noch eine einzige stinkende Schlammmasse, die nie auszutrocknen schien, da die Sonne nicht bis hierher drang. Zerlumpte Wäsche hing an den Fenstern, und alles, was Raoulet vernahm, waren das Huschen der Ratten und ein teuflisches Hohngelächter.
Er drehte sich nach allen Seiten, aber wohin er auch blickte, alles schien sich zu gleichen. Er wusste nicht mehr, woher er gekommen war und hatte keinen blassen Schimmer, wohin er als nächstes gehen sollte. Um Hilfe zu rufen oder wütend zu werden, wie sonst so oft, fand er in dieser zwielichten Gegend nicht den Mut.
Da! Schon wieder dieses Gelächter, gefolgt vom Geräusch einer

Waffe, die geschärft wurde. Raoulet stieß einen kleinen Schrei aus und ging einfach geradeaus weiter, ohne zu wissen, wohin er sich bewegte. Die Giebel der Häuser verbargen den Himmel, sodass es unmöglich war, den Sonnenstand auszumachen.

Er war verloren. Vorsichtig und immer wieder innehaltend ging er weiter, die Hand am Knauf seines Dolches, mit zusammengebissenen Zähnen, die Augen inzwischen voll kalter Wut.

Als er endlich das Hôtel de Trécy erreichte, war es bereits stockfinster – und wer weiß, ob er je dorthin zurückgefunden hätte, wenn nicht die Wache ihn aufgegriffen und sicher zurückgeleitet hätte. Dort erwartete ihn als Erstes eine heftige Auseinandersetzung mit seinem Herren, Audouin de Fougeray, wie er sie seit langem nicht mehr erlebt hatte.

»Ich werde mich rächen!«, knurrte er, als es überstanden war. Die Frage war nur, warum und an wem?

Nun, dann würde eben Griffon le Réchin herhalten müssen. Denn der hätte schließlich zur Stelle sein müssen, als er ihn brauchte …

Bertoul kniete vor Blanche nieder.

»Ich stehe für immer in deinem Dienst«, sagte er sehr ernst.

»Bertoul, tu nicht so lächerlich!«, rief sie. »Steh auf! Ich stelle fest, dass du es schon wieder vergessen hast: Du und ich, wir sind Verbündete. Ich helfe dir und du hilfst mir. Jedes Mal, wenn einer von uns den anderen braucht, ist er da. Das ist doch ganz einfach. Steh auf, sag ich dir. Muss ich erst neben dir niederknien, um dich davon zu überzeugen, dass ich das nicht verdiene?«

»Ich bin dir so viel schuldig!«, sagte er, in der Hoffnung, dass seine Erregung nicht zu deutlich hörbar wäre.

»Wenn du wirklich darauf bestehst, dass du mir etwas schuldest, dann sind es höchstens sechzehn Taler. Und jetzt steh endlich auf.« Sie zog an seinem Bliaut, aber es gelang ihr nicht, ihn zu bewegen.

»Ich werde sie dir so schnell wie möglich zurückgeben.«

»Es ist doch nur Geld, Bertoul. Es kommt und es geht wieder. Der König entlohnt mich gut. Und wenn du jetzt nicht sofort aufstehst …«

Bertoul wandte sich zum Tisch, wo das Zauberbuch in seinen Hüllen, seine Fidel und sein Bogen nebeneinander lagen, ebenso wie die zwei Geldbeutel, die Blanche mitgebracht hatte, und all die verstreuten Münzen, die zusammen einen Teppich aus Silber und Gold bildeten.

Er füllte die Münzen wieder in die Beutel, zog am Schnürband und knotete es zu. Dann legte er sie in Blanches Hände.

»Was hast du mit diesem Geld vor?«, fragte er.

»Falls du es brauchst, gebe ich es dir«, sagte sie, ohne lange nachzudenken.

»Danke, Blanche. Du bist wirklich sehr großzügig. Aber daran dachte ich gar nicht«, antwortete er.

»Wenn … wenn ich nach Vauluisant zurückkehren werde«, erwiderte sie, jetzt nicht mehr ganz so selbstsicher, »werde ich es gewiss gebrauchen können.«

»Du denkst an Vauluisant? An deine Mitgift?«

»An mein Landgut«, berichtigte sie. »Ja, ich denke oft daran.«

»Und du denkst daran, dorthin zurückzukehren?«

»Ja, immer öfter.«

Sie war plötzlich sehr ernst. Es herrschte eine kurze Stille, dann fuhr sie mit festerer Stimme fort.

»Ich muss ins Palais zurück, Bertoul. Es dämmert schon, und ich kann nicht allein bei Nacht durch Paris gehen.«

»Dann begleite ich dich.«

»Nein, das geht nicht. Du darfst nicht riskieren, Raoulet zu begegnen. Mich bedroht niemand, sei unbesorgt.«

Bertoul warf noch einmal einen Blick durch die Ritze im Türbrett. Er sah weder Raoulet noch Griffon le Réchin.

»Ich glaube, die Luft ist rein.«

»Sehr gut. Was wirst du jetzt tun?

»Heute Abend werde ich mich in das Zauberbuch vertiefen und morgen die Arbeit an der Bauhütte wieder aufnehmen. Ich bin schon viel zu lang nicht mehr dort gewesen.«

Seit dem Überfall durch die vier Magier. Mein Gott, all das schien

plötzlich so weit weg. Dabei war es noch nicht einmal eine Woche her, seit er so übel durchgeprügelt worden war.
»Ich hoffe nur, dass sie nicht die Zeit hatten, irgendetwas Gefährliches in Gang zu bringen«, sagte er nachdenklich. »Aber da ich das Zauberbuch jetzt wiederhabe ...«
Er ergriff das schwere Buch und drückte es an sich. Im selben Augenblick hatte er durch den Bliaut hindurch auf seiner Haut das Gefühl, dass der Rubin sich erwärmte, außerdem schien der Stein zu flackern. Er hielt das Buch ein wenig von sich weg: Tatsächlich, der Rubin verbreitete ein glänzendes, pulsierendes Licht.
Blanche trat näher und legt ihre Hand darauf. »Der Rubin ist magisch«, sagte sie leise. Auch sie hatte das Licht bemerkt und die Wärme gespürt.
»Das gesamte Zauberbuch ist magisch, und ich bin sein Hüter.«
»Ich bin froh, dass ich das gesehen habe.«
»Da es nun wieder in meinem Besitz ist«, fuhr er fort, »werde ich Anweisungen zum Schutz des Königs und der Königin darin suchen. Ich muss alles finden, was als Gegenzauber einsetzbar ist, alles, was Verfluchungen vereiteln kann, absolut alles. Heute Nacht werde ich das gesamte Buch durchgehen und auf solche Stellen achten. Der König wird nicht sterben. Es ist unmöglich!«
Der Rubin schien einen noch lebhafteren Schein auszusenden.
»Man könnte meinen, er wolle dir zustimmen und dich bekräftigen«, stellte Blanche fest.
»Er ist nicht lebendig. Es ist nur ein Stein. Ein großartiger Stein zwar, aber eben nur ein Stein.«
»Warum können Steine nicht lebendig sein?«
»Diese Frage habe ich in gewissen Bücher von Meister Magnus auch gefunden. Ich glaube aber eher, dass es sich bei dem Rubin um ein Trugbild handelt. Jedenfalls bin ich glücklich, ihn wiederzuhaben.«
Blanche legte die Hand auf die Tür, um sie zu öffnen.
»Der Hof verlässt am kommenden Samstag Paris«, sagte sie. »Wir ziehen nach Vincennes und danach wahrscheinlich nach Fontaine-

Belle-Eau, genau weiß ich es nicht. Der König wird uns mitnehmen. Es wird dort im Sommer viel milder sein.«

»Also werde ich dich länger nicht sehen. Ich sollte mich wohl vom Palais fernhalten, bis du mich wissen lässt, dass Raoulet mit Audouin de Fougeray abgereist ist.«

»Sire de Fougeray und sein Gefolge werden ebenfalls mit nach Vincennes ziehen. Dann wird zumindest Paris wieder sicherer für dich sein.«

Sie öffnete die Tür. Beide warfen einen langen Blick ins Freie. In der Straße der großen Gaunerei herrschte der übliche Trubel, nicht mehr und nicht weniger. Kein Raoulet weit und breit …

»Ich … ich werde versuchen«, sagte Blanche und machte ein paar Schritte auf die Straße, »Paris nicht zu verlassen, bevor ich dich nicht noch einmal gesehen habe.«

»Damit ich dir das wiedergebe, was ich dir schulde?«, versetzte Bertoul ironisch.

»Ach Bertoul, sei doch nicht so albern!«, rief sie und lachte hell auf. »Bis bald!«

Aus einer jener plötzlichen Anwandlungen, die sie häufiger überkamen, ging sie noch einmal zurück und drückte ihm einen kleinen Kuss auf die Wange. Dann drehte sie sich um und machte sich eiligen Schrittes auf zum Palais.

In der Straße der großen Gaunerei blieb von ihr nichts weiter zurück als ein flüchtiger frühlingsgrüner Seidenschimmer …

Jede magische Handlung muss
innerhalb eines Kreises ausgeführt werden,
der den **Willen des Handelnden**
verbildlicht und der jeglichen
schlechten Einfluss von außen abschirmt.
Das ist **die Grundlage** der **Magie**.

24

Die alte Phelipote, die sich rasch von dem Schlag auf ihren Kopf erholt hatte, trug am linken Arm ein Bündel, das an seinen vier Ecken zusammengeknotet war. Darin befand sich der Kadaver der gefüllten Katze, steif wie ein Besenstiel. Am rechten Arm trug sie einen Korb mit zwei gut verschlossenen Tontöpfen, der eine gefüllt mit der Giftbrühe, der andere mit den Eingeweiden der Katze.

Unter den finsteren Blicken ihrer drei Komplizen verließ sie Meister Manassés Haus mit humpelnden, kleinen, schlurfenden Schritten, wobei sie unablässig befriedigt vor sich hinmurmelte. Sie machte sich auf den Weg zu ihrem eigenen Schlupfwinkel, um die sterbliche Hülle des verschiedenen Geomanten Autharic drei Tage lang trocknen zu lassen, wie es die Anweisung des Zauberbuches empfahl.

»He, he, he«, kicherte sie ,»he, he, he.«

Ein furchtbares Lächeln umspielte ihre Lippen.

»Eine Sache hätten wir also schon«, kommentierte Liébault, als er sie so abziehen sah.

»Gut«, sagte Bathilde und schob ihre Stoffmütze zurecht. »Ich verschwinde. Es warten Patienten auf mich.«

Sie verließ das Haus in die andere Richtung.

Manassé beschränkte sich auf einen Seufzer.

»Und was ist jetzt mit dem Zauberbuch von Magnus Gurhaval?«, fragte Liébault.

»Wir werden uns wieder auf die Suche danach begeben müssen. Es gibt keinen Grund, jetzt aufzugeben.«

»Aber woher sollen wir wissen, wo es ist?«

»Wir werden es schon finden. Nicht ohne Grund gibt es Wahrsageschalen und magische Spiegel. Wir schicken einen Jungen in die Taverne zu den ›Drei Enten‹, um herauszufinden, ob Hennequin noch

dort verkehrt. Und warum sollten wir nicht auch in die Straße der großen Gaunerei zurückkehren? Wer weiß, vielleicht lassen sich im Umkreis ein paar Auskünfte sammeln. Aber ich schlage vor, wir lassen zunächst einige Tage verstreichen. All diese Prozeduren haben mich sehr angestrengt. Die große Magie ist immer ermüdend, weißt du, Liébault.«
»Natürlich, mein guter Meister.«
»Wir werden das alles fortsetzen, sobald die sterbliche Hülle der Katze ihre Aufgabe erfüllt hat. Eine wichtige Sache nach der anderen, sage ich immer. Die ganze unheilvolle Energie, die wir aus unseren Körpern für diesen großen Spuk freigesetzt haben, muss erst wieder erneuert werden. Das geht nicht an einem Tag.«
»Wir können mittels der Schalen beobachten, ob das Zauberbuch in Paris bleibt«, schlug Liébault vor. »Vielleicht noch ein kleiner zusätzlicher Zauber, damit Hennequin die Stadt ebenfalls nicht verlassen kann? Immerhin müssen wir uns doch an ihm rächen, nicht wahr?«
»Selbstverständlich, selbstverständlich. Aber er wird uns schon nicht entwischen. Er weiß nicht, wie man sich gegen Zauber und Spuk schützt. Und am kommenden Samstag werden wir alle vier, wie es sich gehört, hingehen und dabei sein, wenn der königliche Zug nach Vincennes aufbricht. Ich will trotz allem mit eigenen Augen sehen, wie die verfluchte Katze vor den König und seine Mutter landet. Ich bin ihnen gegenüber zwar nicht so grausam wie unsere gute Phelipote, aber dennoch missfällt mir der Gedanke nicht, dass wir sie bald los sein werden. He, he!«
Sein brüchiges Lachen, bei dem es einen kalt den Rücken hinunterlief, erinnerte an das der Alten.

Nachdem Blanche gegangen war, schloss Bertoul nachdenklich die Tür. Der kleine Kuss, den sie ihm geschenkt hatte, schien ihm wie eine kostbare Wegzehrung. Gleichzeitig baute er auf seinen Willen, sich nicht durcheinanderbringen zu lassen, denn nun wartete auf ihn eine große Arbeit: Er musste sich von Neuem in das Zauberbuch vertiefen.

Diesmal ging es nicht nur darum, sich vom Geist des Buches durchdringen zu lassen – er musste auf andere Weise wirksam werden.
»Gut«, sagte er, »fangen wir an.«
Erste Seite. Das Pentagramm empfing ihn wie all die anderen Male. Erfüllt von großer Dankbarkeit las er das Exlibris, denn die kurze Widmung verband ihn nicht nur über den Tod hinaus mit Meister Gurhaval und Hermelinde de Tournissan, sondern machte ihn überdies auch zu ihrem bevorzugten Schüler.

Magnus Gurhaval hat dieses Zauberbuch hergestellt,
hat es Frau Hermelinde de Tournissan zum Gebrauch überlassen
und dann, als diese im Reich Gottes angekommen war,
besagtes Zauberbuch dem Musiker Bertoul Beaurebec übergeben.

Das war ein so schöner Satz, in einer so schönen Schrift geschrieben – und das alles ohne Feder und Tinte. Bertoul war Zeuge gewesen. Man kann auf magische Weise in ein Zauberbuch schreiben, hatte ihn Meister Gurhaval wissen lassen. Und man kann den Text im Buch vollständig verändern, wenn es notwendig ist. Hätte er doch bloß an dieser einen Anweisung gearbeitet! Dann wäre es den vier Magiern unmöglich gewesen, sich der magischen Formeln zu bedienen …
Man kann ein Zauberbuch auch so schützen, dass neugierige Hände es nicht öffnen können, so wie er einst selbst von den Eulen davon abgehalten worden war.
»Ihr guten Eulen«, flüsterte er, »ihr habt mich daran gehindert, das Zauberbuch zu öffnen, als ich ihm nur Geleitschutz gab. Und ihr wart meine Beschützer, was auch immer man über eure unheilvollen Einflüsse behauptet. Ich weiß, dass ihr meine Freunde seid.«
Er hatte sie immer in seiner Nähe schweben sehen, sie waren für ihn wie Boten von Magnus Gurhaval und Frau Hermelinde. Dennoch konnte er sie nicht herbeilocken noch ihre Fähigkeiten nach Belieben nutzen. Es waren treue und dennoch ferne, wenig zugängliche Freunde.

Bertoul blieb vor dem Zauberbuch sitzen.
Es war wirklich ein riesiger Foliant, reich an fremdartigen, magischen Inhalten, nützlichen wie unheilvollen. Er hatte Schreckliches und Wunderbares darin gelesen und das Wichtigste davon aufzunehmen versucht. Aber war das wirklich die richtige Art und Weise, wie man damit umzugehen hatte? Oder war es besser, ganz bestimmte Anweisungen nach eigenen Bedürfnissen und Gutdünken auszuprobieren? So hatte er es noch nie betrachtet.
Dennoch, jetzt, wo es darum ging, den König und seine Mutter zu retten, musste er anders vorgehen. Warum sonst wäre ihm das Buch zurückgegeben worden?
Er wusste noch nicht einmal, ob das Zauberbuch mit dem Rubin auf den letzten Seiten eine Auflistung aller in ihm vorkommenden Anweisungen enthielt – so weit war er noch nie vorgedrungen.
Es klopfte an der Tür und Bertoul fuhr zusammen. Diesmal waren es jedoch nur ganz zarte Schläge, ausgeführt von kleinen Händen. Er ging zur Tür und öffnete sie einen Spalt breit.
Es war die kleine Marion. Immer war sie es, die von ihrer Mutter den Auftrag erhielt, ihm seine Mahlzeiten zu bringen. Als er den Korb sah, den sie ihm hinhielt, öffnete er die Tür ganz.
»Eine Gemüsesuppe«, sagte sie. »Und dann ein Stück Fleischpastete und Kirschen.«
Bertoul lief das Wasser im Mund zusammen. Frau Félicité war einfach ein Wunder!
»Danke, kleine Marion«, sagte er und nahm den Korb. »Ich werde ihn morgen zurückbringen.«
»Zündest du keine Kerze an? Wenn du keine mehr hast, kann ich dir eine holen. Es ist ja schon fast dunkel.«
»Hm … na, ich überlege es mir. Wir haben Juni, nicht wahr? Draußen ist es fast noch taghell. Und irgendwo muss ich auch noch eine Kerze haben. Also, meine Süße, danke jedenfalls für diese köstliche Mahlzeit. Sag das bitte deiner Mutter.«
»Stets zu Diensten«, sagte sie und machte einen entzückenden kleinen Kniefall.

Jetzt merkte Bertoul erst, wie hungrig er war. Fast im Handumdrehen verzehrte er die köstlichen Leckerbissen seiner guten Nachbarin, dann wusch er sich die Hände: Es kam nicht in Frage, das Zauberbuch mit fettigen Fingern zu berühren.
Als er wieder zu ihm zurückkehrte, war es nicht mehr auf der ersten Seite mit dem Pentagramm aufgeschlagen, wie er es hinterlassen hatte.
Die Seiten hatten sich von selbst umgeblättert und das Buch offenbarte ihm jetzt die Seiten ganz am Ende.
Was zu tun ist, wenn der öffentliche Schreiber Magnus Gurhaval nicht mehr auf dieser Erde weilt …
Blitzartig erinnerte er sich daran, wie Frau Hermelinde de Tournissan ihm gesagt hatte, dass die letzten Seiten des Buches Anweisungen enthielten, die für ihn bestimmt waren – für den Fall, dass der alte Magier zu Gott heimgegangen wäre. Nie hatte er je wieder daran gedacht.
Nicht auszudenken, wie lange er gebraucht hätte, um dorthin zu gelangen, wenn er sich damit begnügt hätte, das Buch Seite um Seite der Reihe nach zu lesen!
Was zu tun ist, wenn der öffentliche Schreiber Magnus Gurhaval nicht mehr auf dieser Erde weilt …
Er erkannte Frau Hermelindes Handschrift und sah die gütigen, durchdringenden Augen seiner alten Beschützerin, die voller Hoffnung auf ihm ruhten, wieder vor sich.
»Die letzten Seiten waren für mich bestimmt – und ich habe bis zum heutigen Tag nichts damit anzufangen gewusst! Verzeiht mir, Frau Hermelinde, Eure Anweisungen waren doch so eindeutig …«
Sofort stürzte er sich voller Eifer auf die Lektüre dieser viel zu lange vernachlässigten Seiten.
»Bertoul, mein lieber Musiker, mein tapferer Kleiner …«
Beim Lesen dieser Worte war es ihm, als hörte er die Stimme der alten Frau, und es kamen ihm fast die Tränen.

»Wenn Magnus Gurhaval gestorben ist, wird das Buch fortan dir gehören. Dir und ausschließlich dir. Es ist ein Buch von sehr hoher Magie, das persönliche Zauberbuch meines lieben Freundes Magnus Gurhaval, der mir erlaubte, es ihm zu entwenden. Ich habe möglichst guten Gebrauch davon gemacht. Jetzt kannst du es benutzen, wenn du es wünschst. Wenn du es ablehnst, es zu besitzen, verschenke es nicht, tritt es niemandem ab, verliere es nicht, sondern bringe es, wenn es dir möglich ist, zum Eulenbaum in der Nähe von Tournissan zurück. Ist dir dies unmöglich, vergrabe es im Wald am Fuße einer Eiche. Dort wird es bis in alle Ewigkeit gut aufgehoben sein.

Wenn du dich aber dafür entscheidest, es zu behalten, so musst du auf seinen Schutz bedacht sein. Die Eulen verhindern das Öffnen des Buches, doch der Schutz muss zwei bis viermal im Jahr erneuert werden, sonst wird er schwächer, und jemand mit schlechten Absichten kann aus den Anweisungen seinen Nutzen ziehen.

Höre nun also, wie man vorzugehen hat, um den Schutz der Eulen für das Zauberbuch mit dem Rubin zu erneuern. Wenn du kannst, handle zur Tagundnachtgleiche und zur Sonnenwende.

Steh auf und lege das geschlossene Zauberbuch in ausreichender Höhe vor dich hin. Lege deine rechte Hand auf den Rubin, dann die linke Hand auf deine rechte. Bald wirst du Wärme spüren, ja sogar große Hitze. Halte durch, sonst bleibt der Schutz unvollendet. Sprich folgende Formel aus:

Griel statuel elael, sancitan sanamiel samafoelis.
Arcum conteret et confriget arma.
Agla pentagrammaton on athanatos anafarcon.
Ananizaptam ihozath, Laus Deo Semper.
Per signum X Domine Tau libera me.
Amen.

Das Gefühl der Hitze wird ganz allmählich schwächer werden und der Schein wird verlöschen. Du kannst deine Hände vom Buch nehmen, und der Schutzbann wird für einige Zeit erneuert sein.«

›Mein Gott! Wenn ich das gelesen hätte! Wenn ich es nur rechtzeitig gewusst hätte! Weder Hennequin noch die vier Hexer hätten irgendetwas mit dem Buch anfangen können!‹ Das hatte man also davon, wenn man ein Buch von Anfang an und Seite für Seite las, ohne eine Ausnahme zu machen!

Nun, die Anweisung war einfach. Mit ihr musste er anfangen, sie hatte absoluten Vorrang vor allem anderen, denn der Zeitpunkt der Sonnenwende war nahe.

Bertoul stützte sich auf seine Ellenbogen und lernte die magische Formel auswendig. Er brauchte nicht lange dafür; es war, als ob sie nur darauf gewartet hätte, so schnell wie möglich in ihn einzugehen und sich ihm für immer einzuprägen.

Er stand feierlich auf, schloss das Buch und legte seine rechte Hand auf den Rubin. Wie schon so oft, spürte er, wie der Stein warm wurde. Jetzt bedeckte er seine rechte Hand mit der linken. Die Wärme wurde gleichmäßig stärker, während die Lichtstrahlen zwischen seinen Fingern hindurchschimmerten. Seine Hände wurden wie durchsichtig und glühten rot auf, sodass er meinte, seine Knochen, seine Adern und sogar das Blut zu sehen, das in ihnen zirkulierte. Die Hitze wurde noch größer, das brennende Gefühl war so stark, dass er beinahe die schmerzende rechte Hand zurückgezogen hätte. Doch zum Glück drückte die linke sie so krampfhaft auf den Stein, dass es ihm nicht gelang. Das Brennen wurde noch intensiver, und Bertoul dachte daran, wie viel Zeit es wohl brauchte, bis die Brandblasen wieder verheilt wären. So lange würde er jedenfalls keine Steine in der Bauhütte schleppen können, aber das war ihm gleich. Das Licht zwischen seinen Fingern erhellte nun die alte Werkstatt von Magnus Gurhaval, als seien dort hunderttausend Kerzen entzündet worden.

»Griel statuel elael, sancitan sanamiel samafoelis. Arcum conteret et confriget arma. Agla pentagrammaton on athanatos anafarcon. Ananizaptam ihozath, Laus Deo Semper. Per signum X Domine Tau libera me. Amen,« hörte sich Bertoul rezitieren, als wäre es gar nicht sein eigener Mund, der den Zauber heraufbeschwor.

Sobald das letzte Wort verklungen war, wurde das Licht allmählich schwächer, wobei gelegentlich noch ein unerwartetes Funkeln auftrat. Auch in seinen Handflächen ließ die Hitze nach. In der Zeit, die man brauchte, um ein Ave Maria zu beten, war das Zimmer wieder finster – und der Rubin war erkaltet.
Er betrachtete seine Hand. Keine Verbrennungen, keine Blasen, nur einige Schwielen, die er sich auf der Bauhütte zugezogen hatte.
»Nichts!«, murmelte Bertoul und zog die Augenbrauen hoch.
Etwas Weiches stieß gegen die Fensterscheibe. Bertoul hob den Kopf. Draußen auf dem Sims saß eine Eule, die auf ihn zu warten schien.
Bertoul trat auf die Straße hinaus, die jetzt im Sternenlicht verlassen da lag. Wie spät mochte es sein? Wie lange hatte das Experiment gedauert? Er hatte keine Ahnung.
In der lauen Nacht vernahm er vertraute Rufe und lächelte. Dann hob er, einer plötzlichen Eingebung folgend, den Arm und ballte die Faust. Mit gespreizten Krallen und ausgebreiteten Flügeln fiel eine Eule lautlos vom Himmel und ließ sich darauf nieder. Der Junge und die Eule schauten einander an, Aug in Auge.
»Das Zauberbuch ist geschützt, nicht wahr?«, fragte Bertoul, als könne der Vogel ihm antworten.
Die Eule neigte ihren Kopf mit den großen gelben Augen und den riesigen Pupillen weit nach vorn, als ob sie ein Ja andeuten wollte. Dann erhob sie sich wieder von seiner Hand und setzte ihren lautlosen Flug fort.
Nachdenklich kehrte Bertoul ins Haus zurück und wandte sich dem Zauberbuch zu. Ein zweites Mal hatten sich die Seiten von selbst umgeblättert und führten ihn zu den Anweisungen der Frau von Tournissan. Sein Blick fiel auf die nächsten Zeilen.
»Ist der Bann erneuert, kannst du – wenn du willst …«
Es war inzwischen tiefste Nacht geworden. In völligem Dunkel setzte sich Bertoul an den Tisch und begann hingebungsvoll, die geheimsten Seiten des Buches zu lesen – diesmal in der Reihenfolge, die Frau Hermelinde ihm vorschlug.

Erinnert Euch, dass **Wagemut**
die vorrangigste Eigenschaft des Magiers
nach dem Wissen ist,
und lernt, die Rätsel selbst zu lösen.

25

Die Katze trocknete langsam vor dem Ofen in der Kammer der alten Phelipote. Sie drehte und wendete sie, trug sie hin und her und hüllte sie in magische Worte. So ging es drei Tage lang.
Phelipote faselte unablässig »He, he« vor sich hin, die Augen fasziniert auf den Balg geheftet, wobei sie ihre Hand fast liebkosend über das gleiten ließ, was einmal ein Fell gewesen war. Die drei anderen Magier schluckten, jeder da, wo er gerade war, ihren Unmut hinunter und warteten auf den kommenden Samstag, wenn dieser verfluchte Katzenspuk ein Ende haben würde. Dann konnten sie endlich Pläne schmieden, um sich das Zauberbuch wieder zu beschaffen.

Hennequin beeilte sich, die Taler gut zu verbrauchen, die er sich so leicht verdient hatte. Er kehrte nur in ehrbaren Tavernen ein, wo er nicht Gefahr lief, für einen Straßenräuber gehalten zu werden. Der Großteil der Ausbeute war in eine Truhe gewandert, die er in die Obhut einer vertrauenswürdigen Person gegeben hatte: seiner eigenen Mutter.

Raoulet musste die Abreise des Gefolges von Audouin de Fougeray nach Vincennes vorbereiten, wohin man den König begleitete. Bei den Eingeweiden des Satans! Wann würde sein Herr ihm ein wenig freie Zeit zugestehen, damit er endlich wieder seinen Geschäften in der Straße der großen Gaunerei nachgehen könnte?

Blanche de Vauluisant legte für sich und die Prinzessin Kleider und Wäsche zusammen, dazu Leintücher, Bettvorhänge, Decken und Tischdecken, mit denen die Kisten gefüllt wurden, die nach Vincennes gingen. Diener zerlegten die Möbel, trugen Truhen und

Koffer in den Hof und füllten die Wagen und Schiffe, die das gesamte Umzugsgut des Hofes beförderten, bis schließlich im Palais nur noch das Notwendigste für die letzten drei Tage bis zur Abreise übrig blieb. Blanche konnte sich eine Stunde freimachen, um Bertoul in der Bauhütte in der Nähe des Palais aufzusuchen. Aber viel Zeit hatten sie nicht, um miteinander zu sprechen, weder über das Zauberbuch, noch über die Drohung, die über dem König und seiner Mutter schwebte.

Bertoul Beaurebec war also zur Bauhütte der Kathedrale zurückgekehrt und hatte nicht versäumt, sich für das heftige Fieber, das ihn acht Tage lang ans Bett gefesselt hatte, zu entschuldigen. Die Tätigkeit des Steineschleppens hatte den Vorteil, dass sie den Geist ziemlich frei ließ, sodass er über das Zauberbuch nachsinnen, die Formel aufsagen und an die Eule denken konnte, die sich auf seinen Arm gesetzt hatte, gewaltig, verschwörerisch und beruhigend.
Wer weiß, vielleicht vermochten die Eulen den Fluch, der einen König oder eine Königin töten konnte, durch ein ihm unbekanntes Mittel abzuwenden – zumindest hoffte er dies, denn er hatte nichts Derartiges im Zauberbuch entdeckt, obwohl er die Seiten fieberhaft nach einem Gegenzauber durchsucht hatte. Leider war die Anweisung eindeutig: War der Fluch einmal in Gang gesetzt, so gab es kein Mittel, um ihn rückgängig zu machen.
Bertoul überkam plötzlich eine ohnmächtige Wut, was seine Energie gewaltig steigerte und ihm ein Lob seines Vorarbeiters einbrachte. Er verstand gar nicht, was der Mann damit sagen wollte, so sehr war er während der Arbeit mit seinen Gedanken beschäftigt.
Wenn er gerade nicht an den unabwendbaren Fluch dachte, kam ihm Blanche in den Sinn. Blanche, die zur Kathedrale gekommen war, um dort zu beten und sich von ihm zu verabschieden, und die er nun viele Wochen nicht sehen würde. Dann begann er, fast ohne es zu bemerken, ein neues Lied vor sich hinzusummen. Es war das Lied *»Die Schöne ist im Garten der Liebe«*.
Seine Nächte widmete er immer wieder dem Studium, und er begann

damit, einige Anweisungen des dicken Werks auszuprobieren. Vor Müdigkeit sank ihm häufig der Kopf auf die aufgeschlagenen Seiten und er schlief ein. Im Schlaf erschienen ihm Frau Hermelinde und Meister Magnus Gurhaval – so lebendig, als seien sie noch immer von dieser Welt. Und sie überschütteten ihn mit guten Ratschlägen, wie er die Stärken des Zauberbuches nutzen könnte.

So vergingen drei Tage, und es kam der Samstag.

Schon seit dem Morgengrauen waren alle Bewohner des königlichen Palastes auf den Beinen, um zunächst einer kurzen Messe beizuwohnen, bevor sich ein Zug formierte mit Soldaten, herausgeputzten Pferden und einigen Sänften für diejenigen, die nicht gern ritten.
Jeder saß auf. Blanche, in einem ihrer schönsten Kleider mit goldbestickten Blumen und kleinen Perlen, ritt auf Wolke, dem Pferd, das sie und Bertoul vor zwei Jahren nach Paris gebracht hatte und das seitdem in den königlichen Ställen untergebracht war. Dieses schöne Tier mit dem grauweißem Fell, der dichten, weichen Mähne und dem sanften Blick hatte Blanche mit einem eleganten Zaumzeug aus rotem Leder bedacht. Und sie war ziemlich stolz auf den Anblick, den sie zusammen boten.

Der vornehme Zug setzte sich in Bewegung; an der Spitze ritt ein kleiner Trupp Soldaten. Die Pariser, die begierig waren, den König, seine Familie, die schönen Ritter, die Hofräte, den Bischof, die Damen und all das glänzende Volk, das auf der Seine-Insel lebte, zu sehen, drängten sich entlang des Weges. Der König hatte verfügt, dass jeder sich in prachtvollen Kleidern zeigen solle, um den guten und rechtschaffenen Untertanen durch den schönen Anblick eine Freude zu bereiten.
Die Pferde gingen anmutig und würdevoll im Schritt. Selbst die breitesten Straßen boten kaum genügend Platz für den großen Zug. Verschüchterte Kinder waren nach vorn geschoben oder auf Grenzsteine gestellt worden, dahinter drängten sich zwei oder drei

Reihen von Zuschauern gegen die Mauern der Häuser und ließen nur einen Durchgang für die Pferde frei. Überall waren die Fenster weit geöffnet und man sah zahllose begeisterte und staunende Gesichter. Die Menge war beachtlich, und ständig ertönten Rufe: »Es lebe unser guter König!«, »Hurra!«, »Gott segne König Louis!« Die weniger wohlgesinnten Ausrufe, die es hier und da auch gab, überhörte man.

Fußsoldaten machten mit ihren Spießen den Weg frei, ohne jedoch allzu handgreiflich zu werden, wie es der Herrscher angeordnet hatte. Ein Reitertrupp folgte.

Es folgte der König, seine Mutter an seiner Seite oder auch direkt hinter ihm in seinem Schatten. Dann kamen die Infanten – Robert, Jean, Alphonse, Philippe-Dagobert, Isabelle und Charles – mit ihrem Gefolge; schließlich die hohen Würdenträger, der Klerus, die Adligen, unter ihnen das Gefolge Audouins de Fougeray, die Sänften, die Diener und weitere Soldaten. Der Aufzug würde sich über mehrere Stunden hinziehen – ganz Paris lebte in der Erwartung eines herrlichen Junitages mit einem langen und schönen Spektakel.

Der König, gefolgt von Blanche von Kastilien, erreichte die Straße der Tixeranderie. Plötzlich sauste ein seltsamer, nicht genau erkennbarer Gegenstand aus abgezogenem Fell in hohem Bogen über die Köpfe der Zuschauer und landete zuckend auf dem Pflaster. Das Geschoss zerplatzte direkt vor dem Ross des Königs und verströmte einen so widerlichen Gestank, dass das Tier zur Seite auswich.

Unter den Zuschauern erhoben sich angewiderte Ausrufe.

»Ein altes Aas! Genau vor dem König! Wer wagt so etwas?«

»Was ist das? Ich habe nichts gesehen!«

»So etwas wie ein verrecktes Tier!«

»Eine Katze, glaube ich.«

»Eine komische Katze, muss ich schon sagen!«

Ein Soldat stieß das verendete Tier mit der Spitze seiner Lanze so weit wie möglich aus dem Weg, während die Pferde der Prinzen weitergingen. Der junge Alphonse zeigte amüsiert mit dem Finger auf das Ding, um seinen Bruder Philippe-Dagobert, der das Ereignis

verpasst hatte, darauf hinzuweisen. Charles piepte, das sei wirklich ein komisches totes Tier. Isabelle, die hoffte, zwischen den engen Häusergiebeln ein paar Glockentürme zu erblicken, achtete ebenso wenig darauf wie die meisten Teilnehmer des Zuges.
Direkt über ihnen zog ein Schwarm schwarzer Raben vorbei.

Der Hauptmann der Soldaten hatte den Vorfall mit gerunzelter Stirn verfolgt. Jetzt suchte er mit strengem Blick die Menge nach der Person ab, die sich einen so fragwürdigen Scherz erlaubt hatte – falls es überhaupt als Scherz gemeint gewesen war. Aber seine Mühe war vergeblich.
Diejenigen, vor deren Füßen die Katze gelandet war, wichen angeekelt zurück, einer von ihnen murmelte sogar: »Zauberei …«
Dieses Wort löste große Aufregung und viel Geflüster aus. Hier und da wurden spontane Gebete laut: »Gott schütze unseren guten König immerdar«, »Gott schütze den König und seine Familie vor allem Einfluss des Bösen und des Dämons«, »Möge Gott unseren König Louis unter seinen heiligen Schutz stellen!«
Jemand aus der Menge trat die tote Katze wieder vor die Hufe der Pferde. In wenigen Augenblicken war die sterbliche Hülle des Tieres zermalmt, und zurück blieb nur ein armseliges Häuflein zerbrochener Knochen, zerfetzten Fells und zerdrückter Samen, die in den Ritzen der Pflastersteine verschwanden.
Eine runzlige Alte, die bis zu diesem Moment unter ihrer weißen Schleierhaube ein demütiges Gesicht zur Schau gestellt hatte, stieß einen langen Ausruf der Genugtuung hervor.
»Ah! Endlich ist es geglückt! Wir haben es geschafft! In weniger als einem Monat werden diese Gans und ihr Sohn im Grab liegen, und alle Gebete dieser Dummköpfe werden nichts dagegen ausrichten können! Wenn ich doch nicht so alte Beine hätte! Tanzen würde ich, vor Freude singen und tanzen!«
»Seid still, ihr werdet uns noch verraten!«
»Seid doch still.«
»Seid still.«

Drei wütende Stimmen unweit der Alten hallten durcheinander, aber sie ließ sich nicht unterbrechen.
»Das ist der schönste Tag in meinem Leben. Diese Katze war entschieden eine gute Sache, und dieser Fluch ebenfalls. Mögen sie alle in der Hölle schmoren, auch wenn sie König und Königin sind ... Und übrigens ...«
Ein bärtiger Alter, eine große, pausbäckige Blonde und ein junger Mann mit weichen Zügen hoben die Alte, die wütend mit den Beinen strampelte, in die Höhe, um sie von dem Aufzug, den Soldaten und irgendwelchen neugierigen Ohren wegzuschaffen.
»Seid Ihr denn wahnsinnig geworden, dass Ihr uns auf diese Weise in Gefahr bringt?«
»In Gefahr? Aber bald gibt es keine Gefahr mehr! Wir werden für immer Ruhe haben! Wir haben nichts mehr zu befürchten! Habt Ihr das denn immer noch nicht begriffen? Was für ein Bravourstück! He, he ...«
Liébault konnte nur mit Mühe den unbändigen Drang bezähmen, ihr den Mund zu stopfen. Und so fanden sich die vier schließlich in Manassés Werkstatt wieder, während die Menge in den angrenzenden Straßen ihrem festlichen Jubel über den guten König freien Lauf ließ.
»Und jetzt«, sagte Manassé, als sie wieder am Feuer saßen, »jetzt, da die Operation beendet ist, ist es wichtig, zu ernsthafteren Dingen überzugehen: Wir müssen diesen Schurken Hennequin auftreiben und ihm unser Zauberbuch wieder wegnehmen.«
»Richtig, wir haben genug dafür bezahlt!«
»Hat jemand eine Idee?«
»Wir sollten die Wahrsageschalen befragen, die uns verraten werden, wo sich der Dieb befindet.«
So machten sie sich wieder an die Arbeit und gruppierten sich um eine Holzschale, die mit einer schwarzen Flüssigkeit gefüllt war. Magische Worte sollten ein Bild erscheinen lassen, aus dem sich dann gewisse Schlüsse ziehen ließen.

Bertoul und einige andere Handwerker der Bauhütte hatten die Arbeit für einige Stunden unterbrochen, um den königlichen Zug zu bewundern. Für ihn war es allerdings eher ein willkommener Vorwand – es war Blanche, die er eigentlich sehen wollte. Auf einem Grenzstein an einer Straßenecke sitzend, sah er den stolzen jungen, blonden und mageren Mann vorbeiziehen: den König, seine Mutter, Königin Blanche, alle Edelleute des Hofes, und unter ihnen Blanche de Vauluisant, die auf Wolke saß und in ihrem grünen Feenkleid erstrahlte, mit der Fülle ihrer schwarzen Haare, die ihren Rücken bedeckten, und einem Goldreif um die Stirn.

»Blanche!«, rief er aus. »Blanche de Vauluisant!«

Als sie ihren Namen hörte, wandte sie den Kopf und entdeckte Bertoul, von Kopf bis Fuß mit weißem Staub der Steine bedeckt, der bei jeder Bewegung eine helle Wolke auslöste. Sie machte ihm ein Zeichen mit der Hand, begleitet von einem verhaltenen Lächeln.

Wie viel Zeit würde vergehen, bis er sie wiedersah? Es war klüger, nicht daran zu denken.

So lange wie möglich genoss er ihren Anblick. Dann fiel sein Blick auf den Boden, zwischen die Pflastersteine. Es dauerte nur einen Augenblick, bis er begriff: Hier hatte noch vor wenigen Momenten eine tote Katze gelegen – für den Fluch bestimmt, der einen König oder eine Königin zu töten vermochte.

Er wurde leichenblass. Es war ihnen also gelungen, sie hatten genügend Zeit gehabt, die Anweisung zu lesen und auszuführen.

Der zertretene Balg war der Beweis dafür, dass der König innerhalb eines Monats sterben würde – und seine Mutter ebenfalls.

Alles in ihm krampfte sich zusammen bei dem Gedanken an dieses schreckliche Schicksal, und er spürte, wie es ihm kalt den Rücken hinunterlief, trotz der Sonne, die schon sehr warm schien.

Wie hatten diese Leute es nur geschafft, sich Haare des Königs und der Herrscherin zu besorgen? Vielleicht war es ihnen ja auch gar nicht gelungen – eine letzte Chance läge darin, dass sie die Sache womöglich ohne die kostbaren Haare durchgeführt hatten …

Aber es war sinnlos, in diese Richtung zu hoffen. Jeder wusste, dass die Wirksamkeit einer solchen Verwünschung entscheidend von der Anwesenheit eines Stücks vom Körper des Opfers abhing. Ohne dieses hatte es gar keinen Zweck, überhaupt damit zu beginnen.

Demnach musste es ihnen gelungen sein, sich irgendetwas zu beschaffen.

Ohne das Ende des Zuges abzuwarten, kehrte Bertoul schweren Schritts zur Bauhütte zurück. Es war ihm nicht mehr nach Singen zumute.

Die vornehmste Pflicht des Magiers
besteht darin, überall, wo sie sich offenbart,
die echte Liebe zu erkennen,
und erbarmungslos die zu entlarven,
die sich einer falschen Liebe hingeben.

26

Noch am selben Abend eilte Bertoul, sobald er seine Arbeit beendet hatte, in die Tire-Boudin-Straße, stürzte die Stufen zum Schankraum der ›Drei Enten‹ hinunter und drängte den Wirt ohne langes Zögern gegen ein Holzfass.
»Wo ist Hennequin, der Soldat?«, fragte er und drückte ihn mit seinem ganzen Gewicht auf das Fass. Er hatte seinen funkelnden Dolch gezückt und richtete ihn auf den prallen Bauch des Mannes, als wolle er ihn durchbohren.
»Mein lieber Junge, glaube nur nicht, dass …«
»Ich habe keine Zeit, mir Drohungen anzuhören«, knurrte Bertoul und drückte sein Messer ein wenig stärker gegen seinen Wanst. »Und Eure Freunde da machen mir keine Angst.«
Es lag eine solche Entschlossenheit in seiner Stimme, seiner Haltung und seinen Worten, dass der Wirt nicht wenig verblüfft war. Auch die Gauner, die in der Taverne miteinander tranken, handelten und spielten, rührten sich nicht und warteten gespannt ab, was als nächstes geschehen würde.
»Wo ist Hennequin?«, wiederholte er.
Der Wirt zog die Schultern hoch.
»Wahrscheinlich gehenkt. Von der Wache mitgenommen, du hast es doch gehört. Scheinst schwer von Begriff zu sein.«
Die Gäste lachten laut auf und amüsierten sich.
»Aber nein, er ist nicht gehenkt worden! Noch am selben Tag hat man ihn aus dem Châtelet entlassen.«
»Ohne seine Ohren, nehme ich an. Und durch die Folter gebrochen.«
»In guter Verfassung und mit beiden Ohren. Also? Wo steckt er?«
Der Wirt machte ein überaus skeptisches Gesicht.

»Wir haben ihn jedenfalls nicht wiedergesehen.«
»Nicht wiedergesehen? In all den Tagen nicht?«
»Nicht wiedergesehen!«
Bertoul ließ konsterniert von dem Mann ab und steckte seinen Dolch zurück. Er hatte das Gefühl, sich in einem Albtraum zu befinden. Der Wirt schob ihn grob zur Seite, um zu seinen Gästen zurückzukehren.
»Wartet! Wisst Ihr vielleicht, wo er wohnt?«
»Wo er haust? Sicher ist nur, dass wir's nicht wissen. Es gibt auf der Welt kein besser gehütetes Geheimnis!«
Die Gäste lachten erneut.
»Ihr macht Euch über mich lustig!«
»Natürlich, mein Junge. Und jetzt verschwinde endlich. Lass meine Gäste in Ruhe trinken. Gestern gehenkt, heute gehenkt, in sechs Monaten gehenkt – ist doch egal. Du weißt doch selber, dass Hennequin irgendwann am Strick endet. Also, was soll´s?«
»Es ist aber sehr wichtig ...«, stieß Bertoul zwischen den Zähnen hervor.
»Niemand auf der Welt weiß, wo er lebt, im Ernst. Falls er dich reingelegt hat, kann dir niemand helfen.«
»Genau darum geht es«, sagte Bertoul mit gesenktem Kopf, stieg die Stufen hinauf ins Freie und ließ das stinkende, verrauchte Loch hinter sich.
Nur Hennequin könnte ihm sagen, wo die vier Magier zu finden wären, die den Fluch ausgelöst hatten und die allein die beklemmende Frage beantworten konnten, ob sie tatsächlich die Anweisungen des Zauberbuches genau ausgeführt hatten.

Mit langsamen, schweren Schritten machte sich Bertoul auf den Heimweg und erreichte die Stadtmauern, kurz bevor die Tore verriegelt wurden.
›Und selbst wenn ich sie wiederfände: Wie sollte ich es schaffen, aus den Vieren die Wahrheit herauszupressen? Vier Hexer, die mir schon übel zugesetzt haben und keine Skrupel hatten, mit Stockschlägen auf mich loszugehen? Vier Hexer, die mich zudem mit

magischen Mitteln, die sie seit Langem praktizieren, außer Gefecht setzen können.‹

Gemeinsam mit Hennequin hätte er vielleicht eine kleine Chance, wenn es ihm gelänge, ihn zu überzeugen …

›Nun gut. Denken wir nicht mehr daran. Ich weiß nicht, wo ich die vier Schurken finde. Außer mit … aber natürlich! Im Zauberbuch finde ich sicher einen Rat, wie ich sie aufspüren kann!‹

Sobald er zu Hause war, schlug er das Buch auf und blätterte darin, bis er den Weg fand, dem man folgen musste, um jemanden ausfindig zu machen. Es handelte sich um eine Wahrsageschale.

Vincennes galt nicht als Schloss, sondern als königliches Herrenhaus. Vor allem der Wald, der dicht, kühl und reich an Wild aller Art war, war etwas Besonderes. Der Hof genoss es, weit weg von der Hitze und den sommerlichen Ausdünstungen der Hauptstadt zu leben.

König Louis, seine Mutter und seine Ratsherren waren allerdings auch hier um das Wohlergehen des Königreiches besorgt, die Prinzen wurden am Vormittag von den Geistlichen unterrichtet und übten sich in der verbleibenden Zeit im Ritterhandwerk.

Es gab Ausritte in den Wald, freundschaftliche Wettkämpfe, Spiele, Feste und Tänze, um ein wenig Abwechslung in die trägen Sommertage zu bringen.

Wenn es ihm möglich war, nahm auch der König daran teil. Mit seinen achtzehn Jahre hielt er es nicht für unter seiner Würde, sich ein wenig zu amüsieren. Mehr als ein Edelfräulein am Hof war in ihn verliebt – leider natürlich aussichtslos, denn Louis würde zweifellos eine Ehe aus politischen Motiven eingehen, die den Interessen des Königreichs diente. Was die Vergnügungen der Liebe anging, so schien Louis keine Neigung zu zeigen, mit den jungen Mädchen, die ihn umgaben, zu tändeln oder mit den Ehrenjungfern zu scherzen.

Blanche beobachtete ihn ständig mit besorgten Blicken, was nach einigen Tagen dazu führte, dass ihre Freundinnen zu glauben be-

gannen, sie hege zarte Empfindungen für ihn. Aber es ging ihr um etwa anderes, sie suchte nach möglichen Anzeichen einer Krankheit, einer Schwäche, nach Hinweisen darauf, dass der Fluch bei ihm tatsächlich zu wirken begann. Louis war ein schöner, wenngleich etwas asketischer Mann bei bester Gesundheit und schien von keinerlei Übel befallen zu sein, ebenso wie Blanche von Kastilien.
So kam Blanche zu dem Schluss, dass Bertouls Sorgen unbegründet sein mussten.

Zwei Wochen nach Ankunft des Hofes in Vincennes musste sich der junge Prinz Jean eines Nachts übergeben. Vielleicht war eine der kleinen Pasteten, die er beim Nachtmahl verzehrt hatte, verdorben gewesen, und so machte man sich keine großen Sorgen. Bei dieser Hitze waren Vergiftungen, welche Vorkehrungen die Köche bei der Zubereitung der Mahlzeiten auch trafen, keine Seltenheit. Jean wurde Brühe verabreicht und man wartete darauf, dass er wieder gesund würde.
Zwei Tage später war es Philippe-Dagobert, der auf rätselhafte Weise Anzeichen einer Vergiftung zeigte – Jeans Zustand hatte sich unterdessen in keiner Weise verbessert.
Die Königin änderte zunächst nichts an ihren Gewohnheiten, und auch wenn sie ihre Söhne jeden Abend besuchte, machte sie sich keine übermäßigen Sorgen. Sie ordnete an, ihnen Kräutertees zu reichen, das Fieber durch lauwarme Bäder zu senken und Aderlässe vorzunehmen.
Aber nichts von alldem half, den beiden Jungen ging es nicht besser. Nach wenigen Tagen schon waren sie so schwach, dass sie ihre Betten nicht mehr verlassen konnten, sie schwitzten ständig und begannen zu fantasierten. Blanche prüfte ihre Heilkräuter und ging zu ihrer jungen Herrin.
»Isabelle, ich habe da einige Pflanzen, die sehr wohltätig sind. Wenn Ihr dem König oder Madame Blanche davon erzählen wolltet, würde ich gern Tees daraus bereiten, die Euren armen Brüdern vielleicht Erleichterung verschaffen können.«

Isabelle überbrachte die Nachricht, und Blanches Vorschlag wurde umso bereitwilliger angenommen, als die Prinzen immer schwächer wurden und alles, was ihnen Linderung verschaffte, willkommen war. Die Tees senkten das Fieber der Jungen ein wenig und schenkten ihnen zwei ruhigere Nächte, doch leider holte die Krankheit sie schnell wieder ein, und Blanches Heilmittel waren machtlos.
Isabelle verbrachte den Großteil ihrer Zeit damit, für ihre Brüder zu Gott zu beten. Und sie war nicht die Einzige. Der König vermochte nicht mehr seiner Arbeit nachzugehen. Stattdessen verbrachte er viel Zeit an den Betten seiner jüngeren Brüder, und er war nur dazu bewegen, sie zu verlassen, wenn er zur Kapelle geleitet wurde, wo man Bittmessen für Jean und Philippe-Dagobert abhielt. Die Königin aber wachte Tag und Nacht mit düsterer Miene, zusammengebissenen Zähnen und bemühte sich, den Schrecken, der sie ergriffen hatte, zu unterdrücken. Würde sie die beiden schönen Jungen verlieren, ihre geliebten Kinder? Würden sie zu Gott heimkehren wie ihr ältester Sohn, Philippe, der Thronfolger, der mit neun Jahren gestorben war?
›Nein, meine lieben Söhne, ihr müsst am Leben bleiben! Meine sechs Söhne, ihr seid so schön und passt so gut an die Seite eurer kleinen Schwester, meiner kleinen blonden Isabelle, dem frommen, zarten, entzückenden Mädchen. Nein, ich will euch nicht verlieren, meine lieben Kinder.‹
Die Königin durfte sich nicht anmerken lassen, wie es ihr das Herz zerriss. Robert, Alphonse und Charles irrten durch die Gänge und fragten sich, warum sie nicht ebenfalls von dem Übel befallen worden waren.
Hier und da hörte man Geflüster, die Worte »Gift« oder sogar »Hexerei« fielen. Aber warum hätte sich jemand an den Kindern vergehen sollen? Dass der König in ständiger Bedrohung lebte, war Teil seines Schicksals. Er wäre weder der erste noch der letzte. Aber seine Brüder? Alle Fragen stießen auf eine undurchdringliche Wand – es gab keine Antwort.

Blanche, genauso machtlos wie alle anderen, war die Einzige, die diese Krankheit mit der Drohung in Verbindung brachte, die über dem König und der Königin schwebte – und die die Königin als unwichtig abgetan hatte. Aber warum verging man sich an diesen beiden Jungen? Welche Rolle hatte das Zauberbuch tatsächlich gespielt?
›Ach, Bertoul, wenn du nur da wärst! Dann könnten wir zusammen einen Weg suchen, wie sie zu retten wären ... Vielleicht sagt uns ja das Zauberbuch etwas ...‹
Die Prinzen rangen weiter mit dem Tod, als Blanche Wolke sattelte und das königliche Herrenhaus verließ. Sie wollte sich in der Umgebung von Vincennes auf die Suche nach einem Bauern machen, der nach Paris fuhr, um dort sein frisch geerntetes Gemüse zu verkaufen.

Man soll nicht glauben,
dass die willentliche Beeinflussung der Materie
so einfach auszuführen ist,
wie man es sich zunächst vorstellt.
Denn jeder **Manifestation**
der Willensmacht
folgt eine Reaktion im gegenläufigen Sinne,
manchmal so stark, dass den Handelnden
Entmutigung und Ermüdung überkommen.

27

»Los, Kameraden. Ein wenig mehr Einsatz! Ihr macht nicht richtig mit! Wo bleibt euer Arbeitseifer?«
Bertoul stieg mit einem Stein auf der Schulter die Leiter hinauf, und als er wieder herunterkam, bat er darum, dass man ihm rasch einen neuen auflud. Seit einigen Tagen fand er, dass seine Kameraden sehr verschlafen wirkten.-
»Du bist zu schnell, Bertoul.«
»Du überforderst uns, wir kommen gar nicht mit.«
»Und nicht nur das!«
Bertoul hielt für einen Moment erstaunt inne und schaute die jungen Leute an, die mit ihm im selben Trupp arbeiteten. Sie standen da, die Hände in die Hüften gestützt oder mit verschränkten Armen, und zeigten ihm ihren Unmut.
»Was ist denn los?«, fragte er.
Die anderen gingen zwei Schritte auf ihn zu, als wollten sie ihm drohen.
»Ob wir uns abarbeiten oder nicht, wir werden nicht besser bezahlt! Also hör auf, dich so übertrieben ins Zeug zu legen«, warf ihm Lucquin Bertin zu, der zwanzig Jahre alt war und über unglaubliche Muskeln verfügte. »Oder sonst ...«
Seit mehreren Tagen herrschte eine erstickende Hitze in Paris, nicht einmal in den Nächten kühlte es ab. Die Fliegen brummten angriffslustig und überall war die Spannung fühlbar.
»Sonst *was?*«
Lucquin zeigte ihm einen schweren Vorschlaghammer, ein riesiges Werkzeug aus Holz und Eisen.
»Naja, es könnte einem deiner Arme oder einem Bein oder deinem Kopf ein Unglück zustoßen ...«

»Aber … ich verstehe nicht«, stammelte Bertoul. »Was habe ich euch denn getan?«
»Wir haben es dir gesagt, du arbeitest zu schnell, du machst nie eine Pause«, sagte Lucquin und wischte sich die schweißtriefende Stirn. »Vor deiner Krankheit warst du nicht so. Du warst ein guter und liebenswerter Kamerad. Also, wir geben dir noch eine Chance: Werde wieder wie früher und spiel nicht den Neunmalklugen, dann wird dir nichts geschehen.«
Unter den misstrauischen Blicken der anderen machte sich Bertoul verwirrt wieder an die Arbeit, darauf bedacht, dem gemeinsamen Rhythmus zu folgen.
Sie hatten recht, er hatte tatsächlich Lust, sehr viel schneller zu arbeiten und sich noch mehr zu verausgaben.
›Was ist mit mir los?‹, fragte er sich. Jetzt erst wurde ihm bewusst, wie gereizt er war. Entnervt, besorgt, ohnmächtig und wütend. Und in solchen Fällen wollte man entweder alles kaputtmachen oder die überschüssige Energie in eine ermüdende Tätigkeit stecken. Und die Arbeit an der Bauhütte war weiß Gott ermüdend.
Drei Wochen waren bereits vergangen, seit der Hof sich nach Vincennes begeben hatte. Von diesem Tag an hatte ihn die Sorge nicht mehr losgelassen: Der Katzenspuk war durchgeführt worden, davon war er überzeugt, und es war ihm noch immer nicht gelungen herauszufinden, wo sich die vier Hexer aufhielten. Er war sich sicher, dass er mit den Wahrsageschalen richtig vorgegangen war, aber jedes Mal, wenn er darin ein Stück Straße oder irgendeinen Hinweis auf den Ort sah, an dem sich seine vier Widersacher aufhielten, war das Bild durch ganze Schwärme von Raben verschleiert worden, die ihm die Sicht nahmen. Die Magier mussten also einen wirkungsvollen Gegenzauber ausgebrütet haben, um ihren Schlupfwinkel zu schützen.

Jede Nacht hatten sich Manassé, Phelipote, Bathilde und Liébault ihrerseits wie auf Samtpfoten der Straße der großen Gaunerei genähert. Sie hatten die Hoffnung, dieser Schuft Hennequin hätte dem jungen Mann das Zauberbuch mit dem Rubin wieder zurückverkauft und sie könnten es in seiner Truhe finden. Inzwischen wussten sie, wie sie vorzugehen hätten: Die Truhe war mit einem Stück Orientstoff bedeckt, es gab Geheimschlösser und man musste beide Schlüssel gleichzeitig herumdrehen; Hennequin hatte es ihnen erzählt. Es würde nicht sehr schwierig sein, sie zu öffnen.

Leider hatte sich jedoch jeder nächtliche Versuch, sich der ehemaligen Werkstatt des Meisters Gurhaval zu nähern, als Fehlschlag erwiesen: Eine große Zahl von Eulen hatte sie unsanft angegriffen und Spuren von Krallen und Schnäbeln auf ihren Körpern hinterlassen. Nie hatten sie sich dem Haus weiter als bis auf fünfzig Schritt nähern können.

Jeden Tag erwartete Bertoul, auf den öffentlichen Plätzen Ausrufer in schwarzer Kleidung herumgehen zu sehen, die die Neuigkeit vom Tod des Königs und seiner Mutter verkündeten. Bis jetzt war nichts dergleichen geschehen, aber der Moment konnte nicht mehr fern sein – das Zauberbuch sagte sehr deutlich, dass kein Monat vergehen werde, bis man die Wirksamkeit des Fluches bemerken würde. Um seine Sorge und Ohnmacht zu betäuben, arbeitete er wie ein Verrückter. Er spürte seinen Körper nicht mehr, nahm sich kaum Zeit, etwas zu essen und nachts vertiefte er sich in das Zauberbuch – voller Hoffnung, aufmerksames Lesen oder Kombinationen verschiedener Anweisungen würden ihn eine Möglichkeit finden lassen, das fatale Schicksal zu vereiteln, das den Herrscher erwartete.

Seine Augen waren mit violetten Schatten umrandet, wie bei Menschen, die nicht genug schliefen. Trotzdem schien er von einer Leidenschaft besessen zu sein, die er nicht beherrschen konnte.

Unter dem strengen Blick Lucquins und seiner Kameraden verlangsamte er sein Arbeitstempo so sehr, dass er das Gefühl hatte, neben ihnen zu faulenzen.

Er hielt es nicht mehr aus: Weder Hennequin noch seine vier Widersacher hatte er gefunden, und Raoulet schien nicht zu wissen, dass er noch existierte. Und Blanche? Sie war so weit weg, dass er es für besser hielt, gar nicht darüber nachzudenken.

»Siehst du«, lobte ihn Lucquin, »wenn du willst, kannst du also doch in einem ordentlichen Tempo arbeiten ...«
Bertoul hatte das Gefühl, wie aus einem schweren, bleiernen Schlaf zu erwachen, in dem alle Bewegungen wie in Zeitlupe verliefen. Es war das Ende des Arbeitstages, Lucquin tätschelte ihm väterlich den Kopf und beglückwünschte ihn zu seinen guten Ergebnissen in der Kunst der Langsamkeit. Bertoul ordnete wortlos sein Hemd und schüttelte sich von Kopf bis Fuß, um den Kalkstaub loszuwerden, der die Kathedrale wie eine graue Wolke umgab.
Ein Kind tauchte aus dem Staubnebel auf und rief hustend:
»Bertoul Beaurebec! Gibt es hier einen Arbeiter mit Namen Bertoul Beaurebec?«
»Das bin ich!«, schrie Bertoul, erstaunt, dass jemand nach ihm rief.
Das Kind kam auf ihn zu.
»Bist du Bertoul Beaurebec?«
»Ja«, bestätigte Bertoul.
»Ich habe eine Nachricht für dich, aber du musst mir zuerst sagen, welches Musikinstrument du spielst.«
»Die Fidel«, antwortete Bertoul. »Warum willst du das wissen?«
»Das Edelfräulein hat mich beauftragt, dich danach zu fragen, um sicherzugehen, dass du es auch wirklich bist.«
»Das Edelfräulein?«
»Und jetzt gib mir sechs Denare, damit ich dir sage, wer dir die Botschaft schickt und wie sie lautet.«
Aufgeregt vor Neugierde und Ungeduld wühlte Bertoul in seinem Geldbeutel und holte ein paar Geldstücke heraus. Der Junge zeigte ihm daraufhin schweigend ein Stück Pergament, auf dem sich ein rotes Siegel mit einem grünen Band befand, das ein Tal zwischen zwei Bergrücken, überstrahlt von einer Sonne zeigte: das Siegel von Vauluisant. Der Ring, den Blanche immer trug.
Bertouls Herz begann schneller zu schlagen. Eine Nachricht von Blanche! Noch vor kurzem wäre er vor Freude in die Luft gesprungen, jetzt aber war er davon überzeugt, dass sie ihn über traurige Neuigkeiten informierte, die den König und seine Mutter betrafen.

»Was sollst du mir ausrichten?«, fragte er das Kind und nahm das Pergament mit dem Siegel an sich.
»Ich war dabei, meinen Karren fertigzumachen, um das Gemüse aus unserem Garten nach Paris zu bringen«, erklärte der Junge. »Das Edelfräulein kam zu mir, gab mir das gesiegelte Pergament und beauftragte mich, dich hier zu suchen, um dir zu sagen, dass es dem König gut gehe ...«
»Uff«, seufzte Bertoul. Sein Herz fühlte sich sofort leichter an.
»Madame, seiner Mutter, ebenfalls.«
»Uff«, sagte Bertoul wieder.
»Aber ...«
›Ich wusste es! Was wird er mir erzählen?‹, sagte er zu sich und sein Gesicht umwölkte sich in einer bangen Vorahnung.
»... zwei Brüder des Königs wurden von einem unerklärlichen, üblen Fieber heimgesucht. Die Ärzte sind machtlos.«
Bertoul fasste den Ärmel des Jungen und schüttelte ihn.
»Was? Was noch? Was kannst du mir noch sagen?«
»Aber ... so lass mich doch los, ich habe nichts getan!«
»Erzähl mir weiter, was dir das Edelfräulein sonst noch gesagt hat. Schnell!«
»Nichts weiter, ich versichere es dir! Zwei Brüder des Königs sind krank, das ist alles, was ich weiß.«
Bertoul ließ das Kind los und griff noch einmal in seinen Geldbeutel. Dieses Mal holte er einen Sou heraus, und das Kind bedankte sich wieder und wieder. Das war eine schöne Summe.
»Verzeih, dass ich dich so durchgeschüttelt habe«, entschuldigte sich Bertoul und war mit seinen Gedanken bereits woanders.
Der Junge war schon verschwunden, zufrieden, so viel Geld verdient zu haben.

Bertoul betrat sein Haus und öffnete sofort die Truhe, um das Zauberbuch mit dem Rubin herauszuholen. Seine Finger zitterten vor Aufregung. Schnell ... schnell ...
Fieberhaft blätterte er die Seiten um. Konnte die Krankheit der jun-

gen Prinzen im Zusammenhang mit dem Katzenspuk stehen? Er las noch einmal aufmerksam die Seite, die er schon hundertmal gelesen hatte, um darin eine Antwort zu finden. Sein Blick blieb auf den letzten Absätzen haften:
»Hinweis: Wenn der Zauber mit Haaren ausgeführt wird, die nicht vom König oder der Königin stammen, wird die Person, von der die Haare stammen, auf dieselbe Weise wie oben beschrieben sterben.«
Vielleicht handelte es sich ja um diesen Fall. Die Magier konnten sich in den Haaren geirrt haben.
Dies war ohne Weiteres möglich. Aber wer hatte ihnen diese Haare geliefert? Ein Diener, eine Dienerin? Woher stammten sie? Direkt vom Kopf der Opfer? Das war kaum denkbar. Vielleicht aber von einem Kissen, einem Kamm, einem Kleidungsstück – ja, das war viel wahrscheinlicher.
Bertoul näherte sich nachdenklich einem der Fenster mit den Bleiglasscheiben. Plötzlich glaubte er im spiegelnden Glas Szenen zu sehen, die sich im Palais abspielten. Er berührte die Scheibe, aber das Bild ließ sich nicht wegwischen. Wie hypnotisiert sah er gleichzeitig das Glasfenster, die Straße draußen in der Dämmerung und die stumme Szene, die sich vor seinen Augen abspielte. Es war äußerst seltsam: Ein braunhaariger Junge von ungefähr zehn Jahren, vornehm gekleidet, trat in ein prachtvolles Zimmer, in dem sich die Königin befand. Sie sprach mit diesem Jungen, ihrem Sohn, der spontan einen Kamm ergriff und ihn durch seine Haare gleiten ließ. Immer wieder drapierte er damit wie im Spiel seine Locken, worauf er ausgescholten wurde und den Kamm auf einen Tisch zurücklegte …
Dann sah er eine andere Szene, diesmal ging es um den König. Einige seiner Brüder waren bei ihm. Ein blonder Junge von dreizehn oder vierzehn Jahren flüsterte ihm etwas ins Ohr. Louis sah ernst aus, aber der andere lachte aus vollem Hals. Dann warf er sich auf das Bett, wälzte sich auf der Steppdecke hin und her, vergrub seinen Kopf in den Kissen und schüttelte ihn hin und her. Die anderen Kinder um ihn herum lachten ebenfalls, aber er übertönte sie alle …

Eine weitere kurze Szene: Eine junge Frau las einige Haare vom Kamm der Königin auf. Eine andere sammelte Haare vom Kissen des Königs.

Jetzt erschien Frau Hermelindes Bild in der Spiegelung der Scheibe. Mit einer betrübten Geste schloss sie das Zauberbuch mit dem Rubin, als wolle sie damit ausdrücken, dass hier nichts mehr zu machen sei.

Der Magier muss sich
bei seiner Forschung auf die Ausbildung
seiner **drei wesentlichen**
Seelenfähigkeiten stützen:

Das Fühlen – die Sensibilität;
Das Denken – die Intelligenz;
Das Handeln – der Wille.

28

Nach einer weiteren schlaflosen Nacht hielt Bertoul es endgültig nicht mehr aus und vernachlässigte wieder einmal seine Arbeit an der Bauhütte. Noch vor Tagesanbruch machte er sich auf den Weg nach Vincennes. In seinem alten Beutel hatte er nur das Zauberbuch und ein Brot bei sich. Seine Hand schloss sich fest um das Pergamentstück mit dem Siegel von Blanche und ihrem grünen Band, das ins Siegelwachs eingeschmolzen war. Er rechnete damit, noch vor dem Abend in Vincennes anzukommen, falls er sich nicht verirrte. Über den Weg wusste er nur, dass er jenseits der Stadtmauern in Richtung des Sonnenaufgangs zu gehen hatte. Dann würde er bald das große königliche Herrenhaus sehen, das mitten im Wald stand. Warum dieser plötzliche Aufbruch? Er wusste es nicht, aber sein Gefühl sagte ihm, er müsse sich unbedingt von Blanche den Zustand der jungen Prinzen bestätigen lassen.

Trotz der drückenden Hitze und der Fliegen, die ihn belästigten, und der ständigen Gedanken an die zwei Kinder, die dem Tode nah waren und für die er nichts tun konnte, kam er schnell voran.

Zwei junge Prinzen von zehn und dreizehn Jahren. Warum? Jeden Tag starben viele andere, Hungernde, Opfer von Unfällen auf den Feldern oder daheim, andere, die es im Krieg erwischt hatte, Kinder, die von Krankheiten befallen wurden, die man nicht heilen konnte, die sich verletzt hatten oder an Infektionen starben, viele Mädchen und Jungen im ganzen Königreich, deren Seelen tagtäglich zu Gott zurückkehrten.

Die Königin hatte zwölf Kinder geboren, von denen nur sieben überlebt hatten. Der Tod eines Kindes war nichts Außergewöhnliches. Man würde bestimmt glauben, dass es sich um ein unglückliches, widriges Schicksal handelte. Aber er, Bertoul Beaurebec, wusste,

dass es sich um einen Fluch handelte, und er war machtlos gewesen, ihn zu vereiteln. Das lastete schwer auf seiner Seele.
Schon am Ende des Vormittags, viel früher als erwartet, erreichte er das königliche Herrenhaus in Vincennes. Am Tor zeigte er das Siegel, das der Junge ihm am Vorabend überbracht hatte, und bat darum, Blanche sehen zu dürfen.
Und nur wenige Momente später stand sie auch schon vor ihm. Ihre Augen hatten dunkle Ränder, aber sie empfing Bertoul freudig.
»Du bist gekommen!«, rief sie aus.
»Es hielt mich nicht länger in Paris«, erwiderte er bedrückt. »Ich musste es mit eigenen Ohren hören. Habe ich recht verstanden, was dein kleiner Bote mir übermittelt hat?«
»Jean und Philippe-Dagobert, den Brüdern des Königs, geht es sehr schlecht«, sagte Blanche müde. »Niemand weiß, was sie haben, die Ärzte sind machtlos. Ich habe meine Heilmittel angeboten – aber auch sie haben nichts bewirkt. Komm mit!«
Sie zog ihn an Höfen und Gebäuden vorbei und sie setzten sich auf eine von Hecken umgebene Bank. Hier konnten sie in Ruhe miteinander reden.
Bertoul legte seinen Beutel auf den Schoß und holte das Zauberbuch heraus.
»Ich weiß, was mit den Prinzen passiert ist«, sagte er leise. »Es ist wirklich der Fluch.«
»Oh nein! Das habe ich befürchtet … Hier glaubt man, dass es die Hitze ist, oder dass sie verdorbenes Fleisch gegessen haben. Aber ich war davon nicht überzeugt und musste es genau wissen. Darum habe ich dir den Boten geschickt.«
»Es ist schlimm, aber ich habe nichts gefunden, das man dagegen tun kann.«
»Das ist wirklich sehr schlimm …«, bestätigte sie. »Ich kenne sie gut, Messire Jean und Messire Philippe. Ich will, dass sie gesund werden.«
»Die Prinzen werden sterben, Blanche. Sie sind Opfer des Katzenspuks, so wie es im Zauberbuch beschrieben wird.«

»Nein! Das darf nicht sein!«
»Ich fürchte, wir können nichts mehr dagegen tun! Wenn ich es mir nicht hätte stehlen lassen ...«
»Du kannst nichts dafür.«
»Ich weiß. Es sind diese vier verkommenen Magier. Es ist ihnen gelungen, sie haben ihre Zeit gut genutzt. Sie hatten das Buch gerade erst in ihren Händen, und schon versuchten sie, dem König Schaden zuzufügen.«
»Aber was ist denn genau passiert?«
»Sie haben sich geirrt. Für den Fluch benötigt man Haare von den Menschen, denen man Böses will. Und ich denke, dass die Haare, die sie sich beschafft haben, nicht die des Königs und seiner Mutter waren, sondern die der beiden Prinzen.«
»Und nun laufen sie Gefahr, zu sterben ...«
»Es ist sicher, Blanche. Sie werden sterben.«
»Kann man nicht ...«, fragte Blanche und drückte seine Hand, »gibt es nicht irgendein Heilmittel, einen Zauber zur Rettung?«
Bertoul schüttelte den Kopf, elend und resigniert.
»Glaub mir«, sagte er, »ich habe mich jede Nacht in das Zauberbuch vertieft, um zu versuchen, einen Gegenzauber zu finden, der die Opfer retten könnte, aber es gibt keinen. Es gibt viele Flüche, die kein Gegenmittel haben, das unterscheidet sie von den anderen Verwünschungen.«
Er öffnete das Buch auf der Seite, die er schon so oft zu Rate gezogen hatte. Mit dem Finger zeigte er ihr den Text, den sie nicht lesen konnte.
»Warum zeigst du mir das?«
»Ich weiß es nicht. Es ist, als wenn deine Gegenwart eine Lösung herbeiführen könnte. Ich hatte die Hoffnung, dein Blick würde auf diese Seite fallen und es würden sich von selbst die Zeilen schreiben, die die Anweisung für ein Gegenmittel offenbaren.«
»Aber Bertoul, ich kann das nicht! Du weißt das.«
»Ja, natürlich, aber ... es ist möglich, weißt du: Der Text verändert sich von allein, wenn die Umstände es fordern. Meister Gurhaval

hat mir davon erzählt. Der Text kann sich verwandeln, das ist eine magische Eigenschaft. Ich hätte es mir so gewünscht, dass dank deiner …«

Er hielt einen Moment lang inne.

»Es ist, als würde dein Blick, wenn er diese Seite überfliegt, sie von den ungesunden Blicken, die darauf gefallen sind, reinigen. Weil … weil du so bist, wie du bist: gut, rein, liebenswert, aufmerksam gegenüber deinen Mitmenschen, höflich …«

»Warum sagst du mir das alles, Bertoul?«, fragte sie verwirrt.

»Du bist so gut. Du bist mein Glück.«

Plötzlich spürte er eine eigenartge Wärme auf seinem Oberschenkel. Der Rubin erwachte und wurde sehr heiß. Bertoul schlug das Buch zu – der riesige Edelstein auf dem Ledereinband strahlte ein seltsames Licht aus.

»Was ist los?«, rief Blanche aus, die so etwas noch nie gesehen hatte.

»Ich weiß nicht. Das Buch … es will etwas sagen. Ich kann es dir auch nicht erklären, aber es passiert von Zeit zu Zeit. Es ist sehr geheimnisvoll und seltsam.«

Die Strahlen nahmen an Intensität zu, man hätte fast glauben können, dass glühendes Feuer im Stein eingeschlossen sei, von dem rote Blitze ausgingen.

»Unglaublich! Ich habe ihn noch nie so flackern sehen …«, murmelte Bertoul.

Das Licht des Rubins war jetzt glühend rot. Es war ein lebendiges, sprühendes Funkeln, sehr viel stärker als damals, als er die Hand daraufgelegt hatte, um den Schutz der Eulen zu erneuern.

Der flackernde Schein warf rote Blitze auf die faszinierten Gesichter der beiden. Und plötzlich öffnete sich das Zauberbuch langsam von selbst. Die Seiten blätterten sich von allein um und hielten dann inne – auf dem aufgeschlagenen Pergamentbogen konnte man die kalligrafisierte Überschrift lesen:

»Anweisung, die Flammen eines Brandes zu löschen.«

»Was?«, rief Bertoul aus.

»Was ist denn? Was steht da?«, fragte Blanche beunruhigt.

Bertoul las ihr die magische Anweisung vor.
»Nehmt in eure rechte Hand einen Rosmarinstängel, zwei Stängel vom Johanniskraut und drei Büschel Minze. In die linke nehmt ein Stück roten Stoff, das um einen Eisennagel gewickelt ist. Tretet schnell mit drei Schritten in den von Brand betroffenen Ort und ruft dabei den Wächter des Feuers folgendermaßen an: ›Ich rufe dich an, o Wächter der ewigen Flamme, du, der du über das Element des Feuers herrschst, der du die Brände in Gang setzt wie auch die Feuerröte des Herdes, du, dessen Geist sich in jedem Feuer befindet, das in der Welt entsteht. Sei mit mir, damit keine Gefahr, die aus deinem Reiche kommt, mich und die meinen heimsucht. Bewirke, dass das Feuer, das sich an diesem Ort entwickelt hat, sogleich erlischt und sich nicht auf die anderen Häuser ausbreitet. Bewirke, dass die umliegenden Orte vor dem Feuer bewahrt werden, so wie die anständigen Menschen vor dem Höllenfeuer.‹ Werft nun die Dinge, die ihr in den Händen haltet, in die glühende Asche. Die Flammen werden auf der Stelle erlöschen. Über die Flammenspuren und die glühenden Kohlen schüttet Wasser. Dankt dem Wächter des Feuers in eurem Herzen.«
»Was bedeutet das?«, fragte Blanche besorgt.
»Es wird ein Feuer ausbrechen!«, rief Bertoul aus. »Irgendwo bereitet sich ein Feuer vor, und das Zauberbuch will es mir mitteilen!«
Blanche stöhnte. »Als ob wir nicht schon genug Unglück hätten …«
»Ich muss gehen«, stieß Bertoul hervor. »Ich fühle, wie das Zauberbuch mich fortzieht. Blanche, ich bin sicher, dass es eilig ist! Vielleicht kann ich eine Katastrophe verhindern!«
Schnell schob er das Zauberbuch in seinen Beutel zurück und hängte ihn sich über die Schulter. Jetzt war der Rubin fast erloschen und zeigte einen Schimmer, der aus weiter Ferne zu kommen schien, als flackerte er vom Ende eines langen Ganges her.
»Es ist in Paris, ich bin ganz sicher! Vielleicht sogar in dem Haus in der Straße der großen Gaunerei.«
Nie sagte er »bei mir zu Hause«, sondern meistens »im Haus von Meister Gurhaval«.

Er stand auf und ging mit großen Schritten auf das Tor des königlichen Herrenhauses von Vincennes zu. Blanche folgte ihm, ganz außer Fassung durch das, was sie gerade gesehen hatte.
»Und … und ich?«
»Hab Mut, Blanche! Du musst beim Hof bleiben, aber wir werden uns bald wiedersehen.«
»Lass mich nicht zu lang allein«, sagte sie mit leiser Stimme. »Ich habe das Gefühl, dass noch einige andere Gefahren um uns lauern.«
»Das Zauberbuch wird uns beschützen, dich und mich«, versicherte er mit einer Sicherheit, die er so nicht im Geringsten in sich spürte. »Für die Prinzen können wir nichts tun, außer für sie zu beten, aber gegen den Brand … Ich hoffe nur, dass … ich hoffe, ich werde ...«
Blanche durchschritt mit Bertoul das Tor und legte ihm die Hände auf die Schultern.
»Bis bald, mein Freund«, sagte sie ernst.
Bertoul konnte nicht anders, als sie an sich zu drücken, bis ihm ganz schwindlig wurde. Er spürte das Flattern ihrer langen Haare an seiner Wange.
»Ich brauche deine Zuneigung und deine Hilfe, Blanche«, flüsterte er ihr ins Ohr, bevor er sich unvermittelt von ihr löste, als hätte er irgendeinen Verstoß gegen die Regeln des Anstands begangen. Oder gegen die Freundschaft.
»Vergiss nicht, dass wir Verbündete sind«, sagte sie zu ihm, während ihre Hände immer noch auf seinen Schultern ruhten. »Ich hier und du in Paris.«
»Niemals werde ich das vergessen.«

Raoulet de Mauchalgrin kam gerade von einem langen Ausritt im Wald zurück, der das königliche Herrenhaus von Vincennes umgab. Er war allein, von Staub und Schweiß bedeckt und hatte es eilig, sich nach der morgendlichen Übung zu erfrischen. Der Hof war tief betroffen über die Krankheit der zwei jungen Prinzen, doch was konnte er dafür? Man wartete auf das Ende, das war alles. Auf jeden

Fall würden diese Unannehmlichkeiten ihn nicht daran hindern, sich trotz der Hitze auszutoben, wenn ein so schöner Wald in der Nähe war und sein Herr ihn nicht brauchte.

Von Weitem sah er das Tor des Schlosses und zwei Silhouetten, ein Edelfräulein vom Hof, hübsch in Grün und Rot gekleidet, und, wie es schien, einen armer Schlucker in grober Kleidung; Silhouetten, die sehr nah beieinander standen und die ... aber ja ... die sich umarmten, vielleicht sogar küssten! Eine Hofdame! Mit einem Bauernlümmel! Welche Schamlosigkeit! Wie lächerlich vor allem! Die Frau, oder eher das Fräulein, wie es schien, würde von ihm etwas zu hören bekommen! Er würde es sich nicht nehmen lassen, sie zu demütigen und seinen Spott mit ihr zu treiben. Der Gedanke daran bereitete ihm schon im Voraus großes Vergnügen.

Als er näher kam, sah er, dass es sich um diese eingebildete, immer grün gekleidete Pute aus der Gefolgschaft der kleinen Prinzessin Isabelle handelte.

Er setzte sein Pferd in einen leichten Trab und näherte sich vorsichtig, um die beiden aus der Nähe noch besser beobachten zu können – vielleicht ließe sich ja irgendwann ein Nutzen aus dieser unerwarteten Situation ziehen. Es gab Fälle, in denen die Edelfräulein bereit waren, nicht wenig dafür zu bezahlen, dass sich keine Gerüchte verbreiteten.

»Ich gehe«, hörte er den Jungen sagen, »vielleicht können noch einige Häuser gerettet werden.«

»Bis bald, mein Freund!«, sagte das Mädchen in Grün.

Als sich der Junge mit seinem schweren Bündel umdrehte, um sich auf den Weg nach Paris zu machen, stutzte Raoulet verblüfft.

»Er!«, rief er aus. »Er, hier! Vor meinen Augen!«

Jetzt ließ er sein Pferd die Sporen spüren.

»Der verfluchte Musiker, der mir das Zauberbuch gestohlen hat!«

Als Bertoul einen wütenden Ausbruch hinter sich vernahm, wandte er sich erschreckt um – und das gerade noch rechtzeitig. Mit großer Geschwindigkeit kam ein Pferd auf ihn zugerast, auf dessen Rücken er niemand Geringeren als Raoulet erkannte.

Mein Gott! Bei allem, was er in den letzten Tagen überstehen musste, hatte er gar nicht mehr an ihn gedacht!
Auch Raoulet hatte ihn wiedererkannt, und jetzt brüllte er aus voller Lunge so laut, dass er sogar den tosenden Galopp seines Pferdes übertönte.
»Du dreckiger kleiner Lump! Du Dieb! Du Ungeziefer! Gib mir das Zauberbuch meiner Tante zurück! Ich werde dich töten! Die Augen werde ich dir ausstechen!«
Blanche schrie entsetzt laut auf.
Bertoul konnte Raoulets Pferd nur noch dadurch ausweichen, dass er sich beherzt seitlich auf den Boden warf, um nicht unter die Hufe zu geraten. Bei dieser Bewegung rutschte das Zauberbuch halb aus seinem Beutel, sodass der schöne Einband mit seiner goldenen Gravur und dem halben Rubin zum Vorschein kam.
Raoulet, dessen Augen von rasendem Begehren und Entzücken geweitet waren, stieß einen triumphierenden Schrei aus und wendete sein Pferd. Er war fest entschlossen, Bertoul dieses Mal unter die Hufe zu bekommen.
»Mein Zauberbuch! Endlich! Mein Zauberbuch ist da, und du, du wirst sterben. Es ist der schönste Augenblick in meinem Leben!«
Blanche lief auf ihn zu und hängte sich in die Zügel des Pferdes. Sie wollte ihn aufhalten, doch Raoulet war ein geschickter Reiter und hatte sein Pferd trotz des lebendigen Hindernisses fest im Griff.
»Gebt Frieden, mein Edelfräulein, und macht den Weg frei. Er ist ein niederträchtiger Bauernlümmel und Dieb. Ihr werdet ihn doch wohl nicht verteidigen wollen?«
»Nehmt einen anderen Weg, Messire«, befahl Blanche, wobei sie weiter gegen das Pferd ankämpfte. »Es geht um ein Menschenleben.«
»Ihr verteidigt diesen armen Schlucker? Tatsächlich? Es stimmt also, dass er euer Liebhaber ist. Ich habe sehr wohl gesehen, wie ihr ihn an Euch gedrückt habt.«
Bertoul hatte sich aufgerappelt und das Zauberbuch in seinen Sack zurückgeschoben. Er wollte Blanche zu Hilfe kommen, doch Raoulets Pferd stand zwischen ihnen.

»Nun nehmt endlich Euer Pferd aus dem Weg, Messire de Mauchalgrin!«, explodierte Blanche unter dem Hohngelächter Raoulets.
»Kommt gar nicht in Frage, meine Schöne. Ich werde jetzt vielmehr diesen Dieb unter euren schönen Augen zermalmen!«
Er ließ sein Pferd gefährlich tänzeln und setzte zu einer seitlichen Bewegung an, um sie ebenfalls zu Fall zu bringen.
»Hört auf damit!«, schrie Blanche aus.
In diesem Moment kamen seltsame Geräusche aus dem Schloss, die sie bald als Schreie erkannten. Wie erstarrt hielten die drei inne.
»Was ist das?«, knurrte Raoulet.
Der Lärm wurde stärker und deutlicher: Von allen Seiten her ertönten Jammerklagen.
»Der Prinz Philippe ... Unser junger Prinz ... Unser Prinz ist zu Gott heimgekehrt.«
Ein Priester und mehrere Diener kamen aus dem Herrenhaus. Klagend strömten sie in alle Richtungen aus; einige gelangten an das Tor, vor dem sich Blanche, Bertoul und Raoulet gegenüberstanden.
»Unser Prinz ... Unser guter Prinz Philippe ... Gott möge ihn in seinem heiligen Paradies empfangen ... Er war noch so jung!«
Jetzt ertönte ein düsteres Glockengeläut.
»Mein Gott!«, rief Blanche entsetzt und Tränen schossen ihr in die Augen. Sie führte die geballten Hände an den Mund.
»Die Königin ist wahnsinnig vor Leid und Schmerz ... Der König beweint seinen Bruder ... unseren armen jungen Prinzen.« Raoulet zügelte sein Pferd, bis es ruhig da stand, und hörte den Ausführungen der Diener zu.
Jetzt oder nie! Bertoul nutzte die unerwartete Gelegenheit zur Flucht – und als sein Widersacher sich nur einen Augenblick später umdrehte, stand nur noch Blanche im Durchgang des Tors.
Im ganzen königlichen Herrenhaus ertönte anhaltendes, betrübtes Jammergeschrei. Der Prinz war tot.

Das Üben des Wortes und der
Rezitation der Formeln
ist von größter Bedeutung für den Magier.
Wie man weiß, liegt die einzige Schwierigkeit,
mit der man es bei der Ausführung
zu tun bekommen kann,
darin, dass das Wort durch
eine starke Gemütsbewegung
unterbrochen wird.
Der Magier sollte also seine
impulsive Natur beherrschen lernen,
um zu vermeiden, dass dies eintritt.
Es könnte sonst unheilvolle
Konsequenzen haben.

29

Raoulet! Wahrhaftig, der hatte zu allem Unglück gerade noch gefehlt.
Bertoul schritt wütend durch den Wald und bemühte sich darum, von niemandem gesehen zu werden.
Eins stand fest: Raoulet würde nicht so schnell aufgeben, und er selbst hatte keine guten Karten. Nach einer Viertelstunde Marsch fühlte er sich jedoch etwas sicherer. Durch die Trauer in Vincennes konnte Bertoul sicher sein, dass der junge Mauchalgrin nicht sofort die Verfolgung aufnehmen würde. Auch wenn der Gedanke schrecklich war: Bertoul verdankte es dem Tod des jungen Philippe-Dagobert, dass er ungehindert flüchten konnte.
Trotzdem war er wütend. Raoulet hatte sich überhaupt nicht verändert. Er war ein wenig gewachsen und hatte einen männlicheren Körper bekommen, abgesehen davon aber schien er noch genauso verschlagen zu sein wie früher, hatte dieselbe kreischende Stimme und wurde von denselben hasserfüllten Gedanken angetrieben. Ach was, er pfiff auf ihn. Jetzt ging es darum, so schnell wie möglich, erschöpft oder nicht, nach Paris gelangen. Dort drohte dieser Brand …
Während er sich weiterhin vorsichtig im Schutz der Bäume fortbewegte, holte Bertoul das Buch aus seinem Sack und suchte die Seite, die sich vorhin von allein vor ihm aufgeschlagen hatte. Wo war sie, diese Anweisung, einen Brand zu löschen? Er schlug die Pergamentblätter um. Da, das war sie!
Er las und las die Formel während des ganzen Weges immer wieder und wiederholte sie so lange, bis er sie ohne zu Stocken auswendig hersagen konnte. Zauberrituale – so viel hatte er inzwischen gelernt – blieben völlig wirkungslos, wenn auch nur ein Wort fehlte, oder man ein einziges Element außer Acht ließ.

Am frühen Nachmittag langte Bertoul an der Stadtmauer an. Die Hitze war drückend und die Luft schwer geworden.
Kaum hatte er das Stadttor durchschritten, zerplatzte ein dicker, lauwarmer Wassertropfen auf dem Straßenstaub und bildete einen kleinen Stern auf dem Boden. Ein zweiter folgte, dann zehn, hundert weitere. Die Luft kühlte sich durch einen plötzlich aufkommenden Wind so stark ab, dass die Menschen fröstelten. Passanten und Müßiggänger blickten zu den dichten grauen Wolken empor und beeilten sich, Schutz zu suchen.
Bertoul begann zu rennen, um so rasch wie möglich zu seinem Haus zu gelangen.
Die schwarzen Wolken verfinsterten die ohnehin dunklen und engen Straßen, die in immer kürzer werdenden Abständen von Blitzen mit einem aschfahlen Licht erhellt wurden. Überall hasteten Menschen mit Gebeten auf den Lippen durch die Straßen und schützten ihre Köpfe mit allem, was ihnen zur Verfügung stand, die Handwerker und Händler schlossen ihre Läden. Dieses Unwetter hatte zweifellos der Teufel geschickt! Außerdem drohte die Seine über die Ufer zu treten, was bei solchen Sturmgewittern häufiger geschah. Der Wind wurde immer heftiger und die Glocken der Kirchen und Klöster läuteten mit aller Kraft, um das Teufelszeichen des Donners zu vertreiben.
Bertoul entriegelte seine Haustür und trat triefnass hinein. Schnell ließ er seinen Blick umherschweifen und atmete auf: Nicht das geringste Anzeichen eines Feuers war zu sehen. Im Rest des Viertels war ihm ebenfalls nichts aufgefallen, und die Glocken läuteten anders als bei großen Bränden.
Bertoul legte das Zauberbuch in seine Truhe zurück, für den Moment brauchte er es nicht mehr. Danach sicherte er die Schlösser mit den beiden Schlüsseln, die er immer bei sich trug, und zog das Stück Orientstoff wieder an seinen Platz.
In seinen nassen Kleidern zitterte er vor Kälte, doch er hatte keine Zeit zu verlieren. Wenn das Zauberbuch ihn wissen ließ, dass ein Brand nahte, musste er bereit sein. Er sagte sich die Anweisung noch

einmal vor: *Ein Nagel!* Er nahm einen kleinen gusseisernen Topf von der Wand, um den Nagel herauszureißen, an dem er hing.
Ein rotes Stück Stoff. Mit seinem Dolch schnitt er ein Stück aus seinen Beinkleidern heraus. *Rosmarin, Eisenkraut und Minze.* Er eilte hinaus und lief zu Frau Félicité, doch bei dem Lärm des Gewitters blieb sein Klopfen ohne Reaktion. Als er ihre Haustür öffnete, sah er Frau Félicité, die ihre Kinder im Arm hielt. Mit weit aufgerissenen Augen drückten sie sich an sie und schauten bleich vor Schreck zur Tür. Ihre Mutter versuchte sie so gut wie möglich zu beruhigen.
»Ich brauche einen der Jungen!«, rief er von der Schwelle aus, aber die Kinder drückten sich nur noch enger an ihre Mutter.
»Bitte, nur für einen Augenblick! Schnell, es ist dringend!«
Félicité schubste ihm Jehan entgegen, der kurz zögerte. Dann ließ er sich mitziehen und sie rannten hinüber in Bertouls Haus.
»Was ... was ... was ist denn los?«, stotterte der kleine Jehan.
»Wir müssen in den Garten«, erklärte Bertoul. »Du musst mir zeigen, wo der Rosmarin, das Eisenkraut und die Minze wachsen. Ich kenne mich damit nicht aus.«
Die beiden Jungen der Familie Perdriel kümmerten sich um den kleinen Garten hinter dem Haus, so wie sie es bereits zu Zeiten von Magnus Gurhaval getan hatten.
»Willst du jetzt *kochen?*«
»Es ist nicht fürs Kochen. Ich bitte dich, beeil dich. Du kennst dich doch mit den Pflanzen aus, oder?«
»Natürlich! Was glaubst du denn?«
»Und du bist auch sicher, dass du alle erkennst?«
»Ganz sicher.«
»Also, dann los, schnell!«
Im Garten bekamen sie unter krachenden Donnerschlägen im gespenstischen, weiß-gelb funkelnden Licht der Blitze ungeheure Wassermassen ab.
»Da, die Minze!«, schrie Jehan und zeigte ihm eine Pflanze.
Bertoul pflückte mehrere Stängel.
»Da ist der Rosmarin.«

Er riss einen kleinen Zweig ab.
»Und da das Eisenkraut.«
Bertoul hatte jetzt alles, was er brauchte, und die beiden rannten ins Haus zurück.
»Danke«, sagte Bertoul. »Du kannst nach Hause gehen.«
»Ich will nicht. Ich hab zu große Angst vor dem Gewitter.«
Aber Bertoul wollte jetzt kein Kind bei sich haben. Wenn er tatsächlich ein Feuer zu bekämpfen hätte, müsste er ungehindert sein.
»Komm, ich begleite dich zurück«, schlug er vor und brachte Jehan völlig durchnässt nach Hause, wo er in den Armen seiner Mutter Schutz suchte.
»Er wird schnell wieder trocknen«, entschuldigte sich Bertoul. »Er hat mir sehr geholfen. Danke, Jehan.«
Dann verschwand er wieder.

Ein Stängel Rosmarin, zwei vom Eisenkraut, drei von der Minze. Und daneben der in einen roten Stofffetzen eingewickelte Nagel. Alles lag griffbereit nebeneinander für den Fall, dass es gebraucht wurde.
Bertoul brauchte nicht lange zu warten. Er vernahm einen kurzen Stoß gegen eines der Fenster, als ob dort jemand anklopfte. Bertoul erblickte mehrere helle Schatten, die sich aufgeregt bewegten.
»Die Eulen …«, sagte er. »Natürlich!«
Schnell griff er nach den Kräutern, in die andere Hand nahm er den eingewickelten Nagel, dann ging er hinaus, ohne sich die Mühe zu machen, die Tür zu verriegeln.
Vier Eulen erwarteten ihn. Die erste wandte ihm den Kopf mit ihren schönen goldenen Augen zu, als wollte sie sich vergewissern, dass er verstanden hatte. Dann flog sie lautlos zwischen den Häusern hindurch, eskortiert von den anderen, die noch höher schwebten. Bertoul folgte ihrer Bahn durch die Straßen, den Blick nach oben gerichtet, um seine Führer nicht aus den Augen zu verlieren. Bald stieg ihm ein verdächtiger Geruch in die Nase. Feuer! Aber es war nicht der vertraute Geruch des Herdfeuers, der häufig in den Straßen

hing, sondern ein beißender, dichter, schwarzer Gestank. Menschen kamen ihm entgegen und rempelten ihn an.
»Nicht da lang, Kamerad! Du wirst verbrennen!«
»Was ist denn los?«, fragte er.
»Ein Feuer! Ein Brand in einem Haus bei der Fontaine du Ponceau! Blitzschlag! Flieh! Bald wird nur noch Asche übrig sein!«
Aber anstatt ihrem Rat zu folgen, beeilte sich Bertoul, den Eulen zu folgen und fand sich bald darauf auf einem kleinen Platz wieder. Dort sah er das brennende Haus – der Herd des Feuers schien sich allerdings nicht am Strohdach, sondern im Erdgeschoss zu befinden. Ein ekelhafter Gestank nach bitteren Pflanzen, angesengtem Fleisch und Fäulnis erfüllte die Luft.
»Das sieht aber nicht nach einem Blitzschlag aus«, bemerkte er. Seine Hände krampften sich um die Dinge, auf die ihn das Zauberbuch hingewiesen hatte.
Die Flammen schlugen hoch; gelb und rot, intensiv, von einer seltsamen Schönheit vor dem Eisengrau des Gewitterhimmels und dem Schwarz ihres eigenen Rauches. Der Regenguss, so gewaltig er auch war, konnte gegen dieses prasselnde Höllenfeuer nichts ausrichten – normales Regenwasser war bei dieser Art Feuer machtlos!
Um das in Flammen stehende Haus herum herrschte großer Aufruhr. Männer versuchten Eimer weiterzugeben, nicht um das Feuer zu löschen, sondern um die angrenzenden Häuser damit zu besprengen und zu schützen. Frauen schleppten schwere Pakete und zogen verängstigte Kinder hinter sich her. Und mitten unter all den geschäftigen Leuten stand ein Mann, der all das aufmerksam und seelenruhig beobachtete, die Hände in die Hüften gestemmt, breitbeinig, den eisblauen Blick auf die Flammen gerichtet.
»Hennequin!«
Der Soldat wandte sich zu ihm um, schwarze, nasse Haarlocken kringelten sich auf seiner Stirn.
»Was machst denn du hier?«, fragte er ein wenig erstaunt.
»Ich bin gekommen, um den Brand zu bekämpfen.«
»Du?«

»Ich ... ich kenne ein Mittel. Ich muss in da hinein.«
»Unmöglich! Sie sind da drinnen eingeschlossen und werden dort geröstet. Das wird ihnen einen Vorgeschmack auf die Hölle geben.«
»Wer wird geröstet?«
»Nun ... deine vier Widersacher natürlich.«
Bertoul biss sich auf die Lippen.
»Aber das kann man nicht zulassen!«
»Und warum nicht?«
»Sie werden lebendig verbrennen! Es sind doch immerhin Menschen...«
»Wenn du sie besser kennen würdest, würdest du sie nicht bedauern, glaub mir.«
»Und sollen all diese Holzhäuser hier abbrennen? Das Feuer wird sich ausbreiten, das muss dir doch klar sein! Lass mich hinein.«
Hennequin trat zur Seite und Bertoul näherte sich dem brennenden Haus. Die Tür war verriegelt.
»Hilf mir«, forderte er Hennequin gebieterisch auf.
»Dafür habe ich sie eigentlich nicht eingeschlossen«, protestierte der Gauner.
»Was?«
»Na ja, ich hatte nicht vor, sie ihrem Schicksal entkommen zu lassen!«, schrie er, da der Lärm der Flammen jetzt ohrenbetäubend war.
»Los, öffne mir!«, schrie Bertoul zurück.
»Was hast du denn vor?«
»Ich weiß schon, was ich tue. Schnell, die ersten Funken springen auf die anderen Dächer über!«
Hennequin verschob eine Planke und drückte die Türflügel zur Seite. Der Luftzug verursachte einen großen stinkenden Flammenfächer, der eine schwarze Rauchwolke auslöste.
»Drei Schritte ...«, sagte Bertoul zu sich. Es überkam ihn ein starker Drang, aufzugeben und die Beine in die Hand zu nehmen.
»Mein Haus! Die Flammen greifen auf mein Haus über!«, schrie eine verzweifelte Frau.

Bertoul schritt durch die Tür – *ein* Schritt. Er wusste nicht, dass er sich in Manassé Laboratorium befand, die blendenden Flammen und der beißende Rauch raubten ihm die Sicht.
Er keuchte und schob ein Bein vor. *Zwei* Schritte. Auf dem Boden lagen Scherben: Töpfe und Kolben waren in der Hitze zersprungen, seltsame Objekte in ungewöhnlichen Farben waren über den Boden verstreut und pestartige Gerüche hingen in der Luft.
Drei Schritte!
Die Hitze war gewaltig und Bertoul war sich sicher, dass er gleich selbst verbrennen würde. Aber das durfte nicht sein, er musste zumindest die benachbarten Hauser retten! Die Formel. Sie musste gesprochen werden, schnell. Er konnte sie auswendig. Wie begann sie?
»He! Was machst du denn so lange da drin?«, brüllte Hennequin von draußen. »Ich komme jetzt und hole dich.«
»Nein! Bleib, wo du bist, alles ist in Ordnung!«, antwortete Bertoul hustend.
»Du hast mir das Leben gerettet, jetzt kann ich dir deins retten.«
»Nein, warte noch einen Moment.«
Die Formel, die Anrufung, er musste sich beeilen!
»Ich rufe dich an, o Wächter der ewigen Flamme, du, der du über das Element des Feuers herrschst ...«
Der Rest ging von ganz allein, die Worte strömten ihm über die aufgeplatzten Lippen, wie das Wasser eines Baches, das seiner Mündung entgegenfließt. Wenn er nur nichts vergaß! Er spürte, wie brennende Funken auf seine Kleidung fielen und seine Haare und Augenbrauen versengten. Eine glühende Hitze drang in seine Lungen, an seiner Hüfte schien die Kette mit den Schlüsseln zur Truhe zu glühen. Von der Decke löste sich ein glühendes Stück Holz von einem Balken und flog zischend auf sein rechtes Auge zu. Trotz des gleißenden Lichts sah er es auf sich zukommen – aber zum Ausweichen war es zu spät: Das Kohlestück traf ihn an der Nase, knapp neben dem Auge, und er fegte es mit einer kleinen Bewegung weg. Die Formel musste unbeirrt bis zum Ende gesprochen werden, was immer geschah.

»Bewirke, dass die umliegenden Orte vor dem Feuer bewahrt werden, so wie die anständigen Menschen vor dem Höllenfeuer.«
Irgendetwas musste er noch tun, aber was war es noch? Er fühlte sich so gejagt und verkrampft vor Angst, mit den geballten Fäusten, in denen …
Das war es! Er musste das ins Feuer werfen, was er in den Händen hielt.
Er zwang sich, seine Finger zu öffnen, und warf die Überbleibsel der Kräuter, die durch die Hitze schon halb trocken waren, und den in den roten Stoff gewickelten Nagel weit von sich. Dann blieb er wie betäubt stehen, unfähig sich umzudrehen und zu flüchten. Vor ihm auf dem Boden zeichneten sich die Umrisse von vier schwarzen, gekrümmten Gestalten ab.
Jetzt spürte er, wie jemand ihn mit festem Arm umschlang und heraus auf die Straße zog. Man musste Wasser auf die Glut gießen. Der Regen wurde stärker, vielleicht genügte das, um die anderen Häuser zu retten.
»Na! Du hattest also wirklich Lust, dir die Hölle einmal mit eigenen Augen anzusehen, wie?«, polterte Hennequins Stimme an sein Ohr.
Bertoul schüttelte sich, noch unfähig, irgendetwas zu erwidern. Seine Wange schmerzte ihn.
»Aha«, entfuhr es Hennequin, »schau, die Flammen scheinen tatsächlich kleiner zu werden, ganz plötzlich. Wie es aussieht, werden die Nachbarn wohl heil davonkommen.«
Ein Rabe tauchte über der Feuersglut auf, direkt danach ein zweiter. Mitten im Flug wurden sie von der Hitzewelle erfasst und stürzten in die glühende Asche. Noch weitere folgten, als würden sie von diesem schaurigen Ende unwiderstehlich angezogen. Das Feuer schrumpfte jetzt schnell, als würde es sich in sich selbst zurückziehen, ins Herz des Gebäudes, und schließlich bis dorthin, wo einmal ein Kamin gewesen war.
»Danke, Wächter der ewigen Flamme«, murmelte Bertoul so leise, dass niemand es mitbekam. Die angrenzenden Häuser waren gerettet, und auch in Mannassés Haus glommen nur noch einige Funken

im Fachwerk, die immer kleiner wurden. Die Lehmwand war völlig zusammengebrochen.
»Es … sind Leute … Leute, da drin. Ich habe sie gesehen. Man muss … man muss … diese vier schwarzen zusammengeschrumpften Körper …«
»Zwecklos«, sagte Hennequin. »Sie sind tot.«
»Tot?«
»Verkohlt. Es gibt also doch eine Gerechtigkeit.«
»Gerechtigkeit?«, wiederholte Bertoul wie betäubt.
»Nun ja, waren es nicht Hexer? Und weißt du, was die Strafe für Hexerei ist? Der Scheiterhaufen natürlich. Sie haben bekommen, was sie verdienten, glaub mir.«
»Der Blitz …«, flüsterte Bertoul.
»Keineswegs«, korrigierte ihn Hennequin. »Ich war dort, ich habe sie gesehen. Seit langem belauere ich sie. Sie haben sich gestritten, wie immer. Dieses Gekreische! Dieses aufgeregte Gezänk! Eine Kerze fiel um und landete auf einer ihrer fauligen und öligen Flüssigkeiten. Dadurch wurde das Feuer ausgelöst und hat sich sofort ausgebreitet.«
»Bring mich nach Hause«, flehte Bertoul, der nur mühsam seinen Erklärungen zu folgen vermochte.
Hennequin geleitete ihn, wie man einen Schwerkranken führt. Der Regen ließ langsam nach und der Himmel klarte auf. Die Eulen waren verschwunden.
Bertoul fand sich zu Hause wieder, er saß auf einem Holzstuhl, Hennequin ihm gegenüber, der ihm seine durchnässten Kleider auszog. Sie waren von einem schrecklichen Geruch durchzogen, einer Mischung aus Verbranntem und Faulem.
Er bebte am ganzen Körper und es gelang ihm nicht, seine Gedanken zu ordnen. Hennequin kümmerte sich um ihn wie eine Amme, wie aus dem Nichts erschien ein Glas Kräuterwein vor seinen starren Augen und wurde an seine Lippen geführt.
»Trink!«, befahl Hennequin.
Bertoul gehorchte und seine Zähne schlugen zitternd gegen den Rand des Glases.

»Wie kommt es eigentlich, dass du da warst?«, fragte Hennequin und legte einen braunen Wollumhang um die Schultern des Jungen.
»Ich hatte … ein … Vorgefühl … dass es … einen Brand gäbe. Ich … kannte einen Zauber … um ihn … zum Erlöschen … zu bringen.«
»Du redest merkwürdiges Zeug«, bemerkte Hennequin, »und dein Blick ist so starr. Siehst du mich? Erkennst du meine Hand?«
»Ja«, sagte Bertoul, immer noch wie betäubt. »Und hier? Ist das Feuer nicht bis hierher gedrungen?«
»Nein«, antwortete Hennequin. »Und jetzt lass diese Verbrennung in Ruhe, du wirst eine sehr schöne Narbe übrig behalten.«
»Meine Fidel … Ist meine Fidel nicht verbrannt?«
»Natürlich nicht. Nur ein Wohnhaus ist abgebrannt, das Haus des verrückten alten Magiers. Alle vier Hexer sind verbrannt. Erinnerst du dich? Die vier, die dich durchgeprügelt haben.«
»Und die mein Zauberbuch wollten.«
»Nun beklag dich nicht. Ich habe es dir ja zurückgebracht.«
»Sie wollten den König und seine Mutter töten. Sie haben den Fluch tatsächlich ausgeführt.«
Das Sprechen fiel Bertoul immer noch schwer, aber langsam begann er, aus seiner Betäubung zu erwachen.
»Der König ist tot?«, erkundigte sich Hennequin.
»Nein, sein Bruder. Der junge Philippe-Dagobert. Und vielleicht wird Jean auch sterben. Die beiden Brüder des Königs, die jungen Prinzen … Das Zauberbuch sagt deutlich, dass sich der Zauber gegen diejenigen selbst wendet, die ihn fehlerhaft ausführen. Wenn man den Katzenfluch nicht auf die richtigen Ziele anwende, würde es den Magier teuer zu stehen kommen.«
»Woher weißt du das alles?«
»Der Zauber … Sie haben sich geirrt, sie haben nicht die richtigen Haare genommen.«
»Ich verstehe kein Wort von dem, was du da erzählst. Hast *du* das Feuer zum Stillstand gebracht?«
»Ich weiß nicht«, sagte Bertoul. »Ich hoffe jedenfalls, dass es keine weiteren Toten gibt.«

Das Urteil der höheren Gerechtigkeit war umgehend ausgeführt worden. Die Hexer *mussten* durch ein Feuer umkommen, sei es das des Scheiterhaufens oder das des Himmels.
Die Gerechtigkeit hat gewaltet, dachte Bertoul mit Bitterkeit. Aber das Reich trägt dennoch Trauer.

Prinz Jean starb einige Stunden nach seinem Bruder, genau in dem Moment, in dem das Gewitter seinen Höhepunkt erreicht hatte – im Moment des Brandes.
Der Rat des Königs bereitete die Beisetzung der beiden Prinzen vor, deren sterbliche Überreste nach Saint-Denis gebracht wurden. König Louis sowie seine Mutter verboten es sich, sich von Schmerz und Trauer überwältigen zu lassen. Das Reich brauchte ihre gesamte Kraft – aber niemand wusste um das Wehklagen, das sich nachts erhob, im Verborgenen ihrer Gemächer.

Diejenigen, die

die okkulte Wissenschaft

studiert haben,

wissen, dass alle Formen

zuerst in den Gedanken

in der Astralwelt existieren,

bevor sie **im Irdischen**

verwirklicht werden.

30

Raoulet de Mauchalgrin verbrachte jetzt weniger Zeit auf seinem Pferd, allerdings nicht etwa deswegen, weil er an der Trauer der königlichen Familie teilnahm. Wenn er sich auf den Fluren des königlichen Herrenhauses von Vincennes herumtrieb, so deshalb, weil er versuchte, so oft wie möglich die Wege des Fräuleins Blanche de Vauluisant zu kreuzen. Er trieb sie in die Enge, verfolgte und belästigte sie ununterbrochen. Vor anderen machte er anstößige und spöttische Anspielungen über arme Schlucker, die manchmal in den Armen von Edelfräulein zu finden wären.

Eines Tages ergab sich endlich die Gelegenheit, auf die er gewartet hatte: Als er sich Aug' in Auge mit ihr allein befand, fasste er sie am Arm, schüttelte sie und fuhr sie an.

»Eure Tändeleien mit dem verdammten Musiker kümmern mich nicht, aber sagt mir, was Ihr über ihn wisst. Ich fordere …«

»Ihr seid nicht in der Position, von mir irgendetwas fordern zu können, Messire«, erwiderte Blanche von oben herab.

»Ich fordere, dass Ihr mir sagt, wo ich diesen Dieb finden kann … diesen nichtswürdigen … diesen … diesen …«

»Lasst mich los, Messire. Wenn Ihr solche Manieren an den Tag legt, werdet Ihr von niemandem etwas erfahren.«

»Früher oder später, glaubt mir, werde ich Euch dazu bringen, mir zu sagen, was Ihr wisst.«

Blanche betrachtete ihn mit einer skeptischen und leicht belustigten Miene.

»Ich verbiete Euch, mich so zu fixieren. Eines Tages werde ich mein Zauberbuch zurückbekommen, und an diesem Tag wird auch dieser Schurke sein Leben verlieren. Nein, vielmehr das Augenlicht, denn ich werde ihm die Augen ausstechen. Von diesem Tag an werde ich

ihn in meiner Nähe behalten, sodass er bis an sein Ende mit seiner verdammten Säge meine Ruhm- und Heldentaten besingt!«
»Das ist ja lächerlich!«, sagte Blanche und befreite sich aus seinem Griff.
»Nicht so schnell, mein Fräulein. Ich werde Euch beim König anklagen. Als Hexe! Als Handlangerin eines Hexers!«
»Und Ihr denkt, dass er Euch glaubt?«
»Er wird Euch nicht mehr in der Nähe seiner Schwester haben wollen. Alle werden Euch meiden.«
»Und Ihr? Alle fliehen Euch bereits jetzt, Messire de Mauchalgrin, es ist nicht einmal notwendig, sich über Euch und Euer Verhalten zu beschweren! Ihr seid wie ein bunter Hund für Eure unerträglichen Manieren bekannt.«
In den nächsten Tagen spielten sich weitere Szenen dieser Art ab, da in den Fluren ein ständiges Kommen und Gehen herrschte. Die permanente Gegenwart Raoulets wurde Blanche unerträglich, und jeder Schritt, den sie außerhalb des Zimmers der Edelfräulein oder ohne ihre Freundinnen tun musste, erfüllte sie mit Furcht, denn sie wusste, dass Raoulet ihr hinter jeder Tür und jedem Vorhang auflauern konnte.
Sie wurde reizbar und misslaunig, und man erklärte sich ihren veränderten Charakter durch die schrecklichen Trauerfälle.
»Es wird höchste Zeit, dass sein Herr sich entschließt, zu seinem Gut zurückzukehren!«, fluchte sie. Vor langem schon war die Ehrenbekundung Audouins de Fougeray wohlwollend entgegengenommen worden. Worauf wartete er noch, um mit seiner Gefolgschaft zu seinem Lehen zurückzukehren? Doch Audouin de Fougeray und seine Ehefrau Mahaut schienen sich am Hofe wohlzufühlen und nichts deutete auf eine baldige Abreise hin. Vielleicht würde eine Veränderung eintreten, wenn der Hof Vincennes wieder verließ.
Blanche traute sich weder in den Wald noch in die Gärten zu gehen; der einzige Ort, an dem sie sich ein wenig geschützt fühlte, war bei ihrer Patin, der guten Frau Tiphaine de Fontegrive.
»Meine liebe Blanche, endlich kommst du einmal zu uns. Wärest du

doch schon früher gekommen, unsere Abende und unser Minnehof sind nun ernster und zurückhaltender geworden.«
»Ich weiß, Frau Tiphaine. Erlaubt Ihr mir dennoch, ein wenig bei Euch und Euren Freunden zu bleiben?«
»Selbstverständlich. Aber was ist das? Du siehst traurig aus, meine arme Blanche. Ist es wegen des Todes der beiden Prinzen.«
»Ich mochte sie sehr gern«, sagte Blanche mit einem Seufzer. »Ich hätte Lust ... einmal andere Luft zu atmen. *Eure* Freunde sind immer so höflich.«
»Was meinst du damit?«
»Ach, es ist nichts, nichts.«
Sie seufzte erneut herzzerreißend.
»Bleib in meiner Nähe, meine liebe Blanche, wir wollen einmal hören, was diese Edelknappen uns zu sagen und vorzusingen haben.«
In der fröhlichen Gesellschaft ihrer Patin fand Blanche einen gewissen Frieden, aber glücklich war sie auch hier nicht. Sie hatte keine einzige Nachricht von Bertoul erhalten.
»Wenn ich doch nur mit ihm sprechen könnte«, sagte sie sich. »Haben wir nicht einen Bund geschlossen? Er würde mich von Raoulet befreien wie der Ritter die Schöne vom Drachen, der sie angreift. Wenn ich ihm doch wenigstens von all dem erzählen könnte, was in mir vorgeht! Und davon, wie sehr ich seine Freundschaft und seine Lieder brauche. Wenn ich nur schreiben könnte! Sofort würde er eine Nachricht von mir erhalten ...«
Obwohl Bertoul sie in den letzten beiden Jahren immer wieder dazu aufgefordert hatte, hatte sie das Schreibenlernen nie richtig in Angriff genommen. Plötzlich erschien es ihr als das Dringendste, was sie zu tun hatte. Lesen lernen, schreiben lernen! Um eines Tages in der Lage zu sein, Nachrichten schicken zu können. Und um von Bertoul bewundert zu werden. Beim nächsten Wiedersehen könnte sie ihm stolz verkünden:
»Schau, was ich kann: Ich kann meinen Namen schreiben. Ich kann einen Absatz lesen. Ich kann einen Brief schreiben. Und ich kann deine Lieder lesen.«

Das war ein guter Plan.
Am Abend war sie wieder bei ihrer Patin.
»Frau Tiphaine, würdet Ihr mir Lesen und Schreiben beibringen können?«
»Dafür kann ich meine Zeit nicht hergeben, meine Liebe.«
Tiphaine bemerkte die Enttäuschung ihrer Nichte. Sie dachte einen Moment lang intensiv nach, dann legte sich ein befriedigtes und schelmisches Lächeln um ihren Mund.
»Aber weißt du was? Ich werde dich in die Hände von Aubery de Sauvernac übergeben, dem es ein Vergnügen sein wird, denke ich. Aubery, kommt doch einmal her, mein schöner Edelknappe.«
Ein junger blonder Mann, der glänzend aussah in seinem violetten Wams und seinen purpurfarbenen Beinkleidern, näherte sich ihnen neugierig und interessiert.
»Aubery, das hier ist meine Patentochter Blanche de Vauluisant.«
Blanche nahm ihr Kleid in beide Hände und begrüßte den jungen Mann mit einem Knicks, während er sich, die Hand aufs Herz gelegt, tief vor ihr verbeugte.
»Blanche wünscht sich sehr, lesen und schreiben zu lernen. Die Geistlichen im Umkreis des Königs sind zu sehr mit ihren Gebeten und der Erziehung der Prinzen beschäftigt, aber Ihr – könntet Ihr es nicht übernehmen, ihr einige Lektionen auf diesem Gebiet zu erteilen?«
Aubery schien überrascht und entzückt zugleich. Seine Blicke wanderten von Blanche zu Tiphaine und wieder zurück, dann lächelte er charmant und erklärte sich durchaus bereit, eine Aufgabe zu übernehmen, die gewiss sehr vergnüglich und zudem nützlich war.
So begann Blanche, unbeholfen die ersten Buchstaben zu lesen, sie in Texten wiederzuerkennen, miteinander zu verbinden und mithilfe einer Feder auf einem Pergamentbogen zu zeichnen.
Sie ging mit viel Eifer an die Arbeit, und Aubery vernachlässigte gern die Zusammenkünfte des Minnehofes, um sich in den Dienst des Edelfräuleins zu stellen.
Von nun an bekam Blanche jeden Abend spöttische Bemerkungen

ihrer Freundinnen für ihre tintengeschwärzten Finger zu hören. Aber sie lächelte nur darüber und war stolz auf ihre Fortschritte. Und die Sache hatte noch einen weiteren Vorteil: Raoulet gelang es nicht mehr, sie zu finden, wenn sie im Studierzimmer war, Seite an Seite mit Aubery, um sich unermüdlich in ihren neuen und aufregenden Fertigkeiten zu üben.

Gegen Ende des Monats August kehrte der Hof, noch immer in Trauer, doch ein wenig heiterer gestimmt, nach Paris zurück.

Der in die höhere und
fortgeschrittene Magie Eingeweihte
kehrt sich niemals Vergangenem zu
und vergeudet seine Zeit nicht
mit Klagen oder Auflehnung
gegen die Taten des Schicksals.

31

Man konnte den Eindruck haben, Hennequin, der ehemalige Soldat, wäre im Begriff, bald sogar ein ehemaliger Gauner zu sein. Er überfiel nachts keine Bürger mehr in dunklen Straßen, er stahl nicht mehr gegen Bezahlung, versuchte sich nicht mehr in Erpressung oder Einschüchterungen und verkehrte nicht mehr in der Taverne zu den ›Drei Enten‹ in der Tire-Boudin-Straße.
Er hatte beschlossen, nichts Schlechtes mehr zu tun. Zum einen, weil seine unrühmlichen Jahre ihm viel Geld eingebracht hatten. Davon hatte er den größten Teil seiner Mutter gegeben, in deren Haus in der Straße Fontaine du Ponceau er lebte – übrigens ganz in der Nähe des ausgebrannten Laboratoriums von Manassé. Ein zweiter Grund war der, dass er steif und fest behauptete, an seinen Ohren, ja sogar am Leben zu hängen. Und schließlich glaubte er, sehr viel Böses angerichtet zu haben, indem er Bertoul das Zauberbuch gestohlen hatte, und dass er von nun an seine Fehler durch gutes Betragen sühnen müsste. Zwei Kinder, noch dazu zwei königliche Kinder, waren wegen dieses Raubes gestorben.
Er begann seine Sühne damit, dass er sich in den Tagen nach dem Brand um Bertoul kümmerte, pflegte seine Haare und Augenbrauen, die durch die Gluthitze ziemlich in Mitleidenschaft gezogen worden waren, und überbrachte ihm Neuigkeiten.
Von den vier Magiern waren nur Knochen und zerbrochene, verkohlte Utensilien übrig geblieben, die sich durch den starken Regen mitsamt den Rabenkadavern zu einer ekelerregenden Masse aus Schlamm und Asche vermischt hatten.
»Trotzdem wurden noch einige fündig«, machte Hennequin eine Andeutung.
»Wie meinst du das?«

»Es kamen Leute mit kleinen Gefäßen, die versucht haben, diesen schwärzlichen Schlamm einzusammeln.«
»Was für Leute?«
»Hexer natürlich, was glaubst du denn? Nekromanten, falsche Magier, Hexer eben, was weiß ich. Diese Aschenreste, glaub mir, werden jetzt bereits für magische Zubereitungen und allerlei Zauber verwendet.«
Bertoul verzog das Gesicht. Bei dem Gedanken wurde ihm übel.
»Demnach«, fuhr Hennequin fort, »wird es weder eine Messe noch eine Beerdigung geben. Sie sind direkt in der Hölle gelandet.«
Die Verbrennung unter Bertouls Auge schien nicht heilen zu wollen. Weder die Umschläge des Apothekers mit Weißwein und Eidechsenkot, noch die feuchten Kompressen von Frau Félicité zeigten Wirkung.
Wenn doch Blanche da wäre! Sie wüsste, was zu tun ist, dachte Bertoul. Sie kannte alle Eigenschaften der heilkräftigen Kräuter. Hatte sie ihn nicht von dem bösartigen Fieber geheilt? Sie wüsste sicher auch, wie sie seine Haut zu behandeln hätte, die durch diese Verbrennung so entstellt war.
Aber es gab keinerlei Nachricht von Blanche.
Er machte sich Sorgen um sie. Ob es ihr gut ging? Wie ein Dieb war er geflohen, als Raoulet einen Moment lang abgelenkt war – ohne ein Wort, ohne ein letztes Adieu. Wer weiß, auf welche Art und Weise sich der bösartige Raoulet auf sie stürzen würde, um sie zu zwingen, alles, was sie über ihn und das Zauberbuch wusste, preiszugeben …
Sie hatte ihm keinen neuen Boten geschickt, keinen weiteren Hilferuf. Das konnte auch heißen, dass alles einigermaßen gut lief.
Seine Arbeit in der Bauhütte hatte er zwar wieder aufgenommen, aber was er dort tat, interessierte ihn immer weniger. Er war weit weg und wirkte abwesend, was seine Kameraden der Auseinandersetzung vom Vortag des Gewitters zuschrieben. Tag und Nacht dachte er an Blanche und vor allem daran, dass es ihm nicht möglich war, seinen Gefühlen freien Lauf zu lassen.
»Ist das Liebe?«, fragte er sich ständig. Liebe war es, wenn man seine Gefühle miteinander teilte – aber das war ja mit Blanche unmöglich.

Es war schon wunderbar, dass sie, eine Adlige, ihn als ihren Freund bezeichnete. Im Übrigen, wenn sie nett zu ihm war und ihm ihre Aufmerksamkeit schenkte, wenn sie gern lachte und ihm versicherte, dass sie seine Verbündete und Partnerin bleibe, komme was da wolle, so hatte sie sich doch nie anmerken lassen, dass sie ihm gegenüber noch andere Gefühle hegte. Nein, wahrhaftig, zwischen dem adligen Fräulein Blanche de Vauluisant, Tochter von Jehan de Flamincourt und Maguelonne de Vauluisant, der Patentochter von Tiphaine de Fontegrive und ihm, Bertoul Beaurebec, dem Sohn des Holzfällers Barthélemy und der Wäscherin Mariette, gab es keine Zukunft.
Wie schön wäre es, wenn Frau Hermelinde ihm die Gabe der außergewöhnlichen Sehkraft wieder nehmen und ihm dafür einen Adelstitel geben würde, damit Blanche ihn lieben könnte …
Bertoul fuhr fort, täglich ein inbrünstiges Gebet für Frau Hermelinde und Magnus Gurhaval zu sprechen.
»Jetzt geht es mir also genau wie damals Meister Magnus!«, sagte er zu sich. »Es ist, als würde dieselbe alte Geschichte aufs Neue beginnen! Ich besitze das Zauberbuch mit dem Rubin, ich wohne in Paris, in seinem Haus in der Straße der großen Gaunerei, und ich bin in ein junges Mädchen aus dem Adelsstand verliebt, das nicht für mich bestimmt ist.«
Und wie war die Geschichte der beiden ausgegangen? Hermelinde, die Magnus geliebt hatte und von ihm geliebt wurde, war in die weit entfernte Provinz gezogen, um sich zu verheiraten, und hatte ihn nie wiedergesehen, niemals. Bis zu ihrem Tod fünfzig Jahre später. Und dennoch hatte er sie all die Zeit geliebt.
Bertoul schüttelte sich. Solche Träumereien halfen ihm nicht weiter. Er fasste den Entschluss, aus Blanches Nähe zu verschwinden. Seit zwei Jahren hatte sich nichts an ihrem Verhältnis zueinander verändert. Das war viel zu lang – und er fürchtete, zu sehr zu leiden, wenn er noch länger in ihrem Umkreis bliebe. Er musste fliehen!
An einem der nächsten Tage würde er sein Bündel nehmen, seine Fidel und sein Zauberbuch darin verstauen und sich auf den Weg machen, ganz gleich, wohin.

Blanche! Ihre schwarzen Haare, ihre Augen mit der veränderlichen Farbe, ihre grünen Kleider, ihre Heilpflanzen, nie würde er sie vergessen. Er würde seiner ersten Liebe treu bleiben – und sie würde nie etwas davon erfahren.

Er rieb sich die Nase und schrie vor Schmerz auf. Immer wieder vergaß er diese verteufelte Brandwunde. Wenn er sie doch noch ein- oder zweimal wiedersehen könnte, natürlich nicht, um sich ihr verliebt zu Füßen zu werfen, sondern damit sie ihm endlich die richtigen Pflanzen empfahl, um diese nässende Brandblase zu heilen, die ihn entstellte.

Die Tür wurde heftig aufgerissen. Das geschah in letzter Zeit oft.

»Der König ist wieder in Paris«, verkündete Hennequin donnernd.

Bertouls Herz machte einen unerwarteten Sprung.

»Freust du dich? Nicht nur der König, sondern auch die Königin, die jüngeren Brüder, das heißt, die, die noch leben, die kleine Schwester und die Ritter, das Gefolge … Muss ich alle aufzählen?«

»Nein, ich verstehe …«

»… die Diener, die Stallknechte, die Pferde, die Dienerinnen, die Soldaten, die …«

»Also der ganze Hof«, unterbrach Bertoul ihn.

»Genau. Nun, mmh, ich lasse dich allein. Da wird dich wohl manchmal jemand besuchen kommen.«

Einen Kameraden, der kein Blatt vor den Mund nahm, hatte er also bei seinem Abenteuer gewonnen. Aber sollte er sich darüber beklagen? Hennequin war nicht so unangenehm und furchteinflößend, wie er auf den ersten Blick aussah. Und Bertoul hatte vor den Richtern schließlich nicht gelogen, als er versicherte: »Ein guter Kerl, der kein Freund vieler Worte ist, aber er hat ein gutes Herz.«

Am nächsten Tag schon klopfte es an die Tür des Hauses in der Straße der großen Gaunerei. Bertoul öffnete und … Sie war es.

»Blanche!«

»Niemand ist mir gefolgt«, versicherte sie. »Aber es ist besser, die Tür trotzdem sofort zu schließen. Ich wollte dich sehen, Bertoul.«

»Wirklich?«

»Du hast mir gefehlt.«
Bertouls Herz schlug schneller.
»Und dann musste ich dich sehen, weil …«
»Raoulet?«, fragte er alarmiert.
Sie schüttelte den Kopf.
»Er hat versucht, mir das Leben schwer zu machen, aber ich habe mich gegen ihn behauptet. Und sogar gut behauptet, du kannst stolz auf mich sein. Ich habe ihm weder gesagt, wo du wohnst, noch wo du das Zauberbuch mit dem Rubin versteckst.«
»Hat er dir Gewalt angetan, auf welche Weise auch immer?«
»Nein, nein, sei unbesorgt. Natürlich nicht, so was hätte er nicht gewagt. Bertoul, kannst du mir ein Stück Pergament geben? Es braucht nicht sehr groß zu sein.«
»Aber ja.«
Er entrollte einen abgeschnittenen Pergamentrest auf dem Tisch. Vom Regal holte sie eine Feder und ein Tintenhorn und setzte sich vor das Pergament.
Regungslos vor Freude und Neugierde verschlang Bertoul sie mit den Augen. Sie tauchte die Feder in die Tinte und holte tief Luft, bevor sie begann. Die Feder berührte die elfenbeinerne Oberfläche, wurde langsam hinuntergeführt, und zog einen breiten vertikalen Strich. Dann setzte Blanche die Feder wieder oben an und fuhr konzentriert fort, Striche und Bögen aneinanderzureihen.
Ein B formte sich, dann der lange dunkle Strich des L, die schwierige Gestalt des A – BLA – dann die anderen Striche, die sie gleichmäßig auszuführen versuchte. BLAN.
»Blanche, du kannst schreiben! Du hast es geschafft!«
BLANCHE.
Triumphierend hielt sie ihm das Pergament hin.
»Das kann ich!«, sagte sie. »Und außerdem …«
Noch ein B, dasselbe. Das E, sehr schwierig, da man die Feder geschickt drehen musste. BE. Das R schien einfacher, aber es brauchte ebenfalls Geschick. BER.
BERTOUL.

Sein Name! Sein eigener Name, von Blanche geschrieben! Er war fast zu Tränen gerührt.
»Du kannst also lesen und schreiben!«
»Ich bin noch ganz am Anfang«, sagte sie bescheiden. »Aber ich musste es dir einfach zeigen.«
Sie strahlte über ihre Leistung und die Bewunderung, die sie in den Augen ihres Verbündeten las.
»Aber ... was hast du denn da?«
Sie deutete auf die aufgeplatzte und schlecht verheilte Brandwunde.
»Das? Oh, das ist eine Brandwunde. Von dem großen Feuer ...«
»Mein Gott, natürlich, der Brand! Ich habe gar nicht mehr daran gedacht. Erzähl mir, was geschehen ist!«
Er berichtete von Anfang an: wie er den Text der Feuerbeschwörung auswendig gelernt hatte, wie er die notwendigen Zutaten vorbereiten musste, wie die Eulen ihm den Weg und das brennende Haus gezeigt hatten und alles, was danach passiert war.
»Und niemand konnte diese Wunde da behandeln?«
»Der Apotheker und Félicité haben sich daran versucht«, sagte er und erklärte genau, welche Pflege er erhalten hatte.
»Aber genau das hätte man nicht tun dürfen!«, rief sie erschrocken. »Auf eine solche Brandwunde muss man Johanniskrautöl tupfen. Ich werde es besorgen. So darf die Wunde nicht bleiben, sonst wirst du für immer eine schreckliche, nässende Narbe übrig behalten.«
»Nimm es dir nicht so zu Herzen.«
»Ich will aber keinen entstellten Verbündeten, hörst du? Keinen Musiker, der für mich singt, mit einer Wunde im Gesicht! Hör zu, Bertoul. Ich muss meinen Pflichten bei der Prinzessin Isabelle nachgehen. Gott weiß, dass sie gerade jetzt viel Zuwendung braucht. Aber ich werde bald wiederkommen. Warte hier auf mich.«
Sie verschwand, leicht wie ein Vogel. Sein Herz war verzückt und überwältigt. *Du hast mir gefehlt,* hatte sie gesagt. Nahe an seinem Herzen verstaute er das Stück Pergament in seinem Bliaut, auf dem Blanches und sein Name eng nebeneinander standen, unwiderruflich miteinander verbunden.

Das Zauberbuch war reich an Anweisungen, die verlockende Titel trugen: »Anweisung, die Herzen der Mädchen zu gewinnen ...«, »... Tinte für Liebesbriefe herzustellen ...«, »... Liebe aufkeimen zu lassen ...« Es wäre so einfach gewesen, eine dieser Anweisungen umzusetzen! Was hinderte Bertoul daran, sie anzuwenden?
›Das werde ich nicht tun. Ich werde ihre Gefühle nicht durch eine List beeinflussen. Wenn sie mich nicht liebt, dann habe ich Pech, und wenn sie mich eines Tages doch lieben wird, nun, in diesem Fall braucht es keine magischen Anweisungen.‹
Magnus Gurhaval hatte sicher keine davon verwendet, um die Liebe Hermelindes de Tournissan zu gewinnen. Er würde es jetzt genauso wenig tun.
Hennequin, der wieder einmal unangekündigt bei ihm hereinplatzte, fand ihn im Schneidersitz auf dem Boden, das aufgeschlagene Zauberbuch auf den Knien.
»Na, suchst du einen Liebeszauber?«, fragte er unverblümt.
Bertoul warf ihm einen schrägen Blick zu.
»Schon gut, ich habe also recht. Das Fräulein ist zurückgekommen.«
»Sie wird mir Johanniskrautöl für meine Brandwunde bringen.«
»Ich will nicht annehmen, dass du die Anweisung dafür in dem Zauberbuch gefunden hast ...«
Bertoul schüttelte den Kopf, dann fragte er:
»Was wolltest du von mir, warum bist du hergekommen?«
»Was denkst du denn? Ich wollte erfahren, ob sie gekommen ist. Oder ob sie vorhatte, zurückzukommen. Jetzt weiß ich es und bin beruhigt.«
Und schon war er wieder verschwunden. Um sich Gott weiß welchen Geschäften zu widmen. Aber er war ja inzwischen ein ehrenwerter Mann geworden ...

Vor Einbruch der Dunkelheit war Blanche wieder in die Straße der großen Gaunerei zurückgekehrt, jetzt mit einem Fläschchen Johanniskrautöl in der Hand. Leider war ihr dieses Mal jemand gefolgt.

Im Notfall oder in dem Moment, da man
eine wichtige Handlung ausführt, genügt es
dem Magier, mit leiser Stimme dreimal den
»Meister des Geheimnisses«
zu rufen, der sich hingegeben hat,
um fast unmittelbar zu spüren, wie sich
sein seelischer Einfluss materialisiert.

32

»Haha! Also geht da doch etwas vor sich, ich wusste es!«, rief Raoulet Griffon le Réchin zu, als er sah, wie Blanche im Haus in der Straße der großen Gaunerei verschwand. »Diese Göre, sie konnte dem Ruf ihres Liebhabers nicht lange widerstehen. Aber jetzt habe ich ihn! Griffon!«
»Mmh ...«
»Sobald sie wieder herauskommt, werden wir hineingehen, mein Zauberbuch an uns nehmen und uns um den Schuft von Musiker kümmern. Auf meine Art. Er würde natürlich ein willkommenes Spektakel am Schandpfahl in Mauchalgrin oder in Tournissan abgeben, vor all den Bauern, bevor ihm die Augen ausgestochen werden, aber es ist jetzt besser, rasch zu handeln.«
»Mmh ...«
Und Raoulet de Mauchalgrin richtete sich, mit Griffon an seiner Seite, auf eine längere Wartezeit ein, hinter derselben Tonne wie beim letzten Mal.

Während Blanche Bertouls Brandwunde mit Johanniskrautöl behandelte, vertraute sie ihm die Ereignisse des unheilvollen Sommers in Vincennes an. Sie erzählte ihm von ihrer Patin, die einen Minnehof unterhielt, der sich an die Troubadourshöfe im Süden des Landes anlehnte. Sie blühte auf, als sie ihm erzählte, wie sie mit Aubery de Sauvernac Lesen und Schreiben gelernt hatte.
»Wirst du ihn heiraten?«, fragte Bertoul und spürte, wie sich die Eifersucht in sein Herz bohrte.
»Natürlich nicht«, antwortete sie und zog die Schultern hoch.
»Bist du denn in ihn verliebt? Oder er in dich?« Die Eifersucht wühlte weiter.

»Nein, natürlich nicht«, wiederholte sie.
Er fragte sich, ob sie wohl aufrichtig war. Aber was konnte er schließlich dagegen tun, wenn sie verliebt war?
Nun, für den Moment konnte er sich zumindest an ihrer so liebenswerten, warmherzigen und feinfühligen Gegenwart ergötzen.
»Ich muss gehen, Bertoul«, sagte sie unvermittelt. »Ich werde dich wissen lassen, wann Audouin de Fougeray und sein Gefolge Paris verlassen haben und du wieder im Zimmer der Edelfräulein von Prinzessin Isabelle singen kannst.«
»Gut, mein Edelfräulein«, sagte Bertoul und verbeugte sich sehr tief. »Stets zu Euren Diensten.«
»Hör auf, Bertoul, du bist nicht mein Diener. Du bist ... du bist einfach du selbst.«
»Danke, Edelfräulein, für Eure schönen Worte«, fuhr er im selben respektvollen, leicht neckenden Ton fort.

Raoulet sah Blanche durch die Tür mit den eulengeschmückten Pfosten hinausgehen. Als sie sich noch einmal mit einer kleinen, kaum erkennbaren Geste der Hand umdrehte, bereitete er sich darauf vor, das Haus zu betreten. Doch plötzlich hielt er inne und überlegte es sich anders.
»Nein«, sagte er zu Griffon. »Ich habe einen anderen Plan, und zwar einen viel besseren. Heute Abend werden wir uns nicht an diesen Dieb heranmachen und ihm das Zauberbuch wegnehmen. Ich habe etwas viel Amüsanteres gefunden, das kannst du mir glauben! Stell dir vor, er wird mich noch anflehen, es zu nehmen.«
Griffon le Réchin zeigte ein ausdrucksloses Gesicht.
»Du fragst dich, wie und warum?«
»Mmh ...«
»Haha, ich habe da so meinen Plan. Und diese hochnäsige Pute, Blanche de Vauluisant, wird ihre Rolle in diesem Plan spielen. Sie kehrt ins Palais zurück? Sehr gut. Wir gehen jetzt ins Hotel de Trécy, ich muss noch zwei oder drei Dinge regeln, und schon morgen werden wir so weit sein.«

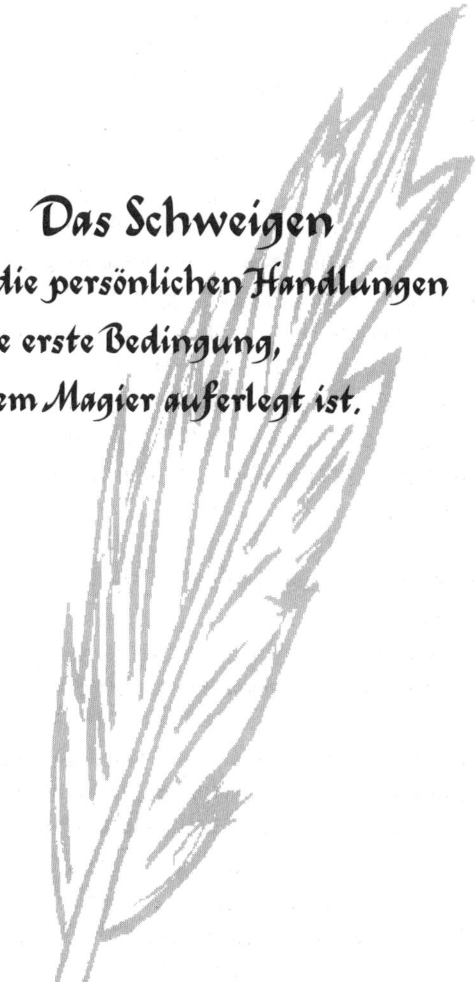

Das Schweigen

über die persönlichen Handlungen

ist die erste Bedingung,

die dem Magier auferlegt ist.

33

Es war nicht besonders schwer, in Paris einen Keller zu mieten, und Raoulet fand problemlos einen in der Umgebung der *Rue des Escouffes,* der Straße der Lederhändler. Gegen eine Summe von zehn Sous händigte ihm eine alte, halb taube Frau einen Schlüssel aus – eine übertriebene Summe für einen so einfachen Keller, aber Raoulet hatte es eilig, zur Tat zu schreiten, und der Ort sagte ihm zu.

»Es gibt keine andere Öffnung als die Tür, die nach draußen führt und die zudem verstärkt ist. Das ist ideal für unser Vorhaben, nicht wahr, Griffon?«

»Mmh ...«, kommentierte le Réchin.

»Gut, jetzt bist also du an der Reihe. Hast du gut verstanden, was du zu tun hast?«

»Mmh ...«, wiederholte le Réchin.

»Gut so. Gib mir Bescheid, sobald es geklappt hat.«

Griffon le Réchin legte sich am Eingang des königlichen Palais auf die Lauer. Er saß auf einem Grenzstein, sein Pferd war an einem Ring festgebunden, und so wartete der riesige und unerschütterliche Waffenmann darauf, dass Blanche de Vauluisant sich zeigen würde. Es vergingen einige Tage ...

Blanche begann aufzuatmen. Raoulet de Mauchalgrin war nicht wieder erschienen. So nah man auch in Vincennes beieinandergelebt hatte, hier in Paris wohnte jeder dort, wo es ihm gefiel. Der junge Mauchalgrin war an die Gefolgschaft seines Herrn gebunden und folglich, zu ihrer großen Erleichterung, nicht mehr in ihrer unmittelbaren Nähe.

Sie wirkte entspannter und heiterer. An einem der nächsten Tage würde sie Bertoul besuchen, um zu sehen, ob die Brandwunde heilte.

Aber wann? Sie wusste es nicht genau. Sie wollte nicht ungelegen kommen. Bertouls Leben war sehr ausgefüllt. Welche zeitlichen Abstände waren angemessen, wenn man sich als Freunde treffen wollte? Sie hatte keine Ahnung von diesen Dingen.
Aubery de Sauvernac stellte sich solche Fragen nicht. Auch hier in Paris empfing er Blanche so oft wie möglich, um sie im Lesen und Schreiben zu unterrichten. Sein Blick war so glänzend und voller Ungeduld, dass Blanche geschmeichelt war. Ohne Zweifel war ihre Patin Tiphaine de Fontegrive entzückt, dass es ihr gelungen war, ihr einen Verehrer zu vermitteln.
»Gefällt er mir?«, fragte sich Blanche.
Zweifellos war Aubery ein liebenswerter und geduldiger Lehrer, und ein hübscher Junge dazu. Nie beschwerte er sich, indem er darauf hinwies, dass diese Art von Unterricht eigentlich die Aufgabe der Geistlichen sei. Ganz im Gegenteil: Blanche war gerührt von der Art und Weise, wie Aubery sie anschaute, während sie sich bemühte, Buchstaben und Wörter zu stottern – seit zwei Tagen sogar ganze Satzstücke – oder wenn sie hohe, schöne und spitze Buchstaben zeichnete, die den Spitzbogenfenstern in der nahen Kathedrale ähnelten. Aubery sog sie mit dem Blick seiner Augen förmlich in sich auf. Er bekundete durch viele Komplimente ihre Fortschritte, konnte gar nicht genug von ihren Gaben sprechen, nahm ihre Hand, drückte von Zeit zu Zeit sein Knie gegen das ihre oder beugte sich zu ihr, um Kopf an Kopf im selben Buch zu lesen. Blanche spürte seinen Atem ganz nah, und ihr Herz schlug manchmal höher. Vor Sehnsucht oder vor Furcht? Aubery sagte ihr so schöne und nette Dinge, und er bat sie darum, ihm etwas Ungewöhnliches zu gewähren: Er wollte im Verlauf einer Abendgesellschaft ihrer Patin ein Gedicht rezitieren, das er eigens für sie geschrieben hatte.
»Ein Gedicht!«, rief Blanche aus. »Für mich?!«
So etwas hatte sie noch nie erlebt.
»Zu Euren Ehren und um Euch zu danken für die Freude, die Ihr mir dadurch macht, dass Ihr meine so aufmerksame, gelehrige und vor allem so schöne Schülerin seid.«

»Nun, ich …«, stotterte Blanche, ziemlich aus der Fassung gebracht, »… wartet noch einige Tage, wenn es Euch beliebt. Es ist meine Pflicht, mein lieber Aubery, meine Patin zu fragen, ob es sich schickt, diese Ehrenbekundung als Geschenk von Euch anzunehmen.«
»Ich würde Euch liebend gern viele weitere machen …«, sagte Aubery und ließ in diesen Worten tausend Anspielungen mitschwingen.
Aber Blanche wollte ihm keine falschen Hoffnungen machen. Alles, was sie wollte, war perfekt Lesen und Schreiben zu lernen.

Fünf Tage waren vergangen, seit sie Bertoul das Johanniskrautöl gebracht hatte. *Fünf Tage!* Blanche kam zu dem Entschluss, der Zeitpunkt sei gekommen, sich nach dem Gesundheitszustand ihres Verbündeten zu erkundigen. Es war Anfang September, das Licht war goldener als in der Zeit der größten Hitze.
Blanche machte sich früh auf den Weg, um Bertoul anzutreffen, ehe er zur Bauhütte ging. Sie durchschritt das Tor, überquerte die Brücke der Wechsler, kam am Châtelet und Saint Jacques de la Boucherie vorbei und bemerkte nicht, dass ihr ein breiter, in Leder gekleideter Koloss mit einem harten und verschlossenen Gesicht folgte und ein Pferd am Zügel hinter sich herzog.
Er blieb ihr dicht auf den Fersen und als die Gelegenheit günstig war, warf er ihr einen schweren Wollmantel über den Kopf und drückte ihr den Mund zu. Sie schlug und trat um sich, aber Griffon wusste sich zu helfen: Ein gekonnter Schlag auf ihren Kopf, und nichts bewegte sich mehr. Er legte den reglosen Körper quer über den Rücken des Pferdes, verbarg ihn unter dem Stoff und stieg selbst auf.
Bis zum Abend musste er warten, ehe Raoulet in den Keller in der Straße der Lederhändler kam.

Entführt! Blanche saß auf dem Lehmboden, die Arme um die Knie geschlungen, stumm vor Verzweiflung. Griffon stand schweigend an der Tür. Der Raum war dunkel und leer, feucht, niedrig und deprimierend. Raoulet schlug sein Feuerzeug und zündete den Docht

einer Öllampe an, die nur schwach die Wände des Kellers erhellte. Immerhin konnte er jetzt die Umrisse des auf der Erde kauernden Mädchens erkennen.
»Sieh einmal an! Das Edelfräulein Blanche de Vauluisant«, rief er entzückt aus.
Blanche hob nicht einmal den Kopf.
»Spielt nur die Stolze! Ihr werdet diese arrogante Haltung nicht lange beibehalten.«
Blanche zuckte mit den Schultern.
»Ihr sollt wissen, mein Edelfräulein, ich habe nichts gegen Euch. Nein, was mich interessiert, ist Euer … Freund. Der Dieb, der vorgibt, ein Musiker zu sein.«
Sie zwang sich, nicht auf seine Worte zu reagieren, obwohl sie große Lust dazu hatte.
»Gut, ich werde Euch nicht lange belästigen. Seht, ich bin ein guter Mensch. Aber ich habe mit dieser eingebildeten Person, die ihr in Vincennes getroffen habt, einen Handel zu tätigen, und dafür benötige ich Eure Hilfe.«
»Von mir erfahrt Ihr nichts, das könnt Ihr Euch sofort aus dem Kopf schlagen.«
»Oh, das sagt sich schnell, aber in den Händen Griffons hat schon manch einer seine Meinung geändert … Ihr ahnt nicht, wie geschickt dieser Mann mit dem Messer umzugehen versteht.«
Blanche erschauerte. Wer vermochte einer solchen Folter zu widerstehen? Niemand wusste, dass sie hier war. Sie selbst hatte keine Ahnung, an welchem Ort sie sich befand. Und die Chancen, unbeschadet hier herauszukommen, standen schlecht.
»Ah, ich sehe, dass Ihr mich versteht. Aber beruhigt Euch, meine Schöne. Wo der Bursche zu finden ist, weiß ich längst. Ich bin Euch gefolgt, stellt Euch vor. Ein kleines Haus in der Straße der großen Gaunerei, nicht wahr?«
Blanche senkte den Kopf, wütend auf sich selbst. Sie war nicht wachsam genug gewesen, und nun würde Bertoul ihre Nachlässigkeit büßen müssen. Sie biss sich auf die Lippen.

»Aber dieser Musiker selbst interessiert mich auch nicht, obwohl ich den Gedanken nicht aufgebe, mich später ein wenig mit ihm zu amüsieren. Nein, mir geht es einzig und allein um ein kostbares Buch, das eigentlich mir gehört.«
»Das stimmt nicht!«, rief Blanche, doch Raoulet fuhr unbeeindruckt fort.
»Ein Zauberbuch, wisst Ihr, eines von diesen magischen Büchern. Ich habe es letzten Monat gesehen, als es aus seinem Beutel herausschaute – es war, als wollte es zu mir zurückkommen, zu mir, seinem rechtmäßigen Eigentümer.«
»Das stimmt nicht!«, wiederholte Blanche. »Das Zauberbuch gehört ihm.«
»Ich weiß wohl, dass ein gestohlenes Zauberbuch nicht geöffnet werden kann, außer mithilfe einer gewissen Magie, die ich nicht kenne. Aber ein *geschenktes* Zauberbuch, das freiwillig und ohne Hintergedanken weitergegeben wird – das ist eine andere Sache. Ich werde das Zauberbuch nicht stehlen. Der Bursche wird es mir eigenhändig geben, ganz brav. Und Ihr werdet mir dabei helfen.«
»Niemals.«
»Wollt Ihr mit mir wetten? Er wird mich anflehen, das Zauberbuch anzunehmen, glaubt mir. Sonst werdet Ihr es büßen.«
»Was?«, brachte sie mühsam hervor.
»Nichts Außergewöhnliches. Ein einfacher Tausch: das Zauberbuch gegen Euch.«
»Er wird darauf nicht eingehen. Ich bedeute ihm nichts.«
Raoulet lachte sarkastisch.
»Mir macht ihr das nicht weis! Es liegt ihm sogar sehr viel an Euch, ganz zweifellos. Und zwar an Euch, in unversehrtem Zustand.«
»Was meint Ihr mit *unversehrt?*«
»Na ja, mit heiler Haut! Los, Edelfräulein. Nun müsst Ihr schreiben.«
Raoulet holte aus seinem Sack einen Pergamentbogen, Federn und Tinte.
»Schreiben? Aber ich kann nicht schreiben!«, rief Blanche stolz.

Ihre Unkenntnis auf diesem Gebiet würde ihr also doch noch nützlich sein!
»Was? Ihr könnt es nicht? Ihr macht Euch über mich lustig«, knurrte der junge Mauchalgrin fassungslos.
»Keineswegs«, erwiderte Blanche. »Ich kann nur meinen Namen schreiben.«
›Und Bertouls, aber das werde ich ihm nicht sagen‹, fügte sie in Gedanken hinzu
»Hmm, das ist allerdings unangenehm. Wir werden einen Geistlichen herrufen müssen, denn ich kann ebenfalls weder lesen noch schreiben. Also müsst Ihr noch einen weiteren Tag warten – ganz allein, nur in der Gesellschaft dieses Wasserkrugs. Aber sorgt Euch nicht, ich werde mein Ziel erreichen. Nun gut, dann also bis morgen.«
Raoulet zog Griffon mit sich, nahm die Lampe und verließ den Keller. Blanche blieb allein in der Kälte und Dunkelheit zurück, hungrig, besorgt und vor allem wütend. Dieser Raoulet … Eines Tages, früher oder später, würde er dafür bezahlen müssen. Was Bertoul betraf, so hoffte sie von ganzem Herzen, dass er diesen Erpressern nicht in die Falle lief.
Wenn Blanche in dieser Nacht schlief, war es nur für kurze Momente.
Der nächste Tag brach an. Als sich die Tür öffnete, stießen Raoulet und sein Waffenmann einen Jungen, der etwa zwölf oder dreizehn Jahre alt sein mochte und offensichtlich geschlagen worden war, in den finsteren Raum. Blanche dachte sofort, dass auch ihm ein wenig Johanniskrautöl gut tun würde.
»Da haben wir unseren jungen Studiosus. Wir fanden ihn letzte Nacht im Universitätsviertel. Wirklich Lust, uns zu helfen, hat er offenbar nicht. Aber schließlich kann er lesen und schreiben, und er wird das tun, was wir wollen, nicht wahr?«
»Ja … ja … ja, Messire«, stotterte der Junge.
»Gut, hier ist etwas zu schreiben. Du notierst jetzt …«
Unter den Anweisungen Raoulets hockte sich der Junge auf den Boden und entrollte einen Pergamentbogen.

»Schreib nichts!«, gebot Blanche.
Raoulet ohrfeigte sie mit wohldosierter Gewalt.
»Schreib nichts!«, wiederholte sie.
Diesmal packte Griffon sie von hinten und drückte seine riesige Handfläche auf ihren Mund. Blanche schlug um sich, ihre Augen sprühten vor Wut. Vergebliche Mühe. Der Student schien vor Schreck wie erstarrt.
»Also schreibe: ›An Bertoul, den Dieb! Du musst mir unverzüglich das Zauberbuch geben, und zwar aus freien Stücken. Sonst werde ich dir in Kürze einen Finger von Blanche de Vauluisant zukommen lassen, dann ...«
»Nicht so schnell, Messire«, sagte der Junge voller Entsetzen und klapperte mit den Zähnen. Er zitterte so sehr, dass er den Pergamentbogen mit zahlreichen sternenförmigen Klecksen besprenkelte. Doch Raoulet hatte keine Zeit zu verlieren.
»... ›dann ein Auge, dann eine Hand, dann ... Doch ich denke, dass du es mir schon vorher zurückgeben wirst.‹«
Sobald er diese Worte diktiert hatte, zog Raoulet seinen Dolch aus der Scheide und ging auf Blanche zu. Verzweifelt wand sie sich nach allen Seiten, um Griffons Griff zu entkommen. Jetzt näherte sich die Klinge ihrem Gesicht; Raoulet griff in ihr Haar und schob es zur Seite. Mein Gott! Er würde ihr doch kein Ohr ...!
Sie versuchte, in ihren Blick einen Schrei, die Bitte um Mitleid und Gnade zu legen. Aber Raoulet fasste unbeirrt mit der Hand nach einem Büschel ihrer schwarzen Haare über dem linken Ohr und schnitt es direkt an der Kopfhaut ab. Dann riss er einen Fetzen Stoff aus ihrem Kleid und knotete das Haarbüschel hinein.
Blanche begann zu weinen. Griffon ließ sie entkräftet auf den Boden sinken, ihre Hand fest auf die Stelle hinter der Schläfe gedrückt – dort, wo jetzt keine Haare mehr waren.
Raoulet fuhr mit dem Diktat fort: »›Und keine üblen Streiche. Gib mir das Zauberbuch aus freien Stücken, denn ich will es öffnen können und lesen lassen. Erst dann lasse ich das Mädchen frei.‹«
Jetzt zog Griffon Blanche wieder hoch. Sie sträubte sich, so sehr

sie konnte. Was wollten sie noch von ihr? Sie drehte und wand sich ungeschickt in den Armen Griffons, der sie eisern festhielt, während Raoulet eine kleine rote Stange in der Flamme der Lampe erhitzte. Was würde er sich als Nächstes ausdenken, um sie zu quälen, fragte sie sich mit vor Schreck weit aufgerissenen Augen. Raoulet fixierte sie spöttisch, während das Wachs weich wurde. Wollte er es auf ihre Haut träufeln oder in ihre Augen laufen lassen? Sie zum Verstummen bringen, indem er ihren Mund damit füllte? Aber alle Gegenwehr war vergebens, sie führte nur dazu, dass Réchins Griff immer fester wurde. Schließlich nahm Raoulets Diener ihre Hand und griff nach ihrem rechten Zeigefinger, an dem der Ring der Vauluisants erglänzte. Was hatte Raoulet vor? Würde er ihr den Finger abreißen, um sich des Rings zu bemächtigen? Würden sie ihr auch das stehlen?

Raoulet faltete den Brief an Bertoul zusammen, legte das grüne Band mit dem Haarbüschel darüber und ließ ein großes Stück Siegelwachs darauftropfen. Dann nahm er Blanches Hand, um ihr Siegel einzudrücken. Das heiße Wachs brannte auf der Haut und sie musste einen Schrei zurückhalten. Die Drohung, der grüne Stofffetzen und das Haarbüschel schienen ihm nicht zu genügen. Er musste zu ihrer Demütigung auch noch ihr eigenes Siegel verwenden!

Raoulet blies auf das Wachs, in dem sich nun die Hügel und die Sonne von Vauluisant abzeichneten. Griffon ließ Blanche los, die Beine versagten ihr den Dienst und Tränen liefen ihr über das Gesicht.

»Das ist alles«, sagte Raoulet, äußerst befriedigt. »Ich denke, das wird er verstehen … Gut, Griffon, nun bist du dran, du musst dort hingehen. Ich werde mit unseren zwei jungen Freunde hier auf dich warten.«

»Aber … Ihr habt mir gesagt, dass ich jetzt gehen könnte!«, stieß der Junge hervor.

»Aber nein, mein Freund, nicht bevor unser ganzer Handel beendet ist, verstehst du? Wenn ich das Buch habe, muss es mir natürlich jemand vorlesen, damit ich sicher bin, dass sich kein Irrtum oder Schwindel eingeschlichen hat.«

Griffon hatte alles eingepackt und sich bereits auf den Weg gemacht. Jetzt verließ auch Raoulet den Raum und schloss die Tür hinter sich zweimal ab.
»Hab keine Angst …«, flüsterte Blanche.
Der Junge weinte und kroch zu ihr hin.
»Wie heißt du?«
»Nicolas.«
Schweigend drängten sie sich aneinander. Blanche strich immer wieder mit ihrem Finger über die kahle Stelle an ihrer Kopfhaut, beschämt über diese Tonsur. Von Zeit zu Zeit pustete sie auf die Brandwunde an ihrem Finger.
»Er hat mich geschlagen«, sagte Nicolas schließlich. »Also habe ich gesagt, dass ich tun würde, was er wolle.«
»Das sind unehrenhafte Leute, sie werden nicht ins Paradies gelangen, glaube mir«, sagte Blanche resolut.
Nach diesen Worten hingen sie stumm ihren Gedanken nach. Ihre Hoffnung auf Befreiung war schon jetzt so gut wie vergebens, im schlimmsten Fall wäre das Zauberbuch für Bertoul verloren.
Blanche machte sich unablässig Vorwürfe. Wie könnte sie es wagen, ihm je wieder unter die Augen zu treten, sie, die Raoulet den Weg gezeigt hatte?

Vergesst nie:

Wenn Ihr auch nur einen einzigen Moment
der Schwäche zeigt, wird die Materie
vereint gegen Eure Handlung revoltieren
und ihr werdet
das erste Opfer der Kräfte sein,
die Ihr nicht beherrschen konntet.

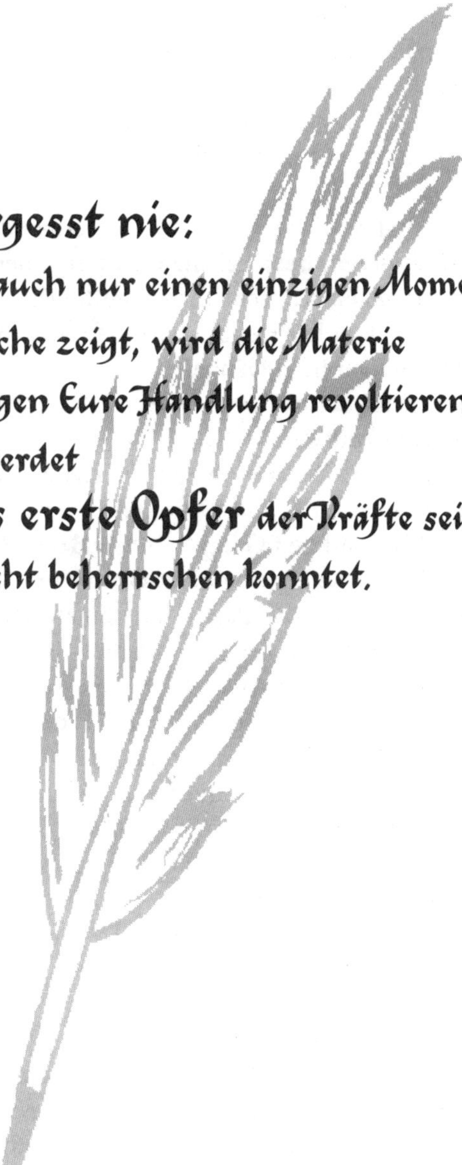

34

Leichenblass und bestürzt wanderten Bertouls Blicke nacheinander zu Griffon le Réchin, dem bekritzelten Pergamentbogen und dem dichten schwarzen Haarbüschel, das von Blanches Kopf abgeschnitten worden war. Raoulets Helfer lächelte furchterregend und streckte den kleinen Finger in die Höhe.

»Morgen, schnipp! und ab ...«

Bertoul schluckte mühsam.

»Ich verstehe. Ich ... ich werde tun ... was er fordert. Warte hier einen Moment.«

Griffon setzte sich auf den Grenzstein vor Bertouls Haus und bereitete sich darauf vor, so lange wie notwendig zu warten.

Ruhelos und verwirrt ging Bertoul in seinem Zimmer auf und ab und konnte keinen klaren Gedanken fassen.

Blanche oder das Zauberbuch ...

Seine Entscheidung war schnell gefällt. Was bedeutete ihm das Zauberbuch im Grunde? Er war kein richtiger Magier und hatte auch keine Lust, es zu werden: Das Buch war aufgrund einer glücklichen Fügung in sein Leben getreten, ein Geschenk zweier Menschen, die er hoch achtete.

Doch es in Raoulets Händen zu wissen ... Gut, der Erbe der Mauchalgrins konnte wahrscheinlich nicht lesen, aber er war verrückt genug, es dennoch zu benutzen und dadurch größten Schaden anzurichten.

Blanche oder das Zauberbuch ...

Wer weiß, wie viele Menschen unter den Untaten Raoulets zu leiden hätten, wenn er mit einer derartigen Waffe ausgestattet wäre?

Doch Blanche in den Händen dieser Person? Blanche, verstümmelt und entstellt? Nein, das war undenkbar und unerträglich!

Was Frau Hermelinde befürchtet hatte, dass das Zauberbuch in die Hände der Mauchalgrins gelangte – es würde nun wahr werden, und Bertoul hatte seinen Auftrag verfehlt. Das war wirklich nichts, worauf er stolz sein konnte.
Wenn er das Zauberbuch selbst hergäbe, würde der Schutz durch die Eulen nicht wirken, er wusste es genau. Sollte es irgendeine Lösung geben, wäre sie im Zauberbuch selbst enthalten.
Bertoul erinnerte sich an gewisse Passagen und bestimmte Anweisungen. Es gab da noch eine Chance. Er müsste sich allerdings beeilen, sonst würde der Klotz da draußen ungeduldig werden. Und wenn Bertoul bis morgen wartete, was würde dann aus Blanche werden?
Er öffnete die Truhe und holte das wunderbare Buch heraus. Er hatte den Eindruck, als würde der Rubin ihn mit ausdruckslosem Auge betrachten.
Erregt und voller Hoffnung zugleich suchte Bertoul systematisch nach einer Anweisung, auf die sein Blick einige Tage zuvor gestoßen war. Erst gegen Ende des Buches fand er schließlich, wonach er suchte.
»Endlich … Danke!«
Er legte ein Lesezeichen hinein und schloss das Buch. Der Rubin zeigte jetzt eine unauffällige, seltsame Spiegelung, die die Umrisse von Magnus Gurhaval hatte.
Bertoul begann, einige Dinge zusammenzusuchen, bestimmte Gesten auszuführen und gewisse Worte zu murmeln. Das Schwierigste war, die Zauberformeln »ohne Furcht und ohne Zögern« auszusprechen, wie es die Anweisung ausdrücklich verlangte. Er konzentrierte sich – es ging immerhin darum, dass Blanche nichts zustieß und das Zauberbuch geschützt wurde.
Eine Stunde später öffnete Bertoul seine Tür wieder und hielt Griffon le Réchin den dicken Folianten hin.
»Gib das deinem Herrn! Hier ist das, was er will. Kannst du ihm zwei Dinge ausrichten?«
»Mmmh …«, sagte Griffon.

»Sag ihm, dass er das junge Mädchen sofort freilassen soll. Und sag ihm auch, dass ich ihn schon noch kriegen werde.«
Griffon begann aus vollem Hals zu lachen, als hielte er Bertouls Worte für den besten Scherz, den er je gehört hatte.
»Ich werde ihn schon kriegen«, bekräftigte Bertoul. Sein Plan war, Raoulets Waffenmann in einiger Entfernung folgen.
Doch Griffon le Réchin war in diesen Dingen kein Anfänger. Ehe Bertoul sichs versah setzte Griffon ihn auf sein Schreibpult, nahm ein Seil und fesselte ihn im Handumdrehen.
»Lass mich frei!«, brüllte Bertoul. »Ich werde dir nicht folgen, wenn es das ist, was du befürchtest. Mach mich los!«
Ohne sich weiter um die Schreie des jungen Mannes zu kümmern, nahm Griffon le Réchin das Zauberbuch unter den Arm, ging hinaus, und knallte die Tür hinter sich zu.
Bertouls einzige Hoffnung bestand nun darin, dass urplötzlich Hennequin vorbeikommen und ihn befreien würde. Oder dass die Perdriel-Kinder kämen, um sich um den Garten zu kümmern. Oder dass die Eulen ihm auf irgendeine Weise zu Hilfe kommen würden. Aber nichts dergleichen geschah. Er versuchte sich zu befreien, doch das Seil war so straff gezogen, dass es ihm dadurch nur umso tiefer ins Fleisch schnitt. Er schrie und rief um Hilfe – vergeblich.
Diesmal hatte er das Gefühl, dass wirklich alles verloren war.

»Ah! Da ist es ja endlich! Mein Zauberbuch, mein schönes Zauberbuch ...«
Raoulets Augen funkelten. Endlich war seine Begierde befriedigt.
»Und der Rubin, so kostbar! Ich werde ihn herausbrechen und verkaufen. Ich werde dafür ... ach, was weiß ich ... sicher eine astronomische Summe erhalten.«
Blanche saß immer noch in der Ecke des Kellers auf dem Lehmboden und hatte einen Arm um den jungen Nicolas gelegt. Als sie das schwere Buch mit seinem feuerroten Rubin und seinen feinen, goldverzierten Figuren, die im schwachen Licht der Öllampe erglänzten, wiedererkannte, knirschte sie mit den Zähnen.

Die arme Frau Hermelinde würde sich im Grab umdrehen! Sie, die so weitsichtig vorgegangen war, um das Werk vor der Habgier ihres Großneffen zu schützen.
Wenn der Rubin doch erwachen und aufblitzen würde, um sich zu verteidigen! Um ihm die Hände zu verbrennen! Wenn doch die Eulen herbeigeflogen kämen, um Raoulet mit Schnabel- und Krallenhieben zu malträtieren. Aber Bertoul hatte das Zauberbuch aus freien Stücken ausgeliefert, und die Eulen verhielten sich ruhig.
Welche Ängste musste ihr Freund wohl durchstehen? Wie groß mussten seine Wut, sein Leiden sein! Aber es gab nichts, das sie hätte tun können. Als sie versuchte sich zu erheben, stieß Griffon le Réchin sie mit einem lässigen Fausthieb wieder zu Boden.
»Belästigt diese Frau nicht«, protestierte der Junge.
»Anstatt unnützes Zeug zu reden, komm lieber hierher!«, befahl Raoulet.
Wankend stand der Junge auf und kam schüchtern näher.
»Öffne mir das Zauberbuch und lies mir vor.«
Der junge Nicolas öffnete den imposanten Einband mit dem Rubin und las die Widmung auf der ersten Seite unter dem Pentagramm.
»Magnus Gurhaval hat dieses Zauberbuch hergestellt, hat es Frau Hermelinde de Tournissan zum Gebrauch überlassen und dann, als diese im Reich Gottes angekommen war, besagtes Zauberbuch dem Musiker Bertoul Beaurebec übergeben.«
»Das werde ich mit dem Messer wegkratzen lassen«, sagte Raoulet. »Wir werden schreiben: ›... hat das besagte Zauberbuch ihrem schönen Neffen Raoulet de Mauchalgrin übergeben‹. – Lies mir eine der Anweisungen vor.«
»Welche, Messire?«
»Irgendeine. Die da, schau her ...«
»›Anweisung, die Sprache der Tiere zu verstehen‹, begann Nicolas. »›Um die geheime Sprache der Tiere zu vernehmen, bereitet Eure Ohren vor, indem ...‹«
»Unwichtiges Zeug«, schnitt ihm Raoulet das Wort ab. »Los, eine andere.«

»›Anweisung, sich unsichtbar zu machen.‹«
»Schon besser.«
»›Es gibt im Katzenkörper einen Knochen, der unsichtbar macht. Um ihn zu finden, genügt es …‹«
»Sehr gut«, unterbrach ihn Raoulet wieder. »Mmmm, gibt es eine, um zu verhindern, dass die Mädchen etwas ausplaudern?« Er warf Blanche einen vielsagenden Blick zu.
»Ich sage nichts«, sagte Blanche würdevoll und erhob sich.
»Die Mädchen reden immer. Eigentlich sollte man Euch kurzerhand die Zunge abschneiden, aber schließlich bin ich ein Edelmann. Wir werden ein anderes Mittel finden.«
›Was für ein widerlicher Kerl‹, sagte Blanche zu sich und wagte es nicht, weiter zu protestieren.
»Griffon, hol die Pferde. Ich habe noch zwei oder drei Dinge mit diesen Leuten hier zu regeln.«
Griffon verschwand im Dunkel. Jetzt war Raoulet allein mit Blanche und dem Jungen, aber er trug eine Waffe. Blanche überlegte, wie sie es anstellen könnte, ihn von hinten zu überraschen. Aber wie sollte sie ihn angreifen? Es war einfach unmöglich, und auf den Jungen konnte sie nicht zählen, der zitterte von Kopf bis Fuß.
»Lies mir eine andere Anweisung vor«, befahl ihm Raoulet.
»›Anweisung, eine …‹ Was ist das? Ich kann die Buchstaben nicht richtig sehen, es sieht aus, als bewegten sie sich und …«
»Schnell!«, befahl Raoulet.
»›Anweisung zur …‹ Doch, das steht wirklich da: ›Anweisung zur Herstellung von Vergissmeinnicht-Plätzchen …‹«
»Vergissmeinnicht-Plätzchen?«
»Ja. Ich lese nur, was hier steht.«
Der Junge riss die Augen weit auf.
»Und was weiter? Muss ich dir die Wörter erst aus der Nase ziehen?«
Der Junge las verwirrt weiter.
»›Anweisung zur Herstellung von Vergissmeinnicht-Plätzchen. Pflückt die Blüten junger Pflanzen vor Morgengrauen und verrührt sie …‹«

»Ist das eine magische Anweisung?«
»Ein Kochrezept, würde ich eher sagen!«, mischte sich Blanche ein. Sie spürte, wie ihr das Wasser im Mund zusammenlief: Seit anderthalb Tagen hatte sie nichts gegessen.
»Sei still, Mädchen, du kannst nicht lesen. Sicher kann man diese Anweisung so verändern, dass man mit ihrem Zauber die Leute dazu bringt, etwas zu vergessen.«
»Wenn Ihr meint ...«
Blanche fing an, sich zu amüsieren. Natürlich! Bertoul musste das Zauberbuch auf eine ganz spezielle Weise behandelt haben.
»Lies mir eine andere Anweisung vor«, herrschte Raoulet den Jungen an.
»›Rezept zur Zubereitung grüner Pastete mit Kräutern und Ingwer...‹«
»Noch eine andere!«, brüllte Raoulet, der inzwischen vor Wut tobte.
»›Rezept für die Zubereitung eines Hühnchens auf Sarazenerart mit Datteln und Rosinen.‹«
»Das ist ein Kochbuch!«, rief Blanche begeistert. »Es ist gar kein magisches Zauberbuch.«
Sie ahnte sehr wohl, welchen Anteil Bertoul an dieser Verwandlung hatte!
Es war ihm also tatsächlich gelungen, den Text im Innern des Buches aus der Entfernung zu verändern, eine Fähigkeit, die nur den größten Magiern zugeschrieben wurde.
»Aber ... das ist doch unmöglich«, stöhnte Raoulet verwirrt.
Als er das Buch enttäuscht schloss, waren die magischen Zeichen in Gold vom Einband verschwunden. Stattdessen sah man nun eine nette Girlande von Früchten und Gemüsesorten, die den Umschlag zierte.
»Der Rubin!«, würgte Raoulet hervor. »Wo ist mein Rubin?«
Wo eben noch der ovale Rubin gewesen war, sah man jetzt nur noch ein Arrangement von Kräutern und Zimtstangen.
Blanche verlor keine Zeit. Sie nutzte Raoulets Verblüffung, entriss ihm das schwere Buch, nahm es fest in beide Hände und schlug ihm

damit kräftig auf seinen Kopf. Bewusstlos und dröhnend fiel er zu Boden.
»Los, verschwinden wir schnell, bevor der dicke Kerl zurück ist!«, rief sie.
Das ließ sich der junge Nicolas nicht zweimal sagen.
Er öffnete die Tür mit Schwung und machte, dass er aus dem Keller kam.
»Braucht Ihr mich noch, Edelfräulein?«, rief er Blanche zu.
»Nein, geh nach Hause und danke dem Himmel, dass er dir hier so gut herausgeholfen hat.«
Der Junge machte sich still davon, in die Richtung des linken Seine-Ufers, wo sich die Universität befand.
Und Blanche? Sie hatte keine Ahnung, wo sie sich befand.
Sie drückte das kostbare Buch an sich, fragte Passanten nach dem Weg, irrte eine ganze Weile in dem Straßenlabyrinth herum und gelangte schließlich zur Grande Rue Saint-Denis. Jetzt konnte sie sich orientieren, sie wusste, dass die Straße der großen Gaunerei nicht weit war. Da war auch schon Bertouls Haus. Schnell, sie musste sich beeilen.
Sie klopfte, doch niemand öffnete. Schließlich trat sie ein. Gott sei Dank, die Tür war nicht verschlossen. Sie fand Bertoul auf seinem Schreibpult, wo er sich darum bemühte, die Knoten seiner Fesseln zu lösen.
»Da bin ich!«, verkündete sie stolz.
Ihre Stimme klang in Bertouls Ohren so erfrischend und erquickend wie das Wasser eines Springbrunnens. Eine enorme Last fiel ihm von der Brust.
»Warte, ich helfe dir. Und hier bringe ich dir auch dein Buch wieder, aber ich weiß nicht, ob es immer noch dein Zauberbuch ist.«
Sie legte den dicken Folianten mit den Rezepten auf den Tisch, ergriff ein Messer und durchschnitt das dicke Seil.
»Hier, nimm das Buch, an dem du so hängst«, sagte sie eilig. »Aber jetzt sollten wir dich in Sicherheit bringen, denn Raoulet wird wahrscheinlich bald hierher kommen. Ich werde dir alles erklären. Schnell!«

»Was ist mit dem Zauberbuch?«
»Ich nehme an, du warst derjenige, der es in ein Kochbuch verwandelt hat?«
»Es hat also funktioniert!«
»Ja. Als ich hörte, dass die Buchstaben tanzten, ahnte ich sofort, dass du die Finger im Spiel hättest. Wie hast du das angestellt?«
»Ich habe die ›Anweisung, Geschriebenes unter einer unverfänglichen Maske zu verstecken‹ ausprobiert.«
»Raoulet war so verblüfft, dass ich ihn bewusstlos schlagen konnte.«
»Ihn *bewusstlos schlagen,* du?«
Sie nickte bescheiden.
»Dann ist die Verwandlung ein wenig zu früh eingetreten!«, sagte Bertoul nachdenklich. »Raoulet sollte es eigentlich erst bemerken, nachdem er dich freigelassen hatte.«
»Los«, sagte Blanche, »so ist es auch gut, immerhin habe ich mich retten können und das Zauberbuch zurückerobert, obwohl –«
Sie ließ ihren Blick über das Buch gleiten und Bertoul folgte ihm. Würde es jemals wieder so werden, wie früher?
Der Einband war vollständig verändert: Sein Leder war nun dunkelpurpurn geworden, fast schwarz, wie die Frucht der Tollkirsche.
Aber auf dem Tisch begann ein roter Schimmer aufzublitzen. In der Mitte des Buchdeckels prangte von Neuem der Rubin.

Am Abend vor dem Einschlafen soll der Magier einige Augenblicke **der Meditation** widmen, wobei er die Beobachtungen und Lehren, die er im Laufe des Tages hat sammeln können, Revue passieren lässt.

Eine moralische Prüfung soll den Tag in der gebührenden Weise abschließen.

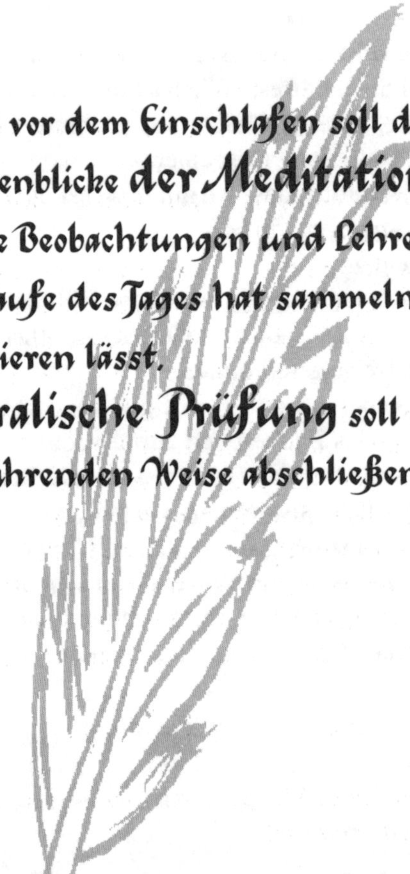

35

Bertoul wendete fieberhaft die Seiten um – die Anweisungen waren wieder die alten magischen Geheimnisse.
Dann sah er Blanche an, seine Augen weiteten sich vor Bestürzung.
»Blanche, deine Haare …«
»Mach dir keine Sorgen deswegen, sie werden ja wieder wachsen. Aber wir sollten jetzt wirklich das Haus verlassen. Raoulet wird sicher bald hier sein mit seinem Koloss. Außerdem habe ich großen Hunger! Zwei Tage lang hat mir der Kerl nichts zu essen gegeben! Gibt es irgendwo ein Stück Brot? Und dann nimm schnell deine Sachen und lass uns von hier verschwinden.«
Bertoul zeigte mit dem Finger auf einen kleinen Schrank, in dem er Brot und Obst aufbewahrte. Blanche stürzte sich darauf, während er die Dinge einpackte, die er mitnehmen wollte: das Zauberbuch, seine Musikinstrumente und das schwarze Haarbüschel, das mit einem Stück Stoff ihres Kleides umwickelt war.
Voller Hingabe kaute Blanche an einer Scheibe Nussbrot mit Rosinen.
»Los, gehen wir«, sagte sie mit vollem Mund.
»Wohin?«, fragte er.
»Warum nicht zu Frau Félicité? Zumindest so lange, bis wir sehen, wie die Dinge sich entwickeln.«

Als Griffon mit den Pferden zum Keller in der Straße der Lederhändler zurückkehrte, fand er den jungen Mauchalgrin allein auf dem Boden sitzend. Er massierte sich den Kopf, den eine riesige Beule zierte. Das Mädchen und der Junge waren verschwunden. Ebenso das Buch, das seinem Herrn so wertvoll zu sein schien, und das versetzte den besagten Herrn in besonders schlechte Laune. Aber

Griffon le Réchin hatte schon anderes gesehen, sodass es ihn nicht besonders aufregte.
»Kochrezepte!«, schnaubte Raoulet, außer sich vor Wut. »Verdammter Zauberer! Au, mein Kopf! Wer hätte geglaubt, dass diese Zimperliese so stark zuschlagen kann! Auf geht´s. Ist der Bursche noch in seinem Haus?«
»Mmmh … Gefesselt.«
»Gut. So lasse ich nicht mit mir umgehen! Es wird ihn noch teuer zu stehen kommen, dass er sich so über mich lustig gemacht hat. Um das Mädchen kümmere ich mich später, mit der sind wir noch nicht fertig. Aber zuerst gehen wir in die Straße der großen Gaunerei.«
Sie bestiegen die Pferde und galoppierten zu ihrem Ziel, sehr zum Leidwesen einiger Passanten und Ladenbesitzer.
Die Haustür mit den Eulen war verschlossen. Griffon runzelte die Stirn, er hatte sie vorhin doch nur zugeknallt … Der Koloss stieß mit seiner Schulter dagegen, doch sie gab nicht nach.
»Nun, warum machst du sie nicht auf?«
Le Réchin musste sechs- oder siebenmal Anlauf nehmen, bevor sie aus den Angeln flog.
»Aaah!«, rief Raoulet aus. »Ich habe zwar das Zauberbuch nicht mehr, aber für meine Rache ist es noch nicht zu spät … Wo ist er?«
Griffon riss die Augen weit auf. Das Lesepult, an das er Bertoul gefesselt hatte, war leer, das abgeschnittene Seil lag wie tote Schlangen in Stücken auf dem Boden.
»Niemand …«, ächzte Réchin.
»Was, niemand? Wie, niemand? Wo versteckt er sich?«
Raoulet begann sein Opfer zu suchen und warf dabei alles zu Boden, was ihm vor die Augen kam. Durch die weit offen stehende Tür kamen große, helle Raubvögel ins Haus geflattert und stürzten sich auf die Eindringlinge.
»Eulen, jetzt! Unheil bringende Vögel! Verfluchung und Hölle! Sie sollen zum Teufel gehen, zu ihrem Herrn!«
Im Nachbarhaus vernahmen Bertoul, Blanche und Frau Félicité sprachlos und bestürzt den Lärm.

»Wir haben gut daran getan, hierher zu kommen«, murmelte Bertoul. »Du hattest recht, Blanche. Wir sind noch einmal heil davongekommen. Gerade noch rechtzeitig.«
»Trotzdem! Das geht zu weit«, sagte Frau Félicité entschieden. »Wir können nicht zulassen, dass er einfach so Euer Haus zerstört!«
Mit entschlossenem Schritt ging sie hinaus, noch bevor Bertoul sie zurückhalten konnte.
»Na, das ist mir ein Höllenlärm! Was ist hier los?«, schrie sie mit so lauter Stimme, dass sie Raoulets Geschrei und Griffons Gebrumme übertönte.
»Muss ich die Wache holen, weil ihr so einen Aufruhr veranstaltet?«
Es waren keine Eulen mehr zu sehen. Nicht einmal eine Feder lag auf dem Boden. Man hätte glauben können, der Angriff der Raubvögel hätte nur in der Vorstellung der beiden Männer stattgefunden.
»Nicht schon wieder Ihr!«, stöhnte Raoulet.
»Und Ihr? Was macht Ihr schon wieder im Haus von Meister Bertoul? Als wenn die Lage nicht schon traurig genug wäre; da kommt ihr daher und plündert seine Habe. Habt ihr gar keinen Respekt vor einem Toten?«
»Einem Toten?«, rief Raoulet aus. »Er ist tot?«
Frau Félicité senkte betrübt den Kopf.
»Sicher, inzwischen …«
»Aber wie …«
»Er ist vor einer Weile aus seinem Haus gestürmt. Ich habe sogar noch versucht, ihn zurückzuhalten, aber er war … verzweifelt.«
»Na, wer hätte das gedacht?«, spottete Raoulet. »Warum denn?«
»Er war entschlossen, sich in die Seine zu stürzen. Er hatte gerade seinen kostbarsten Besitz verloren, und dann hat das junge Mädchen, das ihm lieb war, ihn so hässlich betrogen.«
»In die Seine …«
»Jetzt wird er zweifellos schon ertrunken sein, der arme junge Mann. Es ist ein Selbstmord: Man darf nicht einmal für ihn beten. Trotzdem, es tut mir so leid …«
»In der Tat«, stammelte Raoulet beeindruckt.

»Aber das ist kein Grund, sich an seinem Haus zu vergreifen, Messire. Jedenfalls noch nicht. Habt doch ein wenig Respekt vor dem Toten.«
»Tot … ertrunken«, sagte Raoulet halblaut und enttäuscht. »Und meine Rache? Was ist damit?«
Dann fuhr er mit einem Hoffnungsfunken in der Stimme fort:
»Aber vielleicht ist er gar nicht tot, sondern hat es sich noch einmal anders überlegt … Los, lass uns am Ufer nachsehen, schnell! Noch ist es Zeit!«
Raoulet zog Griffon eilig nach draußen. Sie bestiegen ihre Pferde und machten sich auf zum Strand am Ufer der Seine.

Raoulet und Griffon le Réchin streiften an den Böschungen entlang, überprüften alle, die sich am Ufer des Flusses befanden und erkundigten sich nach einem kürzlich durch Unfall oder Selbstmord Ertrunkenen. Aber niemand hatte etwas gesehen. Die beiden Männer konnten die Ufer noch so sehr in alle Richtungen abschreiten, nicht einmal den Transportarbeitern auf den Schiffen war etwas aufgefallen. Der letzte Ertrunkene ging auf einen Vorfall vor drei bis vier Tagen zurück: Eine Tonne war umgefallen und hatte rollend einen Schiffer mit in die Tiefe gerissen.
Da der Tag zur Neige ging, blieb Raoulet vorerst nichts weiter übrig, als zum Hotel de Trécy zurückzukehren, wo er – einmal mehr nicht besonders pünktlich – seinen Dienst antrat.
»Nun, Raoulet«, sagte sein Herr zu ihm, sobald er seinen Fuß in den Hof seiner Unterkunft gesetzt hatte, »ich muss mich also damit abfinden, dass ich auf meinen Knappen nicht zählen kann. Aber jetzt ist erst einmal Schluss mit der schönen Zeit, die du in den Straßen von Paris verbracht hast, sei es zu deinem Vergnügen oder um schlechten Umgang zu pflegen. Wir kehren heim. Die ersten Kisten und Wagen werden morgen auf die Reise geschickt. Wir kehren nach Fougeray zurück, dort wirst du weniger Versuchungen ausgesetzt sein. Und ich werde mich wieder mehr um dich kümmern. Du hast hoffentlich nicht vergessen, dass aus dir ein guter Ritter werden soll.«

»Nein, Messire, ich habe es nicht vergessen«, sagte Raoulet zerknirscht.
»Wir werden also die Ausbildung wieder aufgreifen, weit weg vom Pariser Leben, das dich nur verweichlichen lässt.«
»Jawohl, Messire.«
»Und jetzt sei meinem Sohn beim Packen zu Diensten.«
»Jawohl, Messire.«
Raoulet ärgerte sich, dass er seinen Wunsch nach Rache nicht hatte stillen können ... Er kam, wenn auch ein wenig spät, zu der Überzeugung, dass Bertoul einmal mehr sein Spiel mit ihm getrieben hatte. Eine solche Gelegenheit zu haben, das Zauberbuch wiederzufinden und es dann zu verlieren – das war zu töricht! Das kostbare Buch in den Händen gehalten zu haben und dann zusehen zu müssen, wie es sich quasi unter seinen Augen in ein harmloses Kochbuch verwandelte! Es war zum Verrücktwerden!
Die Gefolgschaft Audouins de Fougeray verließ Paris am übernächsten Tag. Raoulet de Mauchalgrin blieb nichts übrig als einzusehen, dass die Sache für ihn vorerst zu Ende war. Früher oder später, so schwor er sich, würde Bertoul Beaurebec, falls er nicht tot war, teuer dafür bezahlen, dass er es gewagt hatte, ihn zu foppen und zu berauben. Früher oder später würde er, Raoulet, das Zauberbuch mit dem Rubin an sich nehmen. Hatte er sich nicht zwei Jahre lang in Geduld geübt, ehe er wieder auf seine Fährte gestoßen war? Das bewies, dass nichts unmöglich war. Ganz ohne jeden Zweifel würden die magischen Anweisungen in dem Buch wiedererscheinen und es würde ganz von selbst zu seinem alleinigen, rechtmäßigen Eigentümer zurückkehren: Raoulet de Mauchalgrin.

Die Magie hat eine lange Tradition.
Ihre Lehren sind so alt wie die Welt,
unveränderlich wie die Wahrheit,
und die Beispiele, die sie uns liefert,
sind zahlreich und bekannt.
Man verändert sie nicht
aus irgendwelchen Launen,
so wie man auch nicht den Lauf der Tage,
der Monate und der Jahre verändert.
Man enthüllt sie oder man eignet sie sich an,
nichts weiter.

36

Alles war so wie vorher, und doch hatten sich die Dinge ganz leicht verändert.
Raoulet, der mit der Gefolgschaft seines Herrn abgereist war, stellte keine Gefahr mehr dar.
Durch den Schutz der Eulen hatte das Zauberbuch seinen alten Platz wiedergefunden: Tagsüber lag es in der verschlossenen Truhe und nachts auf Bertouls Pult, wo er sich dem Studium hingab.
Die vier Magier waren den Tod gestorben, den sie verdienten: im Feuer, wie alle Hexen.
Hennequin war ein ehrenhafter Mann geworden und trieb sich oft in der Straße der großen Gaunerei herum.
Bertoul hatte seinen Tagesrhythmus wieder aufgenommen: Tagsüber arbeitete er in der Bauhütte, nachts studierte er das Zauberbuch, und von Zeit zu Zeit verbrachte er einen Abend in der Gesellschaft der Edelfräulein am Hof, denen er die Zeit mit seinen Liedern versüßte.
Blanche versuchte, das große Loch in ihren übel zugerichteten Haaren mit Zöpfen und Schleifen zu bedecken.
Alles nahm wieder seinen Lauf, und doch war nichts wie zuvor.
Das Zauberbuch hatte wirklich seinen Zweck erfüllt: Zwar war es den beiden jungen Prinzen zum Verhängnis geworden, es hatte aber auch zahlreiche Häuser vor einem Feuer gerettet. Wenn Bertoul jemals seine Wirksamkeit angezweifelt hatte, so war ihm nun deutlich, dass alles darin stimmte. Man konnte wirklich alles mit dem Zauberbuch tun, es kannte weder Gut noch Böse. Es war einfach da, jedem zugänglich, der es lesen und seine Anweisungen ausführen konnte, das war alles.
Er war darüber äußerst bestürzt; umso mehr hielt er es für wichtig, sich mit allen Feinheiten seiner Inhalte vertraut zu machen.
Wenn er Blanche im Palais sah, erschien sie ihm irgendwie traurig,

ganz gleich, welche Lieder er für sie sang. Konnte es sein, dass die Lieder, die Aubery de Sauvernac für sie sang, mit ihren Anspielungen auf die Freuden der Liebe, sie mehr berührten?
Zwei Wochen, nachdem Audouin de Fougeray Paris verlassen hatte, sprach Blanche Bertoul an.
»Bertoul, ich habe den König um Erlaubnis gebeten, nach Vauluisant zurückkehren zu dürfen. Und der König hat es mir gestattet.«
»Du gehst weg?«
Er biss sich auf die Lippen, um nicht zu sagen, was er empfand: *Und wirst mich zurücklassen?* Sie ergriff seine Hand und erklärte es ihm ausführlich, wie einem Kind.
»In Vauluisant wartet ein schöner und reicher Besitz auf mich. Ein Gut und ein Schloss, das durchaus anziehend ist. Es ist mein Gut und meine Mitgift. Früher war ich zu jung, um mich darum zu kümmern, und in den letzten beiden Jahren habe ich es vernachlässigt. Ich weiß überhaupt nicht, was daraus geworden ist und möchte nicht, dass es brachliegt, oder irgendwelche Herren es sich ohne Skrupel aneignen. Meine Mutter hatte natürlich einen Verwalter eingesetzt, aber was ist aus ihm geworden? Ich habe keine Nachrichten von ihm. Jedenfalls hat der König mich ermutigt, dorthin zurückzukehren und alle Maßnahmen zu treffen, die ich für richtig erachte.«
»Ich verstehe«, sagte Bertoul.
»Weißt du, es gehört ja mir, meine Brüder haben keinen Anspruch darauf. Und jetzt möchte ich mit eigenen Augen sehen, wie es aussieht. Was ich dort wohl vorfinde? Ruinen? Ich muss mich darum kümmern.«
»Ist es, weil ... weil du es als Mitgift für deine Hochzeit vorbereiten musst?«
»Keineswegs. Meine Brüder können mich nicht gegen meinen Willen verheiraten, weil Vauluisant ein Lehen ist, das direkt der Krone untersteht. Ich kann nicht ohne Weisung oder Erlaubnis des Königs heiraten.«
Diese Aussicht schien Bertoul mehr als alles andere zu fürchten. Aber was half es? Er musste sich eingestehen, dass er hier überhaupt

nichts mitzureden hatte! Blanche musste jetzt ungefähr sechzehn Jahre alt sein, und sie würde nicht mehr lange ledig bleiben.
»Ich möchte meine Heimat wiedersehen«, fuhr sie fort. »Die Wälder, die Bäche, die sanften Hügel, die Pflanzen, den weiten Himmel. All das gibt es hier nicht, und manchmal kann ich gar nicht mehr atmen. Ich habe schon viel zu lange keine Heilpflanzen mehr gesammelt. Der Tod der beiden Brüder Isabelles ... Das war einfach zu viel. Ich muss fort von hier. Und außerdem müssen meine Haare wieder wachsen.«
Sie schwieg lange.
»Aber ich werde bald wiederkommen«, endete sie. »Ich will dort nicht für immer bleiben, dafür wäre es mir zu einsam, weißt du ... Hier sind Isabelle, meine gute Patin, der König und seine Mutter, die immer mein Bestes wollten, hier ist Aubery de Sauvernac, dem ich verdanke, dass ich fast lesen kann –«
Au! Der schreckliche Stachel der Eifersucht traf ihn wieder mitten ins Herz ...
»Und vor allem bist du hier, Bertoul. Du bist mein Verbündeter, was immer auch geschieht. Wir sind doch immer noch Verbündete, nicht wahr?«
Sie hatte »vor allem« gesagt! Was sollte das genau bedeuten?
»Na ... natürlich«, stotterte Bertoul.
»Ich könnte es nicht aushalten, lange Zeit von dir getrennt zu sein.«
Wieder schwieg sie.
»Wann gehst du weg?«
»In zwei Tagen. Ich muss nicht viel mitnehmen. Der König hat mir sechs Pfund gewährt, damit ich eine kleine Reitereskorte anheuere. Ich selbst werde auf Wolke reiten, die uns beide getragen hat, als wir uns auf der beschwerlichen Reise nach Paris befanden. Erinnerst du dich noch?«
Wie könnte er das je vergessen? Seit zwei Jahren waren sie in Paris, nun standen sie einander von Angesicht zu Angesicht gegenüber – und sie wollte einfach fortgehen.

Eine Eskorte von acht Männern saß auf ihren Pferden bereit. Blanche nahm nur eine kleine, mit einem Geheimschloss versehene Schatulle mit, die gut an Wolkes Sattelknauf befestigt war. Jetzt setzte sich der Trupp in Gang, begleitet von freundschaftlichen Abschiedsbekundungen: Prinzessin Isabelle, die Edelfräulein des Hofes, Tiphaine de Fontegrive und Aubery de Sauvernac waren gekommen.
Am Portal des Palais nahte sich Bertoul, fast schüchtern. Er fasste sich ein Herz, ergriff Wolkes Zügel und Blanche saß ab.
Der Hauptmann der Eskorte blickte gelangweilt in den Himmel: Diese Abschiede, die kein Ende nahmen, kannte er nur zu gut.
»Das hier ist für dich«, sagte Bertoul.
Mit einem verlegenen Lächeln hielt er ihr das kleine, hübsch illustrierte Buch hin, aus dem er damals die elfte Seite im Kerker des Châtelet vorgelesen hatte – *Die Schöne ist im Garten der Liebe.*
In welchem Garten würde Blanche wohl die nächsten Wochen, die nächsten Monate verbringen?
»Danke«, sagte Blanche. »Ich werde darin lesen und an dich denken.«
Sie legte ihre Arme um Bertouls Hals und küsste ihn, ohne ein Wort zu sagen, auf den Mund. Dann ließ sie ihn widerstrebend los, saß auf und ritt diesmal wirklich fort, eskortiert von ihren Reitern.

In den Nächten, die auf Blanches Abreise folgten, schlief Bertoul schlecht. Was hatte dieser Abschiedskuss zu bedeuten? War er eine einfache Geste der Höflichkeit? Ein zartes Freundschaftsbekenntnis? Der Beweis, dass sie sich zu ihm hingezogen fühlte?
Die Geheimnisse des Zauberbuches waren ihm in dieser Situation keinerlei Hilfe. Es gab nicht den geringsten Zauber wie zum Beispiel eine »Anweisung, nicht an einer fernen Liebe zu leiden«, oder: »Anweisung, eine unerfüllbare Liebe aus dem Herzen zu vertreiben«.
Es geschah in der dritten Nacht, dass sich plötzlich einige Eulen gegen die Fenster warfen und ihn weckten.
Sofort stand er auf und ging im Hemd auf die Straße. Er war kaum durch die Tür gegangen, da setzte sich einer der Vögel auf seine

Schulter. Dann tat er so, als wollte er wegfliegen und zog ihn wie in einem Sog mit sich.
›Ich soll wohl mitkommen‹, folgerte er. ›Der Vogel gibt mir ein Zeichen, das ist deutlich.‹
Ohne zu wissen warum, machte er eiligst seinen Beutel fertig und steckte das Zauberbuch, seine Musikinstrumente, seine Liedertexte, Kleider zum Wechseln und ein wenig Proviant hinein.
›Es ist so wie damals, als ich von Tournissan wegging, um nach Paris zu kommen!‹
Er legte noch das Stück Pergamentbogen mit dem Siegel der Familie Vauluisant hinzu, das sie ihm damals durch den kleinen Bauernjungen hatte zukommen lassen und das, auf dem ihre beiden Vornamen miteinander verbunden waren. Und natürlich ihr Haarbüschel.
Der Tag brach schon an, die Stadttore wurden geöffnet. Als Bertoul sein Haus abschloss und zu seiner Nachbarin ging, kreisten die Eulen ungeduldig am Himmel. Er klopfte an Frau Félicités Tür, und als sie sich öffnete stand dort zu seiner großen Überraschung, gähnend und im Hemd – Hennequin.
»Du!«, rief Bertoul aus. »Du, hier? Ich … ähm … ich muss für einige Zeit fort.«
»Warte, ich rufe die Frau«, sagte Hennequin schläfrig.
Als Frau Félicité herbeikam, erklärte ihr Bertoul:
»Liebe Frau Félicité, ich vertraue Euch meinen Schlüssel an. Ihr könnt mein Haus nach Belieben benutzen, bis ich wiederkomme, aber ich weiß nicht, wann das sein wird.«
»Aber … aber … wohin geht Ihr denn? Und warum?«
»Ich weiß es nicht. Wohnt in dem Haus, vermietet es … es ist mir gleich. Doch sorgt dafür. Lasst es nicht verkommen, das ist alles.«
»Ja, das werde ich tun, natürlich, aber …«
Doch Bertoul hatte sich bereits, mit seinem Bündel auf dem Rücken, auf den Weg gemacht und tauchte in den Morgennebel ein. Er nahm die Fähre und setzte über die Seine, dann erreichte er das Sankt-Jakobs-Tor, genau in dem Moment, als es geöffnet wurde.

Blanche de Vauluisant saß allein im Moos einer Lichtung, wo man sie rücksichtslos zurückgelassen hatte, und schimpfte aus tiefster Seele über ihre eigene Dummheit. Sie war von den Soldaten der Eskorte verlassen worden, die alles geraubt hatten, was sie aus Paris mitgenommen hatte. Nur Wolke wurde ihr gelassen, dazu die Kleider, die sie auf dem Leib trug, und ein kleiner Beutel mit Proviant. Und zum Glück auch das Buch und ihr Geld, das sie gut versteckt unter ihrem Rock trug. Die verschlossene Schatulle enthielt nichts Wertvolles, sie war schlau gewesen.

Und sogar Wolke, ihr schönes graues Pferd, wollten sie ihr wegnehmen, doch es hatte sich heftig gewehrt, sich hoch aufgebäumt und mit seinen Hufen ausgeschlagen. Blanche betrachtete es, wie es ruhig und treu am Rand der Lichtung ein Grasbüschel kaute.

Sie hätte besser daran getan, um eine Eskorte der königlichen Garnison zu bitten. Oder um den Beistand Hennequins, der offenbar wieder ein ehrenhafter Mann geworden war. Aber nein. Sie hatte Unbekannte angeheuert, die ihr von einem Soldaten der königlichen Wache empfohlen worden waren. Was wusste sie denn schon von solchen Dingen? Sie hatte einfach Vertrauen gehabt. Das war alles.

Welchen Weg sollte sie nun nehmen? Wie sollte es ihr gelingen, nach Vauluisant zu kommen? So gedemütigt nach Paris zurückzukehren – das kam gar nicht infrage. Der König hatte ihr erlaubt, nach Vauluisant zu reisen, also würde sie dorthin gehen.

Sie erhob sich und trat wütend gegen einen Stein, um ihrem Ärger Luft zu machen. Dann näherte sie sich Wolke, um die Zügel zu ergreifen und aufzusitzen. Doch die wurden bereits von einer anderen Hand gehalten. Sie stieß einen kleinen Überraschungsschrei aus.

»Was ist denn dir passiert?«, fragte Bertoul.

Sie wäre vor Verblüffung beinahe umgefallen.

»Und … und was machst du hier?«, stotterte sie.

»Die Eulen haben mich bedrängt und mir den Weg gezeigt. Seit zwei Tagen wandere ich ohne Rast, sie haben mich nicht in Ruhe gelassen, bis ich hier war.«

»Ich muss mich ganz allein mit Wolke nach Vauluisant durchschlagen«, seufzte sie. »Würdest du vielleicht mit mir kommen? Könntest du nicht meine Eskorte sein?«
»Natürlich«, sagte er und sah ihr tief in die Augen. »Sind wir nicht Verbündete? Haben wir uns nicht versprochen, uns gegenseitig zu helfen? Steig auf, ich werde dir helfen.«
Er bildete mit seinen Händen einen Steigbügel, sie setzte ihren Fuß darauf und schwang sich in den Sattel.
»Wie … wie früher«, bemerkte sie.
»Wie früher«, bestätigte er und strahlte.
»Und wie kommen wir jetzt nach Vauluisant?«
»Wir müssen ungefähr in diese Richtung«, sagte er.
Er ergriff die Zügel und sie machten sich auf den Weg in Richtung Süden. Leise begann Bertoul ein Lied zu singen. Er sang es einzig und allein für das Edelfräulein von Vauluisant … *Die Schöne ist im Garten der Liebe.*

Die Autorin

Béatrice Bottet wurde 1950 in Paris geboren. »Ich war immer sehr empfänglich für die Prägungen der Vergangenheit: Traditionen, Legenden, Lieder, Mythologien.« Aus dieser Leidenschaft heraus lehrte sie zunächst Literatur und Geschichte, bis sie merkte, dass ihr größtes Anliegen darin besteht, historische Stoffe in Jugendbüchern anschaulich und spannend umzusetzen. Inzwischen hat sie mehr als ein Dutzend Kinder- und Jugendbücher verfasst. Nach dem ersten Buch, *Eulengeheimnis* (Urachhaus 2008), ist *Katzenspuk* der zweite Teil ihrer in Frankreich preisgekrönten Reihe DAS ZAUBERBUCH MIT DEM RUBIN.

Nachbemerkung der Autorin

Die Texte, die jedem Kapitel vorangehen, wurden durch ein Werk des ausgehenden 19. Jahrhunderts inspiriert und leicht überarbeitet, dem *Traité méthodique de magie pratique* von Gérad Encausse (1865–1916), genannt Dr. Papus.
Papus widmete sich sein ganzes Leben lang der Wiederbelebung der Magie, des Okkultismus und des Hermetismus, Strömungen, die in seiner Zeit ziemlich vergessen waren und dank seiner Publikationen eine neue Beliebtheit erlangten. Zahlreiche Passagen seiner Werke sind von einer äußerst alten magischen und symbolischen Praxis inspiriert, deshalb gab ich ihnen einen Platz im Rahmen des *Zauberbuchs mit dem Rubin* – als Beispiel für vorstellbare Ratschläge, wie sie einem Eingeweihten der Hohen Magie (*Haute Magie*) gegeben wurden.